OPÉRATION LAZARUS

Jean-François Pré

OPÉRATION LAZARUS

Pascal Galodé
éditeurs

Pascal Galodé éditeurs
18 rue de Toulouse
35400 Saint-Malo
http://www.pascalgalodeediteurs.com

En souvenir de mon père à qui j'ai emprunté
le personnage de Régis Oswald.

Paris, novembre 2009.

Il était 10 h 01 quand Tim Nichollson pénétra dans le cabinet du docteur Kubler. De son doigt crasseux, un nuage noir caressait la capitale. Le docteur débarrassa Tim de sa gabardine, sur laquelle ruisselaient encore quelques gouttelettes de pluie. Il la secoua discrètement, la pendit sur un cintre et invita d'un geste son patient à s'allonger. Aucun mot n'avait été échangé depuis le « bonjour » mécanique de l'homme qui reçoit un visiteur attendu. Kubler sentait le renfermé, à l'image de son cabinet sombre, avec ses lourds rideaux, tenus par des embrases effilochées. C'était un petit bonhomme maigre, au regard inquiet, perpétuellement en train de s'éponger le front à l'aide d'un mouchoir sale. Ses mains étaient démesurées par rapport à sa taille, avec des ongles endeuillés.

Le divan était horriblement inconfortable et le dos de Tim, tout juste entré dans la trentaine pourtant, supportait mal les 45 minutes que durait sa psychothérapie. C'était la deuxième fois seulement que le jeune homme se faisait psychanalyser. Cette démarche ne lui était pas familière et il se sentait mal à l'aise. Très raide. Une raideur psychologique qui devenait corporelle. De fait, ce n'était peut-être pas le divan qui manquait de souplesse...

Les mots ne venaient pas.

Pour Tim, les premières secondes d'analyse étaient un calvaire ! Que fais-je ici, pensait-il, avec cet étranger tapi dans mon ombre, pour mieux me disséquer ? Puis, au bout d'un long silence que le docteur Kubler se gardait d'interrompre, les syllabes se bousculèrent dans la gorge du jeune homme, qui avait l'impression de vomir ses pensées les plus intimes. Les premières paroles jaillirent comme un reflux amer autant qu'incontrôlé :

- Je crois que je vais tuer ma femme.

Le docteur Kubler accueillit cette assertion avec la placidité du praticien d'expérience. L'ABC du psychanalyste consiste à ne jamais réagir émotionnellement. Kubler, qui n'était pas un perdreau de l'année, avait à peu près tout entendu au cours de sa carrière ; il était – comme on dit – « blindé ». Cependant, la phrase introductive de son patient suscita une réaction aussi immédiate que spontanée :

- Mais vous n'êtes pas marié !

Timothy Erasmus Nichollson était un très bel homme. Non de ceux que l'on voit aujourd'hui sur le papier glacé des magazines de mode : décoiffés, mal rasés, le teint sauvage... mais tout le contraire. Un jeune homme d'apparence saine (dans le sens américain du terme) aux traits réguliers, à la peau blanche et lisse, avec un sourire éblouissant. Grand, athlétique et blond comme le blé de juillet, il ressemblait à un champion de tennis de l'entre-deux-guerres. Son élégance vestimentaire était également surannée ou, plus exactement, le soin et le raffinement qu'il y apportait, car Tim choisissait des étoffes et des coupes modernes, fissent-elles l'objet d'une sélection rigoureuse. Ses yeux, enfin, reflétaient un bel azur, clair, transparent et infini comme le ciel qui se confond avec l'océan. Il devait à sa mère, hollandaise, tant sa carnation laiteuse que ce stupide deuxième prénom d'Erasmus qui l'avait exposé à la cruauté infantile, dès sa sortie du cocon familial. La cruauté infantile n'étant rien moins que la cruauté humaine à l'état primaire, il détestait depuis ce jour l'auteur de « L'Éloge de la folie » (le fou qui se prend pour un sage et le sage qui se prend pour un fou). De fait, cet Erasmus importun, qui s'était glissé par effraction entre son prénom et son patronyme, n'avait à ses yeux qu'une seule vertu : composer avec ses deux autres initiales l'acronyme TEN, autour duquel s'articulait sa vie.

Tim était né un 10 octobre, son nom de famille comportait 10 lettres, les prénoms de ses parents, John et Judith, commençaient par la 10e lettre de l'alphabet et la somme des lettres qui les composaient équivalait à 10. À New York, il habitait au n° 10 de la 10e avenue et à Paris, c'est encore un numéro 10 qui lui avait été échu, lors de son installation. Est-il utile de préciser que la plupart des numéros qui le rattachaient à l'administration – fût-elle bancaire, sociale, fiscale ou professionnelle – véhiculaient leur lot de 1 et de 0, jusqu'à la plaque d'immatriculation de sa voiture !

Voilà pourquoi Timothy Erasmus Nichollson, qui attendait énormément de son passage dans l'année 2010, n'entreprenait jamais rien dans la vie sans s'assurer de la tutelle du chiffre 10 (protecteur, rassurant). D'ailleurs, son psy, le docteur Kubler, habitait lui aussi un n° 10 ! Il le recevait deux fois par semaine à... 10 heures du matin.

- Si. Je suis marié, précisa Tim... enfin, je l'ai été.
- Vous êtes divorcé, alors ?
- Pas précisément.
- Expliquez-vous !
- Vous allez me prendre pour un fou, docteur.

La voix grave et légèrement rauque de Kubler cassa un long silence.

- Scientifiquement, la folie revêt diverses formes dont aucune ne s'applique à votre cas. Quant au vocable « fou » employé dans le langage courant, il n'a pas cours ici. Cette dénomination est par trop galvaudée, donc imprécise. Ceci posé, je vous écoute.

- Voilà. Il y a quelque temps, lors d'un voyage à Vienne, je me suis rendu au palais du Belvédère et là, je l'ai vue.

- Votre femme ? Vous étiez donc séparés.

- Non. C'est un peu plus compliqué. J'ai vu un tableau de Klimt représentant un portrait de femme rousse avec un chapeau et un boa de plumes, masquant le bas de son visage. C'est à travers ses yeux, ses yeux lilas, que je l'ai reconnue.

- Reconnu qui ?

- Ma femme.

Un long silence s'installa derechef.

- Si je comprends bien, interpréta le psychanalyste, vous me dites avoir reconnu une femme qui était la vôtre dans... une autre vie. Car je suppose que le tableau de Klimt ne date pas d'hier ?

- 1909.

- Cela fait tout juste un siècle.

- Je sais ce que vous allez me dire, docteur.

- Non, vous ne savez pas car je ne vous dis rien. Je vous écoute.

Nouveau silence. Tim avait du mal à s'exprimer. Les idées s'entrechoquaient dans sa tête. L'observateur rationnel, qui échappait à son écorce charnelle, le jugeait atteint de démence... et d'un autre côté, il se sentait tellement imprégné de cet héritage fantasmagorique qu'il finissait par se persuader qu'il avait vécu cette autre vie. Il comptait sur le docteur Kubler pour le remettre sur les rails du bon sens et son mutisme le torturait. Tim ne savait plus faire la part des choses : le vrai du faux, le réel de l'imaginaire, le présent du passé, l'homme de son double... tout se mélangeait dans sa boîte crânienne, douloureux shaker, diabolique centrifugeuse. Il lui fallait expurger ce trop-plein bouillonnant ; il devait parler. Il parla :

- Cette femme, je l'ai aimée et je l'aime toujours. C'est elle, j'en suis sûr. Je dois la retrouver.

- Mais elle est morte, se contenta de préciser Kubler.

- Pas plus que moi.

- Cela fait un siècle.

- Le temps ne compte pas. Ne comprenez-vous pas, docteur, que cette femme m'habite ?

- Elle vous obsède.

- Non, elle m'habite. Elle est à l'intérieur de moi-même. Je l'ai revue sur ce tableau et me suis revu avec elle. Je sais que mon destin, que ma vie fut liée à cette femme. À jamais !

- Pourquoi vouloir la tuer, alors ?

- Parce qu'elle me trompe.

New York, 31 décembre 1909.

Le carrefour de la 5e avenue et de la 59e rue est très encombré. Les dernières voitures hippomobiles, qui donnent un lustre rétro à cette soirée de fête, rendent les abords de l'hôtel Savoy difficiles. À l'intérieur d'un taxi, engoncé dans une pelisse fourrée d'hermine, Maximilian Flemington prend son mal en patience. Il pense à ce moment extraordinaire, unique, qu'il vient de vivre au Met'. Le *Tristan* de Wagner ou… doit-on dire : celui de Mahler ? Car le Maestro s'est tellement imprégné de l'œuvre qu'il l'a faite sienne : l'opéra qu'il n'a jamais composé. Le Metropolitan Opera, qui a vu le jour sous sa baguette, l'a payé de retour. Il lui a donné un *Tristan* dont le génie wagnérien n'avait pas cerné les limites. Mahler a pleuré le jour de la mort du maître ; il pleure de l'avoir sublimé sous les acclamations d'une foule hystérique.

Après le spectacle, Mahler a réuni ses amis pour fêter la nouvelle année dans un salon du Savoy, où il réside. Vu le succès du *Tristan*, les nombreux rappels, l'assaut de sa loge et de celle des chanteurs, Maximilian pressent que le Maestro tardera à rejoindre ses invités. De toute façon, Mahler n'est pas un mondain. Il donne cette fête convenue à la demande d'Alma, sa femme, et disparaîtra, soyons-en sûr, après le douzième coup de minuit. Mahler est un être fatigué, torturé. Est-ce la maladie dont les prémices le torturent ou la torture mentale qui induit une dégradation physique ? Toujours est-il que le Maestro s'engonce un peu plus dans cette vie intérieure, totalement hermétique, où l'idéal de la perfection le ronge. Il croit au travail acharné, minutieux, pour l'atteindre ; il y a toujours cru. Seulement aujourd'hui, son cœur est fatigué et l'aspect compulsif d'une obsession est un puissant anesthésiant qui fait oublier la présence du mal et souvent sa gravité.

Maximilian n'a pas encore 20 ans. Il les fêtera le 10 octobre de l'année prochaine... très prochaine. Il est effectivement 23 heures et la salle est comble. Un orchestre de chambre joue de la musique légère (Strauss, Offenbach, Lehár, etc.), le champagne coule, mousse, déborde et Maestro Mahler n'est toujours pas apparu. Alma entretient ses invités, pétillante comme le champagne dont elle les abreuve. Alma Mahler n'est pas une belle femme, au sens plastique du terme, mais sa prestance fascine. Souriante, elle a un mot aimable pour chacun. Les groupes se forment, par affinités, professions ou attirances. Le « noyau dur » est composé de Bruno Walter, Otto Klemperer, Alban Berg et Ferruccio Busoni, le « découvreur » de Maximilian, jeune prodige du clavier. Consacré aujourd'hui dans l'échelle des valeurs sûres capables de remplir n'importe quelle salle à l'échelon mondial, Busoni se plaît à jouer les talent scouts. Il y a peu, dans une soirée privée, le virtuose a entendu jouer le jeune Flemington et l'a immédiatement pris sous sa coupe, le présentant à Gustav Mahler, qui règne sur le Met' et le New York Philharmonic. Projeté dans un monde de paillettes dont il connaissait les scintillements – Maximilian a vécu une jeunesse dorée – le petit phénomène se trouve immergé dans celui du travail, de la besogne répétitive et éreintante, dont il ne connaissait pas les rugosités. Mais Maximilian ne se satisfait pas d'être le fils des Flemington, magnats de la sidérurgie ; il a envie de réussir par lui-même et le piano lui ouvre une fenêtre. Il ne savait ni la vraie fatigue, ni le goût acre de la sueur ; ils font acte de stimuli. Maximilian Flemington ne s'est pas contenté de naître : il veut être.

Quelques minutes avant minuit entrent les chanteurs, suivis – enfin – du Maître, sous un tonnerre d'applaudissements. Mahler serre des mains à la hâte, envoie quelques grognements aux flagorneurs, puis se tourne vers l'orchestre et lance le signal du compte à rebours. Les musiciens égrènent les secondes à travers un pizzicato, de dix à zéro, puis... nouveau tonnerre d'applaudissements, hourrahs, acclamations, espoirs, éloge du futur et reprise de la musique sur un ton martial pour entrer dans la nouvelle année. Chaque invité embrasse son cavalier ou sa cavalière et Maximilian, qui est venu seul, se trouve bête au milieu du grand bal. Rougissant, il se retourne et fait face à une jeune femme rousse, aussi embarrassée que lui. Elle pouffe et dit :

- Je suis désolée, mais je crois qu'il va nous falloir sacrifier à la tradition.

- Euh, oui... bégaie Maximilian. Écarlate.

La jeune femme se penche et pose ses lèvres sur les joues brûlantes de l'adolescent.

- Vous êtes venu seul ? demande-t-elle.

- Oui... enfin, non. J'accompagne mes parents, qui ont été invités par Otto Kahn.

- Kahn, le financier du Met' ?

- Oui. Un vieil ami de la famille. Je, euh... ne me suis pas présenté ! Maximilian Flemington.

Maximilian tend gauchement la main et la jeune fille la lui prend, éclatant de rire.

- Excusez-moi, dit-elle, il n'y a rien de drôle... mais nous avons commencé par nous embrasser avant de faire les présentations. C'est... assez cocasse.

- Hum, oui.

Maximilian aime le son cristallin de son rire. Il aime la forme que prend alors sa bouche, et les fossettes qui se creusent sous les pommettes. Il ne réalise pas que les battements de son cœur s'accélèrent au contact de cette jolie rousse aux yeux lilas, sortie par magie de cette foule qui, du coup, lui paraît opaque.

- Flemington… vous êtes les Flemington des aciéries ? demande-t-elle.

- Ce sont mes parents. Moi, je suis pianiste.

- Comme c'est intéressant. Moi aussi, je joue du piano. Mais… quelle tête de linotte ! Je ne me suis même pas présentée, moi non plus : Emma von Ganzen Müller.

Elle tend sa main derechef et cette fois, Maximilian la prend, s'incline et l'effleure de ses lèvres.

- Si jeune et déjà beaucoup d'éducation, galèje-t-elle.

- Pas si jeune, rectifie Maximilian, mais sorti du moule éducatif de la bonne société.

- Laissez-moi deviner ! Vous avez plus de quinze ans ?

Maximilian pique un fard et s'apprête à rectifier, quand Emma l'interrompt :

- Je vous taquine, jeune bêta ! Vous m'invitez à danser ?

Sans attendre de réponse, elle le traîne vers le milieu de la salle où quelques couples s'enlacent sur les premières notes d'une polka viennoise.

- Vous n'avez pas de chaperon, mademoiselle von Ganzen Müller ?

- Emma.

- Euh… Emma. N'êtes-vous pas accompagnée ?

- Si. Enfin, théoriquement. Mes parents m'ont confiée à Gropius – vous savez, l'architecte – mais il s'intéresse trop à madame Mahler pour veiller sur moi.

- Quel goujat !

- Comme vous y allez ! C'est un ami de mon père dont il a, peu ou prou, l'âge. Je suis une gamine à ses yeux. Enfin, pas vraiment, car il m'a lâchée dans le grand monde sans même garder un œil sur moi.

- Cela prouve qu'il a confiance.

- Ou que la belle Alma l'accapare un peu trop.

- Pensez-vous que... ?

- Bien sûr que non. Alma Mahler n'est pas femme à disperser ses sentiments, mais à son corps défendant, elle attire tous les hommes. Son côté magnétique, probablement.

- Vous connaissez bien les Mahler, apparemment.

- Ce sont des amis de ma famille. L'admiration insensée et totalement démesurée du Maestro pour Wagner l'a attiré vers nous.

- Quel rapport ?

- N'avez-vous jamais vu le nom des Ganzen Müller dans vos manuels d'Histoire ?

- Vous savez, l'Histoire et moi...

- Vous connaissez au moins la musique. Enfin, je le présume, si vous êtes pianiste ?

- Quand même, oui.

- Vous savez donc que Wagner avait un mécène. On pourrait même dire : un protecteur.

- Bien entendu. Louis II de Bavière.

- Je suis sa nièce.

Inconsciemment, les doigts de Maximilian se contractent autour de la taille d'Emma dont ils pourraient faire le tour, tant elle est fine. Il trébuche, manque un pas de danse et rattrape gauchement le tempo.

- Eh bien, dites donc, raille sa jeune cavalière, on dirait que mon pedigree vous impressionne !

- Votre pedigree ? Vous parlez de vous comme d'un chien de race !

Un nouveau rire s'enfuit de la bouche sagement ourlée. L'occasion pour Maximilian de vérifier combien ses dents sont blanches et bien rangées sous des lèvres qu'il imagine très goûteuses.

- Nous sommes tous des chiens de race, traités et sélectionnés comme tels. Vous autres, issus de la bourgeoisie industrielle, avez forgé vos armes tout seuls. Oh, je sais bien que le monde change, que bientôt nos... pedigrees n'auront plus beaucoup de valeur, mais au moment présent, nous sommes encore suffisamment cotés pour attirer les jeunes pousses de la nouvelle aristocratie.

- De qui parlez-vous exactement ?

- Mais de vous, jeune homme. Ne vous êtes-vous pas reconnu ?

- Ne m'appelez pas « jeune homme » !

- Ah bon ? Et qu'êtes-vous d'autre ?

- Ce n'est pas votre nom qui m'attire, mais...

La polka est finie. L'orchestre s'est arrêté de jouer. Les deux jeunes gens se retrouvent, l'un en face de l'autre, seuls sur la piste.

- Mais quoi ? demande Emma.

- Je ne sais pas.

- Vous n'osez pas me dire que vous me trouvez jolie ? Tout le monde le dit, pourtant.

- Je souscris, je... euh, c'est une évidence.

L'embarras de Maximilian est à son comble. Il sent ses joues en feu et se retourne, inquiet, vers l'orchestre dont il voit les musiciens tourner les pages d'une partition, à la recherche d'un nouveau morceau. Si ses yeux pouvaient parler, ils leur dirait : « Bon sang, qu'est-ce que vous attendez, les gars ? Allez-y, je ne sais plus que faire ni quoi dire ! »

- Que faisons-nous ? coupe sèchement Emma. Nous n'allons pas rester là, plantés comme des poireaux, aux yeux de toute la salle. Ou vous m'accordez la prochaine danse, ou bien nous retournons nous asseoir.

- Si vous saviez comme je l'attends, cette prochaine danse !

- Dois-je considérer cela comme un compliment ou y voir un sauvetage ?

Les premières notes d'une valse épargnent à Maximilian une réponse idiote qu'il aurait essayé de rendre spirituelle. Emma lève les yeux au ciel, ou plutôt vers un lustre majestueux qui scintille autant que son regard.

- Ah, le Danube ! dit-elle. Il n'est pas bleu et ne passe même pas à Vienne. Enfin, le vrai Vienne.

- Vous connaissez Vienne ?

- J'y habite.

Les yeux d'Emma sont d'un mauve à la fois clair et profond. Un gris mauve, extrêmement doux et tendre, qui fait penser à du lilas. Cette image résume les souvenirs de la première rencontre entre Maximilian Flemington et la femme qui va devenir la sienne.

Paris, novembre 2009.

Tim Nichollson était en analyse depuis peu. C'était la première fois qu'il parlait de « sa femme » au docteur Kubler. Celui-ci avait déjà noté de fortes tendances schizophrènes chez son patient, mais jamais elles ne s'étaient révélées comme au cours de cette séance où Nichollson mélangeait à l'envi le passé et le présent, s'identifiant à un personnage né de fantasmes cristallisés à la vue d'un portrait de femme. Tim Nichollson était tombé amoureux d'une femme inconnue, représentée par ce coryphée de la sécession viennoise qu'était Gustav Klimt. Dans sa tête malade, il l'avait même épousée, revivant d'hypothétiques problèmes de couple à travers un imaginaire fécond. Cette situation inédite captivait le docteur Kubler qui tenta, sans grand mal, de pousser un peu plus son patient dans l'exploration de sa névrose.

- Comment pouvez-vous affirmer que votre femme vous trompe dans le présent, alors qu'elle appartient au passé ? demanda-t-il.

- Vous me prenez vraiment pour un fou, docteur.

- Certainement pas, je vous l'ai déjà dit ! J'essaye de comprendre.

- Je ne suis pas... perturbé au point de focaliser mes sentiments sur une image du passé. Cette femme que je dis mienne est bien réelle. Je l'ai vue, en chair et en os, à une réception de l'ambassade. Elle avait ces yeux lilas, ce front aristocratique et cette crinière de feu que Klimt a si bien su mettre en valeur. J'ai toujours su que cette femme m'était destinée, quand je me suis retrouvé en face du tableau de Klimt, comme j'ai toujours su que je la retrouverais dans le monde où je vis. Cette rencontre a eu lieu. Simplement, elle était accompagnée d'un autre homme !

- C'était peut-être son mari.

- JE suis son mari.

- Je veux dire : son VRAI mari, dans le monde réel.

- Allez, vous me dites encore, de façon détournée, que je suis fou !

- Fou d'une femme, plaisanta Kubler pour détendre l'atmosphère, cela n'a jamais été très grave.

- Mais fou d'une image, cela relève de la psychiatrie ?

- Ne me faites pas dire ce que je n'ai pas dit ! Vous pouvez très bien avoir croisé une femme ressemblant à un portrait qui vous fascine et en tomber amoureux. Il est logique que l'on succombe plus facilement devant son idéal féminin. Par ailleurs, le romantisme ne relève pas de la folie, sauf quand il devient paroxystique, comme chez Schuman dont la folie était cependant déjà solidement installée dans le psychisme, bien avant qu'il ne sombre dans ses fantasmes romantiques.

- Mais je ne me suis pas épris d'une femme de mon époque qui appartiendrait à un autre, docteur, c'est tout le contraire. J'ai retrouvé la mienne qu'un autre m'a volée !

Exaspéré par le tournant que prenait cette analyse, Kubler gardait néanmoins son calme, ne laissant rien transparaître de son agacement, ainsi que l'exige la déontologie de sa profession. Il décida d'entrer dans le jeu de son patient.

- Pourquoi vouloir la tuer, elle... et non pas l'homme qui l'accompagnait ?

- Parce qu'il n'y est pour rien. C'est ELLE qui m'a trahi.

- Et alors ? En supprimant votre rival, vous retrouvez votre place.

- Jusqu'à ce qu'un autre se présente ? Je ne pourrai jamais vivre ainsi. Non, c'est elle qui doit mourir.

Un silence s'installa. Kubler se massa le menton, perplexe, puis dit sur un ton détaché :

- Elle a un nom, cette femme ?

- Bien sûr. Un nom que tout le monde connaît.

- Vous ne souhaitez peut-être pas me le dire.

- Bien sûr que si. Vous êtes lié par le secret professionnel, n'est-ce pas ?

- Oui, enfin... jusqu'à un certain point.

- De toute manière, je n'ai pas l'intention de mettre mon projet à exécution dans un futur immédiat. Je désire encore l'observer, m'imprégner de sa trahison.

Le docteur Kubler regarda sa montre.

- Cela suffit pour aujourd'hui, dit-il. Nous poursuivrons la prochaine fois.

- Vous ne voulez pas connaître son nom, docteur ? dit Tim, goguenard.

Et sans laisser à Kubler le temps de répondre, il reprit :

- Elle s'appelle Sarah Ziegler.

- Ziegler... le Premier ministre d'Israël ?

- Tout juste.

Après que Tim se fut levé et eut quitté le cabinet, Kubler alla fouiller dans sa bibliothèque, à la recherche d'un livre sur Gustav Klimt. De beaux livres de ce genre, il en avait des milliers ; pour la plupart, des cadeaux qu'il n'avait jamais pris le temps de feuilleter. Mais celui-ci, il s'en souvenait très bien. Il suffisait juste de le retrouver sur une des étagères : il y en avait dix par mur ! Avec le secours providentiel d'un escabeau, cela lui prit 45 minutes (son prochain patient n'était pas attendu avant une heure), mais il ne regretta pas cette exploration acrobatique. En page 119, il trouva la femme rousse au chapeau, avec un boa de plumes, enroulé autour du cou. Ses yeux mauves en amande étaient typiques de Sarah Ziegler, la plus belle femme que la politique eût jamais capturée. Nul doute qu'elle ressemblait énormément au portrait de Klimt. C'était troublant.

Et le docteur Kubler en fut troublé.

Jérusalem, novembre 2009.

IL ÉTAIT PRESQUE TROIS HEURES du matin quand Sarah Ziegler regagna son domicile. Elle s'attendait à trouver la maison plongée dans l'obscurité, mais un rayon de lumière filtrait à travers la porte de la chambre de son mari, Stefan.

- Tu ne dors pas ? s'étonna-t-elle.

- Comment se fait-il que tu rentres si tard ?

- Réunion sur réunion.

Stefan eut un hoquet qui ressemblait à un rire aigre.

- Maintenant que tu es arrivée à tes fins, tu crois avoir tous les pouvoirs, y compris dans ta vie privée ?

- Je n'ai plus de vie privée, Stefan, si tant est que j'en aie jamais eu une.

- Et tes frasques sexuelles, comment les appelles-tu ? Des missions gouvernementales ?

- Écoute, Stefan, nous n'allons pas encore entrer dans ce type de discussions. Sur ce point, je me suis expliquée une fois pour toutes ; j'ai été claire et franche avec toi. Maintenant, si tu le permets, je souhaiterais aller me coucher. Je suis lasse et je m'envole à sept heures pour Paris.

- Où étais-tu ?

- En réunion, je te l'ai dit.

- Avec une grosse bite ?

- Stefan, tu deviens vulgaire.

- Ton comportement est vulgaire.

Sarah passa les doigts dans sa longue crinière rousse, en soupirant :

- J'ai besoin de sexe, tu le sais. Je n'y peux rien, c'est ma drogue. Sans cela, je ne tiendrais pas le coup.

- Fais comme tes chers collègues, sniffe de la coke !

Sarah eut un sourire triste.

- Arrête, mon chéri ! Tout a été dit à ce sujet. Je suis comme ça et personne ne me changera. Je n'ai jamais abusé de ta confiance, j'ai joué cartes sur table dès le début. Tu savais à quoi t'en tenir, Stefan, et tu as accepté le deal en m'épousant.

- Peut-être, mais je ne le supporte plus.

- Tu veux le divorce, tu l'as ! Mais pense à ta carrière ! Que dira-t-on du général Ziegler ? S'il ne parvient à garder sa femme, comment guidera-t-il nos soldats ?

- Et que dira-t-on de notre Dame de fer qui, en fait de redresser le pays, n'arrive à redresser que les organes masculins ?

Sarah eut envie de rire, mais la situation ne s'y prêtait guère. Elle était exténuée, éprouvait un mal immense à garder ses paupières ouvertes et n'avait qu'une envie : mettre fin à cette ridicule scène qui n'avait pas lieu d'être. Elle décida de conclure avec humour, espérant ainsi trouver une porte de sortie. Et surtout celle de sa chambre.

- J'aime toujours autant ta petite flûte, mon chéri.

Stefan arracha son pantalon de pyjama.

- Alors, viens en jouer !

Sarah se frotta les yeux devant ce membre dru dont elle ne connaissait que trop les contours.

- Non, pas ce soir. J'ai trop besoin de sommeil.

- Tu ne t'en tireras pas comme ça, ma chérie ! Crois-tu que je vais faire le poireau pendant que ma femme se fait transpercer par toutes les fines lames du pays, pour en finale m'entendre balancer qu'elle a besoin de sommeil ? Ah, ça non !

Il sauta prestement du lit, attrapa Sarah par le bras et l'attira violemment à lui.

- Lâche-moi, sale brute, tu me fais mal !

- Te faire mal ? Mais non, mon ange. Si je te fais hurler, ce ne sera pas de douleur !

Sarah lui décocha un regard de feu.

- Si tu ne me lâches pas immédiatement, je crie ! Veux-tu connaître l'humiliation de voir quatre gorilles faire irruption dans la chambre nuptiale ? D'accord, ils sont tenus par le secret professionnel… mais y tiens-tu vraiment ?

Stefan relâcha son étreinte.

- Tu es une salope, Sarah.

- Une salope qui meurt de sommeil.

Elle sortit et referma délicatement la porte derrière elle.

Paris, novembre 2009.

Quand Tim Nicholson sortait du cabinet du docteur Kubler, il se sentait toujours alerte, requinqué. Le brouhaha de la rue le stimula. Il décida de marcher jusqu'à la place de la Concorde, même avec ce crachin gluant qui collait à la peau et souillait ses vêtements. Qu'importe, Tim était propre à l'intérieur.

Le fait de confier son secret lui avait retiré un poids dans la poitrine. Il respirait mieux, le cœur léger. Bien sûr, il allait encore réfléchir avant de mettre son projet à exécution. Il donnerait une chance à Sarah et attendrait la toute dernière minute pour passer à l'acte car, en tuant sa femme, il tuerait une partie de lui-même. C'était banal, pensait-il en marchant, que de raisonner ainsi, mais Sarah était la femme qu'il avait choisie pour l'accompagner tout au long de sa vie. Celle qui donnait tout son sens au mot couple.

Ça lui faisait drôle de s'entendre appeler sa femme Sarah. Son nouveau prénom. Il avait du mal à s'y faire. Tim préférait Emma. Pourquoi en avait-elle changé ? Pourquoi avait-elle changé à ce point ? L'Emma qu'il avait rencontrée à l'hôtel Savoy n'annonçait pas cette femme ambitieuse et délurée qu'elle était devenue. C'était une fraîche jeune fille, pleine de gaieté et d'humour. Quand il l'avait revue sur ce tableau de Klimt, au Belvédère, son visage, empreint de gravité, avec un reflet narquois dans ses yeux en amande, avait cependant perdu cette belle ingénuité qui lui avait retourné les sens. Il aurait dû se méfier alors... car plus dure fut la chute à cette réception de l'ambassade. Il ne reconnaissait plus son Emma et cette Sarah, sous son masque de glace, faisait semblant de ne pas le voir.

C'est alors qu'avait germé l'idée de lui ôter la vie. Emma-Sarah ne méritait pas un amour pur et noble. Le salir était une insulte à la vie et dans l'esprit de Tim, insulter la vie revenait à aimer la mort.

Une seule fois dans sa jeune existence, Tim Nichollson avait connu une autre femme. C'était quand il avait acquis la certitude qu'Emma était morte. Avant de la retrouver sur ce portrait viennois. Libéré de toute culpabilité, donc, il n'avait toutefois rien pu faire avec cette femme de passage. De ce qu'il regardait aujourd'hui comme un de ces tours de coquinerie que vous joue le destin, il ne conservait qu'un souvenir : l'étonnement de l'inconnue devant sa bibliothèque, exclusivement composée d'ouvrages se référant à la réincarnation ainsi qu'à la physique quantique. Cette grossière surprise, son rire gras, ses expressions et intonations boulevardières pour décrire ses recherches, cet ensemble de réactions simiesques lui avait enlevé tout désir charnel. Cette femme, pourtant agréable à regarder, dont l'écorce – une fois encore – renfermait une âme sale, était repartie aussi vite qu'elle était venue, raccompagnée avec ménagement (Tim avait reçu une éducation de gentleman), mais fermeté, par le maître de céans.

Tim n'avait plus jamais reçu personne dans son petit appartement du faubourg Saint-Honoré, bien rangé avec cette maniaquerie poussiéreuse, propre à l'homme sans femme. Depuis ce jour, il avait une peur panique d'entendre quiconque commenter son travail, ses recherches, sur le ton badin d'un entrefilet dans un journal satirique.

Vienne, mars 1910.

Ce soir-là, le Musikverein affiche complet, pour la venue d'un pianiste américain déjà célèbre malgré son très jeune âge. En quelques mois seulement, Maximilian Flemington a connu une flamboyante éclosion. Jailli de l'anonymat (artistique, car le patronyme Flemington est très connu dans les milieux de la finance, de l'industrie et de l'économie), son nom a transpercé les frontières, jusqu'à atteindre le berceau de la musique classique, pour un unique concert dédié à Brahms. Le Tout-Vienne s'entasse dans la grande salle dorée, en forme de rectangle, afin d'assister à cette soirée conclusive, ce point d'orgue d'une tournée européenne qui s'achève dans la capitale de l'Empire austro-hongrois. À la fois parrain, mentor et cicérone du pianiste (il l'a introduit, puis lancé dans la sphère new-yorkaise), Gustav Mahler n'a pu l'accompagner, retenu par la première de *La Dame de pique* au Met'. Toutefois, Alma est présente – de retour dans sa ville – et Charles Steinway, dont Maximilian a fait la connaissance lors d'un dîner chez les Mahler, a mis à sa disposition un de ses fameux pianos. Tout est réuni pour un bouquet final comme les aime le grand Brahms.

Brillantissimo !

Maximilian tourne en rond dans sa loge. Il est nerveux. Non en raison de l'enjeu que constitue cette ultime prestation, mais parce qu'il pressent qu'ELLE sera là. Qu'il va LA revoir.

La jeune fille rousse du Savoy, aux yeux lilas. Emma von Ganzen Müller.

Alma l'a abandonné ? Non, elle a tout simplement regagné son fauteuil, au dixième rang de l'orchestre, sous le regard de la société viennoise. Mahler n'a pas laissé que de bons souvenirs au Hofoper, et l'on murmure qu'il fallait une maîtresse femme pour canaliser les humeurs lunatiques de ce petit Juif, nerveux et compulsif, devenu, on ne sait trop comment, un personnage de l'Empire.

Maximilian est seul avec lui-même... et avec les applaudissements qui accompagnent l'entrée des musiciens sur scène. Ça ne va pas tarder à être son tour. C'est son tour. Machinalement, il se dirige vers la scène, se laisse envelopper par la lumière blanche qui rend la foule obscure encore plus menaçante, salue maladroitement, puis prend place sur son petit tabouret capitonné, face au piano verni dans lequel il voit son reflet.

Son double.

Maximilian n'a jamais ressenti ce que l'on appelle le trac. Sur scène, il est dans un état second, une sorte de léthargie active dont il ne contrôle plus le maniement, mais aucune forme d'angoisse ou de panique ne l'étreint. Il ne s'agit même pas de confiance en soi, cela va au-delà. Dès lors qu'il pose les doigts sur le clavier, une mécanique intérieure se met en marche, comme si une énergie venue d'ailleurs prenait possession de son corps.

Cela présuppose une technique innée, entretenue par des heures, des mois, des années de travail.

Le résultat est foudroyant. La glace austro-germanique explose. La salle est en fusion, la froideur viennoise se « napolitanise ». Bref, c'est un triomphe ! La jeune Amérique triomphe au cœur de la vieille Europe.

La loge de Maximilian est envahie. Le pianiste revient les bras encombrés de fleurs. Maladroitement, il les dépose sur un sofa. Alma lui tend les bras, les yeux pétillants de fierté. Maximilian s'y blottit tendrement, les deux corps enlacés par une couverture d'applaudissements. Puis, se soustrayant avec délicatesse à l'étreinte quasi maternelle de sa protectrice, il LA voit. Droit devant lui, à quelques mètres. Elle a le regard fixe et le teint grave. Les traits de Maximilian se durcissent. Alma se retourne.

- Tu te rappelles Emma ? Vous avez beaucoup discuté le soir du réveillon.

- Je me la rappelle, acquiesce Maximilian, sans la quitter des yeux.

Il s'avance vers elle.

- Comment m'avez-vous trouvé ? demande-t-il.

- En suivant Alma jusqu'à votre loge, répond-elle.

L'intéressée éclate de rire, puis se reprend et adopte un air sévère.

- Allons, petite sotte, donne-lui autre chose qu'une de tes pirouettes de jeune écervelée ! Tu ne vois pas qu'il attend ton avis plus que tout autre ?

Emma pique un fard.

- Je, hésite-t-elle, je... je ne m'attendais pas à vous entendre jouer ainsi.

- C'est tout ? proteste Alma. C'est tout ce que tu trouves à dire ? Alors, je vais le faire à ta place.

L'épouse de Gustav Mahler se tourne vers la petite assemblée, déjà prête pour une seconde acclamation, saisit le bras du pianiste et proclame :

- Le siècle n'est pas né depuis longtemps, mais son plus grand interprète vient de nous être révélé !

Elle lève le bras du jeune homme et la petite loge explose sous les hourrahs. Le regard de Maximilian ne quitte pas celui d'Emma. Un léger sourire se dessine sur ses lèvres et le pianiste y répond par une interrogation du regard. D'une voix à peine audible dans le brouhaha ambiant, Emma murmure :

- J'ai été très touchée, euh... très émue. Vraiment. Je ne trouve pas de mots qui puissent traduire cette émotion. Désolée !

- Ne le soyez pas, dit Maximilian. Ces quelques

mots, que vous n'arrivez pas à trouver, me touchent plus que ce tonnerre d'applaudissements.

- Et maintenant, champagne ! ordonne Alma Mahler.

Les bouchons pètent, mais Maximilian ne les entend pas. Il perçoit un bruit sourd et continu. Il suit le mouvement des lèvres fruitées de la jeune fille, mais aucun son n'arrive jusqu'à lui. Elle est juste belle avec sa chevelure rousse qui ressemble à une cascade.

Ou plutôt... à une fontaine de bonheur.

Paris, décembre 2009.

JEAN FREYCINET était un homme distingué, un homme tel que l'on n'en côtoyait plus dans l'ex-capitale de l'élégance, où le jean crasseux et le sac à dos avaient eu raison du costume et de l'attaché-case. À contre-courant de son époque, Freycinet mettait au contraire un point d'honneur à toujours soigner les moindres détails de son apparence. Il s'habillait à Saville Row[1] et portait toujours une pochette assortie à sa cravate, d'où ce sobriquet de « Pochette » sous lequel il était connu dans son milieu professionnel : celui du jeu.

Il faut dire que le physique de Jean Freycinet se prêtait à son élégance vestimentaire. Septuagénaire mince et sportif, il arborait une mine perpétuellement hâlée, sous des cheveux plus teints que châtains et savamment brushés. Moyennant une petite retouche au scalpel d'un de ses amis chirurgien esthétique, il finissait par paraître dix ans de moins que son âge. Ajouté à une grande aisance matérielle, cet avantage lui procurait une vie sentimentale très variée, avec de jeunes fleurs qu'il ne laissait jamais faner. Simplement, au fil du temps, le sexe des fleurs avait changé. Las de ne croiser visuellement que des « monstres marins » (ainsi qualifiait-il les femmes d'aujourd'hui, quand il les regardait déambuler dans la rue, derrière les vitres fumées

---

[1] Rue où se concentrent les tailleurs les plus chics de Londres.

de sa Bentley), Pochette s'était peu à peu senti une inclination envers les coryphées de son sexe. Il trouvait que les hommes souffraient moins du laisser-aller vestimentaire et du manque d'hygiène de vie qu'induisait la société moderne. Certes, toutes les femmes n'étaient pas des remèdes à l'amour, mais comme Freycinet était un gros consommateur, il ne parvenait plus à varier son menu et finissait par se lasser des « croûtes molles ». Il reconnaissait volontiers que cette formule manquait d'élégance pour qualifier l'écorce féminine, mais il se retranchait derrière un triste constat : l'élégance du vocabulaire avait disparu en même temps que celle de la femme.

En prenant de l'âge, alors qu'il voyait chaque jour son corps se dégrader un peu plus, Freycinet recherchait la chair tendre et le muscle ferme. Et puis, les hommes étaient quand même moins complexes ; depuis qu'il avait viré sa cuti – expression familière qu'il employait par autodérision – il parvenait à repousser les limites de ses relations sentimentales jusqu'à des pics qu'il n'aurait jamais pu atteindre avec une femme.

La vie de Jean Freycinet était plus mystérieuse que compliquée. Célibataire très prisé dans les dîners en ville, il aimait toujours les jolies femmes, mais il les aimait comme il aimait les chevaux : en leur portant un regard d'esthète, épuré de désir. Tout le monde savait cela ; toutefois, le virage homosexuel de Pochette restait un secret d'alcôve qu'il eût été malséant d'ébruiter. Ce n'était pas un sujet tabou, mais un sujet jamais abordé. Il ne fréquentait pas la communauté gay, ne se prévalait jamais de son inversion et ne participait à aucune orgie. Pour lui, le sexe était une affaire strictement privée.

À l'ancienne.

Ce jour de décembre, un vilain crachin maculait le pare-brise de son coupé Bentley. Jean Freycinet pestait parce qu'il venait de le faire laver. Il faudrait recommencer au retour de Vincennes ! Pochette ne supportait pas la moindre trace de boue sur la carrosserie de sa voiture. Il ne supportait pas non plus les courses au trot mais, l'hiver, il ne pouvait hélas se soustraire aux « petits hommes noirs ». Ainsi désignait-il les drivers maculés de mâchefer, sortant de la piste par temps pluvieux.

« Vivement le printemps, vivement le galop ! », grognait-il intérieurement en pénétrant sur le plateau de Gravelle. Confiant sa voiture à l'homme du parking, il saisit son parapluie et son attaché-case, puis se dirigea sans un mot, d'un pas rapide, vers l'entrée des Balances.

Freycinet détestait l'hippodrome de Vincennes. Il le trouvait vulgaire et horriblement mal fréquenté. De toute façon, il ignorait en bloc tout ce que l'on pouvait trouver à l'est de Notre-Dame, le périmètre de civilisation se limitant, pour lui, aux arrondissements du soleil couchant. Il pris l'ascenseur et pressa le bouton du deuxième étage. Le club Uranie. C'est là que Tune lui avait donné rendez-vous. Le seul endroit à peu près décent de cet hippodrome pourri, pensait-il à chaque fois que ses obligations professionnelles l'y amenaient. Au moins, les brigands y étaient rasés et portaient une cravate ! Les autres étages charriaient une racaille à laquelle Pochette répugnait à se mélanger, fût-ce du regard. Quel changement ! Quand son père l'emmenait aux courses, dans les années 50, le bon peuple qui puait la sueur et le graillon s'entassait dans le grand hall enfumé. Les enceintes réservées l'étaient vraiment et le public était trié comme des lentilles. D'un côté, la plèbe et de l'autre, les « ayant droit », comme on les appelait. Ayant droit à quoi ? Aux bienfaits de la ségrégation, au ghetto côté jardin. Freycinet préférait côtoyer les hommes à l'argent sale et à la chemise propre que le contraire. Aujourd'hui, tout était mélangé dans le shaker social. Plus de repères. Plus de valeurs.

Tune était affalé dans un fauteuil, style Chesterfield. Dès qu'il vit Pochette sortir de l'ascenseur, il se leva et se précipita à sa rencontre. Il puait toujours la carotte pourrie.

- Alors ? demanda Freycinet, avec un rictus de dégoût.

- J'ai un gagnant, répondit Tune.

- Ça, je sais, merci ! Je suis là pour ça. Il est d'accord ?

- Tout ce qu'il y a de plus d'accord, chef. Je l'ai travaillé au corps, en attendant votre arrivée.

- Où est-il ?

- Il sable le champagne au troisième.

- On y va !

Freycinet détestait s'entendre appeler « chef ». Il trouvait cette interpellation très populo et la voyait plutôt dans la bouche d'un routier devisant avec son patron. D'un autre côté, Tune était un collaborateur honnête et zélé. Il rechignait à le froisser pour une broutille. Ces gens du peuple prenaient la mouche facilement et c'est parce que la classe dirigeante n'avait su en tenir compte, pensait-il, qu'avaient germé toutes ces révolutions.

Tune avait été surnommé ainsi en raison d'une expression récurrente de son pauvre vocabulaire : « ça vaut pas une tune ». Freycinet ne connaissait pas son vrai nom et s'en fichait comme de son premier puceau. Tune était une de ces ombres qui hantent les champs de courses : mi-informateur, mi-tuyauteur, homme à tout faire des écuries, commissionnaire des jockeys, il vivait des libéralités de certains propriétaires, mais avait trouvé un revenu confortable et fixe auprès de Jean Freycinet et de son organisation. Son job consistait à repérer les gros gagnants et à les convaincre de se faire payer en espèces (avec un bonus), tout de suite, sans passer par les opérateurs du pari mutuel, qui réglaient par chèque, sur présentation d'une pièce d'identité. Ensuite, quand le client était d'accord, le « chef » se pointait avec la valise et l'échange se faisait en trois minutes. Freycinet inspirait confiance, au contraire de Tune qui, en smoking et col blanc, aurait toujours cet air de bouseux madré, prêt à arnaquer son propre frère.

Le « gros gagnant » était déjà bien éméché. Son haleine aurait tué une mouche à dix mètres et Pochette eut un geste de recul qu'il essaya de cacher maladroitement.

- C'est vous qui voulez m'acheter mon ticket ? demanda l'homme d'une voix vacillante.

Pour toute réponse, Freycinet ouvrit discrètement sa mallette, laissant entrevoir des liasses de billets.

- Oh, oh ! dit l'homme avec des yeux ronds. Je veux 20 %.

Freycinet referma la mallette avec un claquement sec.

- Dix, c'est le tarif.

- Pour moi, c'est vingt.

Freycinet fit volte-face.

- Au revoir, monsieur.

Il se dirigea d'un pas rapide vers les ascenseurs. Tune trottinait derrière lui, écartant les mains en signe d'impuissance.

- Attendez ! postillonna l'homme. Ne partez pas comme ça... prenez donc une petite coupe !

Freycinet se retourna, fixant l'homme d'un regard méprisant.

- C'est dix, pas un centime de plus. À prendre ou à laisser !

- C'est bon, tope là !

Jean Freycinet n'avait nulle envie de toper là... ou ailleurs. Il fit signe à l'homme de le suivre dans un coin retiré du grand bar. Heureusement, Vincennes était désert. Petit programme sans relief, en plein milieu de semaine. Les turfistes devenaient paresseux ; ils préféraient suivre les courses sur Equidia, la chaîne du cheval. Signe des temps. L'homme confia son ticket à Freycinet qui alla le faire authentifier sur une borne automatique, puis il annula l'opération et, revenant vers le gagnant, sortit de sa mallette le montant de son gain, majoré de 10 %, en coupures de deux cents euros.

Un gros quinté dans l'ordre de 126 000 euros.

Avec six chevaux seulement. Le type avait une veine de cocu. En comptant les liasses, Freycinet leva la tête pour le dévisager et se dit qu'il n'avait pas que la veine du cocu ! L'échange dura cinq minutes, à l'issue desquelles Pochette referma sèchement sa mallette. Il glissa le ticket gagnant dans son portefeuille en croco, salua son vis-à-vis d'une discrète inclinaison de la tête, puis tourna les talons.

- Et la coupe ? lança l'homme d'une voix grasse.

- Jamais d'alcool, répondit Freycinet, sans même se retourner.

Tune, lui, se retourna. Écartant derechef ses mains en signe d'impuissance. Dans l'ascenseur, il dit timidement à son patron :

- On s'arrête à Uranie pour un café ?

- Et pourquoi pas une coupe ?

- Je croyais que vous ne vouliez pas boire d'alcool ?

- Ça dépend avec qui.

Dans la catégorie moustiques, ceux que l'on pouvait écraser du talon quand ils n'étaient plus indispensables, Tune était plutôt sympathique aux yeux de Pochette. Comme rabatteur, il était excellent, et le quart d'heure qu'il s'apprêtait à lui consacrer n'était pas une perte de temps. Et puis, même si Pochette détestait le trot, il était là. Pourquoi ne pas se détendre autour d'une coupe, regarder une course et s'offrir une petite poussée d'adrénaline.

- Qu'est-ce qu'il y a de bien dans la prochaine ? demanda Freycinet. Le favori, c'est solide ?

- Vaut pas une tune.

Freycinet aurait dû s'en douter. Il but sa coupe, serra la main de Tune et disparut. Les cheveux ébouriffés, l'œil torve, ce dernier le regarda s'éloigner, comme une vache qui voit passer un train. À la sortie des Balances, Jean Freycinet fit un brusque écart pour s'écarter du champ visuel de Banane. Une autre ombre des courses, mi-clochard, mi-turfiste, qui avait la réputation de porter la scoumoune. Pochette n'était pas superstitieux, mais il avait constaté qu'à chaque fois qu'il lui avait serré la main, ses chevaux n'avaient pas été au rendez-vous. Il s'était dit, comme d'autres propriétaires, que le type était noir et contagieux ; il savait par expérience qu'une épidémie de poisse pouvait empoisonner un champ de courses !

C'était la mauvaise heure. Le crachin avait mû en une pluie régulière mais la circulation, elle, ne s'était pas liquéfiée. À l'entrée du Périph', le panneau lumineux annonçait : « Porte d'Auteuil, 50 minutes. » Quitte à perdre son temps dans les embouteillages, autant le perdre agréablement. Freycinet bifurqua vers Paris centre et les quais de la rive gauche. Il n'avait plus rien à faire de l'après-midi et, bloqué pour bloqué, préférait contempler le plastron historique que la ceinture bétonnée de la capitale. Dans le confort douillet de sa vieille Bentley, caressant le cuir satiné et les boiseries, battant la mesure d'un quatuor de Schubert, il n'était pas vraiment sûr de perdre son temps. Demain, il irait encaisser son ticket de quinté dans le PMU du coin, puis verserait le chèque sur son compte courant. Jean Freycinet, dit Pochette, ayant fait fortune dans l'exploitation de plusieurs sites de paris en ligne, aucune autorité ne suspecterait cette accumulation de gros gains. Cela valait mieux, d'ailleurs, car cet argent ne faisait que transiter par le compte de Pochette. Il servait aussi à acheter des pur-sang. Version aristocratique de la machine à laver.

Tant à la Brigade financière que dans le langage courant, on appelait ce type d'opérations : blanchiment d'argent. Pochette était un blanchisseur chic, son apparence en témoignait.

Arrêté devant Notre-Dame, dans un concert de klaxons que l'insonorisation de la Bentley ne pouvait étouffer, Freycinet vit deux « baleines », en survêtement rose fluorescent qui mettait en relief leurs débordements adipeux, poussant deux bébés-monstres dans des landaus. Pochette secoua la tête en soupirant. Il ferma les yeux, remit ses oreilles entre les mains de Schubert et s'envola sur un nuage onirique, revoyant en pensée le visage d'ange d'un tout jeune apprenti qui venait d'entrer au service de son entraîneur.

Pebble Beach, janvier 2010.

IL ÉTAIT 10 H 45 quand Lester Blum gara sa Lexus sur le parking du golf de Pebble Beach. Il ne put s'empêcher de sourire en voyant les six lettres de « CLOSED » peintes en rouge sur une grande pancarte blanche, à l'entrée du club-house. Lester allait avoir pour lui tout seul un des plus beaux parcours de la planète, en bordure de l'océan Pacifique. Les vagues léchaient la roche, sous les pieds des joueurs à l'adresse. Les golfeurs du monde entier dépensaient des fortunes pour avoir le droit de figurer sur la liste d'attente. Lester, lui, n'avait pas déboursé le moindre cent pour en être le propriétaire d'un jour !

Blum avait une heure d'avance, car il avait pris une grosse marge en prévision d'éventuels embouteillages. La circulation était imprévisible et le Président était un maniaque de la ponctualité. Au fond du parking, il aperçut quatre limousines noires aux vitres fumées. Il eut un autre sourire. La garde rapprochée du Président était sur place bien avant l'arrivée de celuici, programmée à 12 heures. La veille et l'avant-veille, les officiers chargés de sa protection étaient venus en repérage pour « couvrir » tous les endroits possibles où un sniper aurait pu se cacher. Sur un parcours dont la longueur excédait les six kilomètres, cela faisait beaucoup !

Mais les gorilles étaient en nombre. L'entourage du Président ne lésinait pas sur la sécurité.

Lester Blum avait le titre officiel de « Conseiller spécial » du Président et le titre officieux de meilleur ami. Cela lui conférait le droit à une certaine familiarité, à de nombreux privilèges comme ces parties en match-play[2] dont le Président raffolait tant. Mais l'amitié présidentielle le contraignait aussi à quelques devoirs ; la ponctualité en était un. Ses autres devoirs se rapportaient à ses fonctions au sein de la présidence des États-Unis. Des fonctions relativement floues, dans la mesure où Blum était directement rattaché au Président, sans mission particulière. Le poste avait d'ailleurs été créé pour lui. Il était une sorte de supersecrétaire, de confident, voire d'âme damnée ou fou du Roy dans les périodes dépressionnaires.

Celle-ci en était une.

Blum et le Président s'étaient liés d'amitié sur le campus de Harvard, à une époque où les étudiants noirs n'attiraient pas forcément la sympathie dans les hauts lieux de l'enseignement WASP[3]. Au milieu des jeunes éphèbes boutonneux, élevés aux corn flakes et au beurre de cacahuète, le grand Noir malingre et le petit Juif rondouillard s'étaient reconnus. L'un avait le regard triste mais intelligent, l'autre l'œil vif et rusé du renard, qui sait transformer ses faiblesses en forces. Sous le lourd couvercle du mépris ambiant, ils s'étaient unis et dirigeaient aujourd'hui, de conserve, la première nation du monde.

Le chef de la Sécurité, Sam Watergate, vint à la rencontre de Blum.

- *Hi*, Lester. Vous avez bien roulé ?

- Comme en pleine campagne. Du coup, je suis en avance.

---

[2] Compétition de golf qui se joue trou par trou. On comptabilise les points selon les trous gagnés ou perdus, non en totalisant le nombre de coups, comme dans les autres compétitions.

[3] WASP signifie « guêpe » en anglais, mais c'est aussi l'acronyme de White Anglo-Saxon Protestants (Anglo-Saxons blancs et protestants), descendants des Pères fondateurs et classe dirigeante aux US jusqu'à la fin du siècle dernier.

- Je vous offre un verre ?

- Non, je crois que je vais aller au practice. Je me sens un peu rouillé et il va falloir que je me surpasse pour LE battre.

- À votre aise.

Sam Watergate n'avait pas été recruté en fonction de son nom, mais parce qu'il sortait du Pentagone, après être sorti de West Point avec un florilège d'éloges et de diplômes. C'était un petit homme au regard d'acier. Rien ne semblait lui échapper.

- Le secteur est quadrillé ? demanda Blum.

- J'ai pratiquement un homme dans chaque arbre.

- *Fine*. Je peux donc dormir sur mes deux oreilles ?

- Et même vous concentrer sur votre swing. Il paraît que le Président est en grande forme.

- Alors, j'y vais de ce pas !

Un caddy prit le sac du conseiller et le transporta jusqu'au driving range. Lester Blum commença alors ses exercices d'échauffement. L'homme était petit, ventripotent, mais d'une rare souplesse chez un être aussi corpulent. Il avait la faculté de tendre ses muscles au maximum pour provoquer un effet ressort qui lui conférait une très grande puissance, eu égard à sa petite taille. Blum avait des avant-bras qui ressemblaient à des jambons, des mains aussi larges que des planches à pain et une tête vissée dans de puissantes épaules. Il était chauve, et cette quasi-absence de cou lui donnait un air de monstre rassurant. Du moins pour qui se trouvait de son côté.

Un homme très chic, vêtu d'une veste et d'une cravate club, trottina dans sa direction.

- Le Président vient d'arriver, dit le directeur du club. Il vous attend au tee n° 1.

- C'est bon, je suis chaud, répliqua Blum. Je vais lui mettre la pâtée.

Le directeur eut un sourire crispé.

De son pas nonchalant, Lester Blum se rendit au départ du trou n° 1 où il aperçut la longue silhouette de son ami présidentiel, entouré d'un caddy et de trois gardes du corps.

- *Good to see you, old sport !*

Le Président adorait ce type d'interpellations surannées qui lui rappelaient la jeunesse dorée des années 20, chère à Scott Fitzgerald, son écrivain favori. Il dut se courber en deux pour embrasser son ami, ayant pris cette habitude lors d'un séjour linguistique en France où tous les jeunes gens s'embrassaient. Le Président était très francophile. Dans les milieux conservateurs de Washington, cet excès de familiarité passait mal. Mais en votant pour un président noir, on avait aussi voté pour une différence.

- Quel est l'enjeu ? demanda le Président. Tu as un nouveau condamné à mort ?

- Affirmatif.

- Innocent, comme d'habitude ! dit le Président avec un demi-sourire.

- Innocent.

- *Fair enough.*

- Celui-là, je t'assure, tout le monde se demande comment il a pu en arriver là.

- Mettrais-tu en doute notre système judiciaire ?

- Non, pas le système. Mais le jugement humain est faillible.

- C'est ce que tu me dis à chaque fois.

- Écoute, martela Blum, je te garantis qu'il plane de sérieux doutes sur la culpabilité du bonhomme. Seulement, son avocat n'a pas réussi à faire douter le jury.

- Que lui reproche-t-on exactement ?

- Le meurtre de son ex-femme, de son mari et de leurs deux enfants.

- Rien que ça !

- Ce n'est pas lui.

- Alors qui ?

- La police a classé l'affaire.

- *All right.* L'exécution est pour quand ?

- Après-demain.

- Bon, ne perdons pas de temps ! dit le Président. Sa tête est au bout de tes clubs.

Lester Blum était très joueur et le Président aussi. Pour des raisons faciles à comprendre, ce dernier avait dû surseoir à ce type de loisirs, mais durant leurs années estudiantines, les deux compères ne s'étaient guère privés : poker non-stop jusqu'à épuisement, courses à Belmont ou Saratoga, sans parler de fréquentes virées à Atlantic City ou même à Vegas. Tout était bon pour faire fructifier la bourse d'État. Une chance que les deux élèves fussent brillants ! Devant leurs résultats, l'administration de Harvard fermait pudiquement les yeux sur leurs dérobades extra-universitaires.

Depuis cette époque, Blum et son ami présidentiel avaient pris l'habitude « d'intéresser » leurs joutes golfiques. Ils jouaient de l'argent, un bon restaurant, ou encore un magnum de champagne millésimé (le Président était fin gastronome) et puis un jour, Lester, sensibilisé par un de ses amis avocat en pénal, avait sollicité la grâce d'un condamné à mort auprès de son ami. Le tout dernier recours. Le Président l'avait écouté attentivement et, non convaincu par son plaidoyer, lui avait néanmoins suggéré de jouer cette grâce sur la fin de leur partie. Lester avait gagné et désormais, dès qu'il avait un « bon dossier », il ne se donnait plus la peine d'argumenter, proposant directement au Président de jouer la tête du condamné, sur un match-play de 18 trous.

Lester Blum ne gagnait pas toujours mais ce jour-là, il avait encore battu le Président, sur un putt improbable d'une dizaine de mètres au dernier trou. La balle avait failli faire une virgule[4], pour finir par s'engouffrer dans la cavité salvatrice.

À quoi tient la vie d'un homme !

Au vestiaire, après une bonne douche entre mecs, comme au bon vieux temps, le Président demanda :

---

[4] Se dit d'une ellipse faite par la balle autour du trou, sans y tomber.

- Tu es au courant pour l'histoire du missile nord-coréen ?

- Bien entendu.

- Qu'en penses-tu ?

Le bureau de la CIA à Séoul prétendait qu'un missile à ogive nucléaire aurait disparu à Pyongyang. L'info venait d'un agent infiltré dans l'entourage de Kim Jong-il.

- Je pense que c'est de l'intox, dit Lester Blum.

- Qu'est-ce qui te fait dire ça ?

Blum désigna son nez de l'index.

- Je ne sais pas... ça paraît gros. Qui peut faire un coup pareil ? Al-Qaïda ? Ils sont complètement atomisés, c'est le cas de le dire. Le Pakistan ? Ils ont déjà l'arme atomique. Les Iraniens ? Ils sont en train de la fabriquer. Un franc-tireur ? Une organisation terroriste indépendante et crapuleuse ?...

Blum haussa les épaules.

- Franchement, vieux, j'en suis à me demander si notre homme n'est pas un agent double. S'ils ne cherchent pas à nous faire croire qu'on leur a piqué une cacahuète pour mieux nous l'envoyer sur la gueule – quand je dis « nous », ce peut être les Chinois, les Japonais, les ex-colonisateurs, les Russes (même s'ils n'ont que 19 kilomètres de frontière commune) ou bien les grands frères du Sud – en faisant croire au monde entier, donc à l'Oncle Sam, qu'ils n'y sont pour rien.

- C'est encore plus grave.

- Je ne te le fais pas dire.

- Qu'est-ce qu'on fait ?

- On ne bouge pas. De toute façon, il y a plus urgent.

- Quoi donc ? demanda le Président, un voile d'inquiétude sur le visage.

- J'ai l'impression qu'ils veulent faire foirer le processus de paix.

- Donc, la création d'un État palestinien.

- *Right.*

- Qui ça, « ils » ?

- Justement, c'est ce que je voudrais savoir. Mais j'ai comme dans l'idée qu'on cherche à éliminer Sarah Ziegler.

- Physiquement ?

- J'en ai bien peur.

- Ce serait une catastrophe planétaire.

Pour toute réponse, Blum fit la moue.

- Mets-toi sur le coup ! ordonna le Président. C'est prioritaire.

- À vos ordres, Ta Majesté !

Vienne, février 2010.

COMME HYPNOTISÉ, Timothy Erasmus Nichollson regardait fixement la femme rousse au boa de plumes. Hypnotisé. Non, envoûté. Car il ne pouvait plus détacher son regard et personne ne claquerait les doigts derrière lui pour le réveiller.

Tim Nichollson était parfaitement éveillé.

Conscient. Tellement conscient qu'il restait fasciné par ce visage qu'il entendait respirer sous le pinceau de Klimt. Tim sentit une main posée sur son épaule.

- Monsieur, nous allons fermer.

Le gardien semblait presque désolé. Il regardait son collègue en haussant les sourcils. Tim se retourna lentement et dévisagea la face rougeaude de l'homme en uniforme.

- Nous allons fermer, répéta gentiment le gardien, vous ne pouvez plus rester ici, monsieur !

Tim déposa un dernier regard sur la toile, puis tourna les talons et s'éloigna. Sans un mot.

- Tu te rends compte, dit le gardien à son collègue, il est là depuis ce matin. Il n'a pas bougé d'un centimètre.

- *Mein Gott !* s'exclama l'autre, sans rien trouver à ajouter.

Lorsque Timothy Erasmus Nichollson quitta le palais du Belvédère, il faisait nuit noire. L'homme blond marchait tête baissée, en regardant scintiller les cristaux de neige sous les réverbères. Dans la physique quantique, les repères de temps et d'espace n'existaient pas. Nul doute que ce visage, peint par le chef de file de la sécession viennoise, et celui de cette Sarah Ziegler, Premier ministre de l'État d'Israël, était le même : celui de sa femme. Elle pouvait tout aussi bien poser pour Klimt et, dans un même temps, siéger à la Knesset. Tim n'était pas fou, le docteur Kubler le lui avait dit. Il y avait une explication scientifique à tout.

Comme il aimait cette femme ! Comme il était heureux de la retrouver ! Comme il la détestait ! Comme il avait envie de lui faire mal ! Lui faire ressentir une douleur au moins égale à celle qu'il avait endurée. Non, ce n'était pas possible. Personne ne pouvait souffrir comme il avait souffert. Il fallait la tuer. En tuant la femme, il tuerait la douleur. Il tuerait le souvenir peut-être... mais si le temps n'existait pas, le souvenir non plus. Comment effacer quelque chose qui n'existe pas ?

Il fallait quand même essayer. Tim Nichollson souffrait beaucoup trop – dans son corps, dans sa chair – pour ne pas chercher une solution antalgique.

Sans l'extraire de ses pensées, ses pas l'amenèrent mécaniquement devant l'hôtel Impérial où il était descendu pour la nuit. Alors qu'il s'apprêtait à entrer, Tim fut attiré par un petit rassemblement à l'extérieur. Il ressortit et aperçut un attroupement devant le bâtiment du Musikverein, mitoyen de l'hôtel. Il s'approcha, faisant face à une énorme affiche sur un trépied, et reconnut le portrait barbu du célèbre pianiste roumain Radu Lupu (dans l'ombre des Habsbourg, il ressemblait étrangement à Karl Marx...), crut lire le mot « récital », puis entra s'informer. Restait-il des places ?

Il en restait.

Durant le spectacle, Tim Nichollson eut la curieuse sensation qu'il connaissait déjà cette salle. Bien sûr, comme tous les téléspectateurs mélomanes de la planète, il avait assisté au fameux concert du nouvel an...

mais ce n'était pas cela. Il la connaissait charnellement. Il avait déjà joué sur cette scène.

Tim Nichollson n'avait jamais effleuré le clavier d'un piano... mais il *savait* qu'il s'était déjà produit en ce lieu magique, sous les yeux de celle qui allait devenir sa femme.

La jolie rousse au boa de plumes et aux yeux lilas, peinte par Klimt, qu'il avait retrouvée dans le monde réel sous les traits de Sarah Ziegler.

Le monde réel ! Voilà qu'il se surprenait à parler comme les ignorants. Il n'y avait pas de monde réel. Le réel était partout ; dans l'espace et dans le temps, qui n'existaient ni l'un ni l'autre !

Tim attendit que le public eût déserté la grande salle parallélépipédique, pour se rendre discrètement dans les coulisses. Il prit comme prétexte qu'il désirait un autographe de Radu Lupu, au cas où on lui demanderait quelque chose, mais personne ne lui demanda quoi que ce fût, pour la bonne et simple raison qu'il ne croisa âme qui vive.

Le décor lui était familier. Tim ferma les yeux et revit le public l'applaudir, remarquant, au dixième rang d'orchestre, une jeune fille rousse, debout, criant « bravo » à tue-tête. Elle avait le sourire angélique que peut suggérer une partita de Bach, et les yeux embués de larmes.

Le temps n'existait pas. C'était hier, aujourd'hui...

C'était maintenant.

Paris, novembre 2009.

La rue Rabelais hébergeait deux des lieux les plus fermés de la capitale : le Jockey Club et l'ambassade d'Israël. Celle-ci jouissait d'une surveillance renforcée ; une sorte d'état de siège permanent. Le cortège qui en sortit fut d'autant plus discret.

Nul ne savait – du moins officiellement – que madame le Premier ministre était en déplacement à Paris. Un déplacement de courte durée, puisqu'elle devait reprendre l'avion le lendemain matin. Peut-être partagerait-elle un petit déjeuner avec son homologue français, mais rien n'était moins sûr. Son unique apparition qui revêtît un caractère public consistait en un cocktail de l'association France-Israël, à l'hôtel de Crillon.

C'était là que Sarah Ziegler se rendait avec son escorte.

En qualité de voisin du Crillon, mais plus encore en raison de l'amitié qui liait les États-Unis d'Amérique à Israël, l'ambassadeur US s'était fait un devoir d'y assister avec son secrétaire particulier, Tim Nichollson. De fait, il était notoire que l'amitié en question s'était quelque peu fissurée depuis l'élection du nouveau président et le « devoir » venait d'en haut.

Pour sa part, Sarah Ziegler espérait rencontrer, en sous-main, le conseiller du Président, Lester Blum, dont la présence avait été annoncée officieusement. Blum était un ami de longue date ; elle pouvait lui parler franchement. La déclaration du plus influent potentat en faveur de la création d'un État palestinien avait semé un vent de panique dans l'État hébreux. Sarah Ziegler, qui avait autant de mal à tenir sa coalition gouvernementale qu'un guerrier antique un quadrige de chevaux fougueux, marchait sur des œufs car tout un chacun la savait secrètement favorable à une telle issue. Elle aurait fait n'importe quoi pour que son pays retrouve la paix et cette compromission lui était reprochée jusque dans son plus proche entourage, notamment par son général de mari. Qu'importe ! Ce n'était malheureusement pas l'unique pomme de discorde entre les deux époux. Sarah s'était résignée à la ruine de son mariage... pas à celle de son pays. Pour l'heure, son unique but consistait à faire admettre son point de vue à la coalition gouvernementale et, de son côté, le président US devait faire la même chose avec le très influent lobby juif new-yorkais.

Durant le cocktail, après les discours d'usage, Sarah Ziegler se promena de groupe en groupe, pour serrer quelques mains et principalement celles des représentants religieux, dont le visage marquait une vive inquiétude quant à la position commune des deux États, soulignée par un speech introductif pourtant très édulcoré. L'ambassadeur américain et son factotum adoptaient la même attitude, tant et si bien que les deux promoteurs du futur État palestinien n'eurent jamais l'occasion d'échanger le moindre mot en aparté. Ce, au grand dam de la flamboyante rousse qui avait remarqué, dans la suite de l'ambassadeur, un jeune homme blond au regard clair. Tout à fait son type d'homme. Ce dernier la regardait fixement et cela n'avait pas échappé à Sarah.

Elle lui lança un sourire complice et vit le regard du jeune blond se durcir. Qu'y avait-il de mal ? Sarah sentit ses muscles maxillaires se crisper ; elle baissa les yeux. Ses grands yeux mauves. Le jeune homme devait être issu d'une famille traditionaliste de la Nouvelle-Angleterre ; son éducation luthérienne lui interdisait vraisemblablement toute communication avec une personne à laquelle il n'avait pas été présenté. Sarah Ziegler balaya ses pensées, neutralisa l'appel de ses sens et la fonction reprit l'ascendant sur la femme. Elle but cul sec la coupe de champagne qu'un serveur lui tendait, poursuivit sa tournée quelques minutes, jeta un regard effaré sur sa montre, puis tourna ses talons aiguilles sous le regard admiratif des convives, pensant à coup sûr qu'il fallait être une sacrée femme pour supporter un pareil emploi du temps !

De fait, si la sortie de Sarah Ziegler était volontairement théâtrale, elle n'en répondait pas moins à un *schedule* très serré. Il était 20 h 30 et madame le Premier ministre était attendue pour dîner « Chez Géraud » par Lester Blum.

La rue Vital est une petite artère (plutôt une veinule) résidentielle, dans laquelle personne n'irait chercher un restaurant s'il ne le connaissait déjà. Nous étions dans le 16e nord, arrondissement calme et discret, havre de la bourgeoisie tranquille. Lester était attablé dans un coin, seul. À l'abri des regards et des oreilles. « Géraud » est un bistrot du terroir, comme on en trouve assez peu dans le coin. Son isolement favorise une clientèle d'habitués qui apprécie la bonne chère et une certaine *privacy*.

- *Hi, Les*, dit Sarah en s'asseyant devant le conseiller du Président, non sans avoir jeté un regard circulaire.

- Tu ne crains rien, ma chérie. Ici, personne ne te reconnaîtra. Chez Géraud, on ne regarde que son assiette !

- À propos d'assiette, ils ont un menu végétarien ?

- Ce n'est pas vraiment le genre de la maison. J'avais oublié tes habitudes alimentaires. Dans d'autres domaines, galéja le conseiller, tu es plutôt une plante carnivore !

Lester et Sarah s'appréciaient mutuellement. Ils avaient l'un envers l'autre une liberté d'expression qui n'excluait pas l'humour, vertu peu répandue dans le monde politique. Lester connaissait les « petits travers » de son amie et s'en amusait. Celle-ci l'acceptait et en riait avec lui. Cette taquine complicité les détendait ; elle leur faisait oublier les affaires d'État, les imbroglios géopolitiques, les discours et les attitudes convenus.

Un garçon, en tenue d'ouvrier viticole, posa une bouteille de Chiroubles sur la table.

- J'imagine que tu ne bois toujours pas de vin ? demanda Lester sans attendre de réponse. C'est dommage, car ils ont ici les meilleurs beaujolais du monde.

- Pourquoi veux-tu que j'aie changé ?

- On change parfois en vieillissant.

Sarah secoua sa lourde crinière rousse. Son visage se crispa et une ride apparut entre ses grands yeux que flétrissait l'anxiété.

- Tu trouves que j'ai vieilli ?

- Pas du tout ! Je voulais dire « en mûrissant ». Comme le bon vin, justement.

Lester lui prit tendrement la main, qu'il tapota doucement.

- Tu es toujours la même, ma Sarah... du moins, à mes yeux. Le plus séduisant Premier ministre de la planète.

- J'ai bien peur que la concurrence ne soit réduite.

Lester Blum fit la moue.

- Hum, pas sûr. Regarde... pour ne citer que celles qui me viennent à l'esprit : Eva Perón, Golda Meir, Maggy Thatcher, Benazir Bhutto et aujourd'hui Michèle Bachelet, Condoleezza Rice ou encore notre chère Hilary, qui tremble de peur que je ne lui prenne sa place. Y a pas photo avec Sarah Ziegler ! Mais ta beauté est une arme à double tranchant, ma chérie. La plupart des ministres ou présidentes glamours se font éjecter des urnes. À force de faire bander les mecs, elles se font haïr des femmes, qui constituent la moitié du corps électoral. Et par peur de bobonne, les maris finissent par voter contre, eux aussi ! Heureusement, toi, tu es une vraie femme d'État. La classe politique mondiale le reconnaît et c'est ce qui te sauve, car ta position est bancale et il ne faudrait pas grand-chose pour te faire basculer. Je ne t'apprends rien, Sarah, mais fais attention à ton image ! Dévore plus les dossiers que les beaux mâles, sois une femme de rigueur et de travail, sans aucune vie privée ! Ou alors, arrange-toi pour qu'elle soit vraiment privée. Privée de couverture médiatique. Le Président a terriblement besoin de toi à la tête du gouvernement d'Israël.

Lester Blum parlait vrai, Sarah le savait. Mais il y avait deux femmes en elle et le Premier ministre en jupons, qui honorait la fonction par son travail et son intelligence, avait beaucoup de mal à museler la femelle, qui ne voyait autour d'elle que des rivales potentielles. D'ailleurs, à l'instant présent, Sarah regardait Lester avec des phéromones dans les yeux – état quasi permanent et pathologique, chez elle – oubliant jusqu'aux raisons de sa présence dans ce restaurant. Elle se demandait pourquoi elle n'avait jamais connu la moindre aventure avec ce vieux copain. Peut-être justement parce que c'était un vieux copain ! Et puis, Blum était tout sauf un Apollon et Sarah, de par son physique comme par sa position sociale, pouvait s'offrir tous les maîtres-nageurs de Santa Barbara. Mais elle avait entendu dire que les chauves étaient de bons baiseurs ; à la faveur d'une conversation à caractère plutôt intime, la rousse se sentait prête à le vérifier. Sarah n'avait jamais eu de rapports intimes avec un homme laid et c'était peut-être une expérience à tenter. Elle était fatiguée des corps de dieux grecs, à commencer par celui de son mari, Stefan, un homme viril à la plastique irréprochable. Que pouvait-elle lui reprocher, justement ? Rien. C'est précisément ce qui la gênait : cette monotonie de la perfection.

Les yeux dans le vague, elle fit un demi-sourire à Lester et profita de l'arrivée du garçon pour changer de conversation.

- Crois-tu que nous allons y arriver, Les ?

- Je le crois, oui. Sincèrement. Le Président est d'accord, il te soutiendra jusqu'au bout. Avec le support indéfectible des États-Unis, ton peuple suivra.

- C'est pas gagné. L'extrême droite est très virulente, elle manie habilement l'arme de la peur.

- L'extrême droite est dans ta coalition, que je sache.

- Oui, en surface. Nous faisons ami-ami, la hache de guerre est enterrée et nous marchons main dans la main. Mais dans la réalité, ça ne se passe pas comme ça. Ce sont des termites qui bouffent toutes les fondations d'une paix fragile. Comme les Arabes sont plutôt chatouilleux, je crains que leurs réactions épidermiques ne foutent tout notre travail en l'air.

- C'est en cultivant la peur de l'un envers l'autre qu'ils arrivent à maintenir ce climat d'instabilité. Il faut que tu agisses en médiateur, Sarah, que tu sois au-dessus de cela, que tu les regardes comme si...

- Comme si j'étais Dieu.

- Un peu, oui, dit Lester en souriant.

- Mais je ne suis qu'une simple mortelle et femme de surcroît, entourée de pays où l'on respecte plus les chameaux que les femmes !

- C'est là que réside ta force. Tu peux être une nouvelle reine de Saba, une sorte d'extraterrestre descendue de nulle part. Tu peux les unir autour du respect que tu les obligeras à te porter.

- Ce sont de belles paroles, Lester. Donne-moi le mode d'emploi !

- Le mode d'emploi, c'est ta fermeté. Le meilleur des consensus s'articule autour de la rigueur et de la transparence. Plus c'est simple, moins c'est contestable. Ils veulent un État indépendant, soit. Tu le leur échanges contre la paix.

- Tu défonces une porte ouverte, Les. Ça fait longtemps que l'Autorité palestinienne est tombée d'accord là-dessus. Même avec Arafat, on travaillait sur ces bases ! Le problème, c'est qu'en créant un État palestinien, on désamorce les arguments de ceux qui veulent faire disparaître celui d'Israël. J'ai comme dans l'idée qu'ils ne vont pas se laisser faire. De fait, les pires ennemis de la paix sont les extrémistes des deux bords. Les nôtres, parce que ça les atteint dans leurs tripes de filer un bout de sable aux Arabes, et ceux d'en face parce que leur seul et unique objectif est de nous rayer de la carte.

- Sur ce point, tu sais qu'on ne les laissera jamais faire.

- Sur ce point, Lester, tu sais que nous n'avons besoin de personne.

Lester lui reprit tendrement la main.

- Je sais, ma chérie. Mais personne ne souhaite en arriver là. Tu as une belle carte à jouer, qui te feras entrer dans l'Histoire... si c'est un as de cœur !

- Je me fous de l'Histoire, je veux la paix pour les miens. Je veux qu'on puisse vivre en Israël comme en Suisse. Et mon as de cœur, c'est toi !

Lester tapota derechef la main de Sarah, puis la relâcha pour attaquer ses rognons à la crème.

- Ils vont refroidir, s'excusa-t-il.

- Pouah ! Comment peux-tu avaler des trucs pareils ? On dirait un Français !

- C'est bien la qualité principale des *Froggies*, commenta le conseiller. Ils bouffent de tout, dans toutes les mains. Tu devrais en prendre de la graine !

Sarah s'esclaffa et dévora son assiette de salade. À la fin du repas, elle se hasarda vers une enquête toute personnelle :

- Dis-moi, Les, qui était ce joli blond qui ne quittait pas l'ambassadeur d'une semelle, durant le cocktail ?

- Tim Nichollson, son secrétaire particulier. Il a la moitié de son âge, mais c'est lui la nounou. Son Excellence ne peut rien faire sans l'avoir sous ses jupons. Pourquoi, il t'intéresse ?

- Non, pas du tout, mentit Sarah. C'est juste que...

- C'est juste que tu aurais bien aimé passer la nuit avec lui.

- Ça ne risque pas, je repars demain à l'aube.

- Et alors ? Le manque de sommeil n'a jamais anesthésié ta libido.

- Arrête, Lester ! Tu me gênes.

- Et voilà qu'elle nous joue les pucelles, maintenant !

Lester caressa doucement la joue de Sarah.

- C'est bien, ma chérie, c'est comme ça qu'il faut faire avec les Arabes.

Sarah changea brusquement de sujet.

- Tu aurais une date et un lieu ?

- Pour un rendez-vous galant avec le blondinet ?

- *Come on, Les,* je suis sérieuse. Pour le traité d'indépendance.

- Une date, je ne sais pas... ça dépend de vous autres et des Palestiniens. Il faut quand même que Abbas et toi arriviez à mettre vos deux peuples d'accord, par la voie légale. Quant au lieu, il faut un terrain neutre. L'Amérique a toujours été pro-Israël, ce n'est pas un terrain neutre. En Russie, c'est le contraire. Pourquoi pas la France ?

- La France a toujours mené une politique proarabe.

- Du temps de Chirac, ma jolie ! Maintenant, ce n'est plus tout à fait pareil. Le lobby juif parisien a beaucoup misé sur Sarkozy. Moi, je verrais bien votre petite coterie à Versailles. C'est un lieu historique, connu dans le monde entier, où l'on a déjà signé un paquet de traités. Je suis sûr que le pays des droits de l'homme nous concocterait un raout grandiose pour la circonstance !

En se levant pour quitter le restaurant, Sarah aperçut un homme d'une soixantaine d'années, très bien mis de sa personne, qui dînait à une table voisine. Cet homme était vêtu à l'ancienne, avec une pochette assortie à sa cravate, un détail qu'une femme comme Sarah ne pouvait manquer de remarquer. Elle eut la désagréable sensation d'avoir été observée par cet inconnu depuis le début du repas, mais il était probable qu'il l'avait reconnue. Sa photo faisait régulièrement la une des journaux, y compris en France.

Sarah fit la bise à Lester sur le trottoir, puis s'engouffra dans une limousine noire qui l'attendait devant l'entrée du restaurant. Alors que la voiture démarrait, elle revit les céramiques de Steinlen qui ornaient les murs de la grande salle. Elles retraçaient la vie parisienne durant ce que les Français appelaient, à tort ou à raison, « la Belle Époque ». Un bon restaurant. Un endroit chic, authentique et discret, comme elle les aimait. Sarah conserverait un bon souvenir de cette soirée en compagnie de Lester Blum. Elle se dit qu'un jour ou l'autre, elle finirait par avoir une expérience sexuelle avec ce vieux Lester. Plutôt repoussant de prime abord, il dégageait une sorte d'indicible attirance. Sarah ne savait comment la décrire, mais elle sentait ses chairs intimes frémir à cette perspective.

Beyrouth, novembre 2009.

PARFOIS, LESTER BLUM éprouvait des moments de lassitude quant à sa vie de nomade. Dans les rares périodes de spleen qui ralentissaient son hyperactivité, il se voyait seul sur une barque, en train de pêcher dans un lac du Vermont, son État de naissance. Du haut de sa chambre, au dernier étage de l'hôtel Phoenicia, il regardait la mer à l'infini. Le regard fixe, les yeux dans le vague... ou dans la vague qui berçait son évasion onirique.

La sonnerie du téléphone le ramena brutalement aux raisons de sa présence, bien concrète, dans cette chambre d'hôtel.

- Mister Blum ?

- Oui.

- On vous demande à la réception.

- J'arrive.

Lester Blum n'avait pas besoin de s'informer sur l'identité du visiteur. Son passage dans la capitale du Liban ne programmait qu'un rendez-vous. Après quoi, il reprendrait inlassablement son bâton de pèlerin vers une autre destination, et ainsi de suite. Jusqu'au jour où... la barque sur le lac du Vermont.

- *Salam alikoum !*

Lester tendit les mains écartées en direction de son hôte et ils s'embrassèrent longuement.

- Allons prendre un café ! dit-il.

Ibrahim Boughrani était l'émissaire de l'Autorité palestinienne. Un des bras droits de Mahmoud Abbas, pour ne pas dire son factotum. Celui qui lui succéderait un jour. Il était en contact permanent avec le Conseiller spécial du président des États-Unis, qui assurait l'interface dans la construction ô combien difficile d'un État palestinien. Lorsque Mahmoud Abbas et Sarah Ziegler pourraient (enfin) se rencontrer officiellement, il faudrait que le travail fût quasiment terminé et que les deux entités fussent d'accord sur un protocole. C'est à la mise en place de ce protocole que Blum s'affairait inlassablement, sous l'influence de ce qui restait encore et malgré tout la première puissance du monde.

Boughrani était un petit homme, mince et austère, avec le visage de l'intellectuel qu'il était. Écrivain et poète renommé, il était venu à la politique sur l'insistance de son ami Yasser Arafat, le fondateur de l'Autorité palestinienne, et s'était avéré un fin diplomate. Ibrahim Boughrani, qui avait aujourd'hui largement dépassé la soixantaine, cherchait la sagesse dans la tolérance, convaincu qu'il y avait de la place pour deux dans cette partie du monde. Mais comme la partie adverse, il devait faire face au fanatisme d'une minorité capable de se sacrifier pour que la paix n'aboutisse jamais. Blum connaissait sa position ; il la savait excessivement délicate et devait composer avec l'intransigeance des franges extrémistes des deux antagonistes.

- Eh bien, mon ami, dit l'émissaire en portant la tasse de café à ses lèvres, quelles sont les nouvelles ?

Les notes feutrées d'un piano, blotti dans un recoin du bar, se mélangeaient au fond sonore.

- Elles sont plutôt bonnes, dit Lester. Madame le Premier ministre se plie en quatre pour convaincre les plus réticents de son gouvernement et le Président (sous entendu : des États-Unis) l'appuie à cent pour cent.

- Concrètement, ça donne quoi ?

Contrairement à la plupart des Orientaux, Boughrani était très direct. Il ne gaspillait pas son temps en périphrases et allait droit à l'essentiel. Blum, qui avait roulé sa bosse dans toutes les antichambres de la politique, appréciait ce type d'hommes.

- Ça donne un État palestinien démilitarisé avec pour capitale Jérusalem est et une reconnaissance de l'État juif.

- Je te le dis tout de suite, mon ami, la reconnaissance de l'État juif ne passera jamais.

- Il faudra que ça passe, dit Lester d'une voix posée. C'est la condition *sine qua non.*

- Et les frontières ? demanda Boughrani, changeant de sujet.

- Ce sont toujours celles sur lesquelles nos géographes se sont mis d'accord.

- Quand ils ont bâti leur mur, ils ne nous ont pas demandé notre avis !

- Je crains fort que ce mur ne tombe pas tout de suite, déplora Blum. Mais on aurait dit la même chose de Berlin au début des années 80 !

- Certes, fit Boughrani, avec une moue fataliste. Mais cette histoire d'État juif, c'est une épine dans le pied !

- Je sais, Ibrahim. En toute objectivité, tu dois considérer que cette exigence est légitime. C'est une marque de respect que les Israéliens vous demandent.

- J'ai bien compris, dit Boughrani, mais déjà... si je demande à mon peuple de remettre les armes au râtelier, la pilule sera dure à avaler. Alors, en plus, s'il faut reconnaître l'État juif !

- Chez nous, dit Blum, quand ils faisaient la paix, les Indiens enterraient la hache de guerre. C'est une belle métaphore.

- Tu parles d'une métaphore, ricana Boughrani, vous les avez tous exterminés ! Et pourquoi tu ne demandes pas aux Israéliens d'enterrer leurs chars ?

- Écoute, Ibrahim, on ne peut pas continuer sur ce ton. Il faut arriver à une solution. Vous avez tout à gagner dans cet accord. Disons les choses telles qu'elles sont : vous ne pourrez jamais rayer Israël de la carte et, de son côté, Israël n'a plus envie de vous faire disparaître. Les temps changent, le vent souffle du bon côté. C'est du gagnant-gagnant, comme disent les Français ! Chacun doit faire un pas vers l'autre et franchement, Ibrahim, le pas qu'on vous demande de faire est un saut de puce, par rapport à l'avancée de ton peuple !

- Décidément, mon ami, je n'aime pas beaucoup tes métaphores.

Lester Blum se contenta de répondre par un sourire.

- Très bien, reprit Boughrani, je vais en référer à Mahmoud. Nous autres, au Fatah, nous ne serons pas difficiles à convaincre. Nous sommes des laïcs convaincus et nous avons toujours préféré la négociation à la force. Cependant, je doute que le Hamas l'entende de cette oreille. Quant au Hezbollah, alors là ?...

- Qu'est-ce que le Hezbollah vient faire là-dedans ?

- Rien, officiellement. Mais ils sont infiltrés partout : culturel, économique et social ! Leurs zones d'influence ressemblent à une grande pieuvre.

- C'est à ton Président de jouer son rôle de rassembleur. C'est bien pour cela qu'on l'a élu, non ?

- Sur le papier, oui.

Le pianiste du bar se mit à jouer un extrait de *La Vie parisienne* d'Offenbach, dont les clients rythmèrent le thème archiconnu en tapant sur les tables. Étonné que l'on remarquât sa musique, habituellement fondue dans le brouhaha ambiant, le pianiste accéléra le tempo et la salle le suivit. Avec un large sourire, Blum chantonnait le refrain. Boughrani le regardait, incrédule. Avec une chemise hawaïenne et un appareil photo, cet homme parmi les plus influents du globe passerait pour un beauf de Floride en voyage organisé !

C'est cela la vraie puissance, se dit Boughrani.

Paris, décembre 2009.

Il était 10 h 00 très précises quand Tim se présenta devant le 10 de l'avenue de la République. Comme d'habitude, il hésita avant de pousser la porte. Il n'avait pas envie de se raconter, mais en ressentait le besoin ; curieuse sensation. Ce n'était pas vraiment un besoin ; plutôt un devoir.

Envers qui ?

Nul ne l'obligeait à vider sa tête dans l'égout de ce Kubler. Cependant, Tim savait qu'il DEVAIT le faire. Comme un accouchement : la délivrance d'un corps étranger, délétère. Le transit était toujours difficile. Un peu comme un repas mal digéré, auquel on rechigne à faire prendre le même chemin qu'à l'aller ! Après quelques minutes d'une nauséeuse hésitation, il sonna à la porte du docteur Kubler.

- Vous êtes en retard, souffla celui-ci en guise d'accueil. Quelques gouttes de sueur perlaient sur son front dégarni.

Tim, qui était resté statique devant la porte, sans se résoudre à sonner, ne répondit rien et entra sur l'invitation du psychiatre. Comme à l'accoutumée, ce dernier ne prononça pas un mot, invitant par gestes son patient à s'allonger.

- J'ai fait l'amour avec le diable, dit Tim à l'issue d'un long silence introductif.

- Je suppose qu'il s'agit d'un rêve, répondit Kubler.

- Je ne sais pas.
- Racontez !
- C'est violent.
- Je m'en doute, fit le praticien. Allez-y, fermez les yeux, ne pensez à rien, dites-moi tout ce qui vous passe par la tête, ne cherchez pas vos mots, évacuez cette bile qui vous empoisonne, ce venin endogène !

Allongé sur le divan, Tim respirait lourdement. Il n'arrivait même pas à chercher ses mots, comme le lui commandait le docteur. Aucun ne venait. Au bout d'interminables secondes, il réussit à vomir une logorrhée qu'il fut lui-même étonné d'entendre sortir de sa bouche :

- Je sors d'une librairie où j'ai acheté un livre essentiel. Deux amis me ramènent en voiture et me déposent dans un immeuble que je crois identifier comme celui où vivait ma grand-mère, autrefois. J'entre dans une pièce très claire – et même lumineuse – puis je m'installe à une table et commence à lire le livre. Soudain, entre une femme âgée aux cheveux blancs, très bien coiffés. Cette femme est élégante et elle paraît plus jeune que son âge véritable. Elle s'approche de moi et se déshabille. Tandis qu'elle ôte ses vêtements, son physique se métamorphose. Les cheveux gris, courts et soigneusement peignés, se transforment en une longue chevelure rousse ondulée, qui tombe en cascade sur ses épaules nues. Son visage change aussi. Les lèvres fines de la dame âgée deviennent charnues, pulpeuses, offertes. Sa poitrine est absolument magnifique ; elle se soulève de désir. Les seins grandissent à vue d'œil, les tétons pointés vers ma bouche. Je m'en empare de la langue et tandis que j'entame une caresse buccale, la femme retire sa petite culotte en dentelle, qui découvre un mont de Vénus totalement rasé. Elle écarte les jambes et attire ma tête vers ses lèvres vaginales, grandes ouvertes et très humides. Au fur et à mesure que je m'approche du vagin, il s'écarte. Je m'apprête à lui faire un cunnilingus et dès que ma langue entre en contact avec ses muqueuses gluantes, je me sens happé à l'intérieur de son appareil génital. La tête d'abord, puis le corps tout entier. Je crie, je me débats... mais rien à faire ! Mon corps glisse tout doucement à l'intérieur de cette femme. Je saisis alors un poignard et lacère sauvagement les parois de ma prison vaginale. Un torrent de sang m'inonde et, ne pouvant plus respirer, finit par me noyer. Je me noie dans son sang !

À la fin de ce récit, Tim était en nage. Fortement agité. Kubler ne disait mot. Tim attendit que le psychiatre se prononçât sur l'interprétation de ce rêve – de ce cauchemar – mais rien ne vint. De son côté, le jeune homme était trop épuisé pour dire quoi que ce fût. S'il n'avait été allongé, il se serait probablement effondré. Au bord du raptus. De fait, Kubler venait juste de relire ses notes. Il finit par s'exprimer :

- Votre rêve commence par l'achat de ce que vous appelez : un livre essentiel. Avez-vous une idée de ce à quoi peut correspondre ce livre ?

- Pas la moindre.

- N'avez-vous pas tenu un journal intime quand vous étiez enfant ?

- Si.

- Votre mère a-t-elle découvert ce journal à votre insu ?

- Oui.

- Et vous l'avez mal pris.

- C'est exact, docteur. Très mal pris.

- Vous lui en avez voulu ?

- Horriblement.

- Vous avez eu la sensation d'être violé ?

- Oui.

- Violé par votre propre mère.

- En quelque sorte, oui.

Kubler fit une pause, le temps de consulter ses notes, puis reprit :

- Cette dame aux cheveux blancs, cette dame du début de votre rêve, ne serait-t-elle pas votre mère ?

- Non. Elle ressemblait à ma grand-mère. Ma mère est encore jeune et elle n'a pas – ou très peu – de cheveux gris.

- Quels sont vos rapports avec votre mère ?

- Inexistants. Ils l'ont toujours été.

- Expliquez-vous !

- J'ai été une erreur dans la vie de ma mère. Elle ne voulait pas d'enfant, mais elle a assumé cet « accident », du moins sur le plan matériel. Je n'ai jamais manqué de rien, bien au contraire.

- Vos parents étaient à l'aise ?

- Oui. À l'aise et absents. Mon père, physiquement. Pratiquement toujours en voyage. Et ma mère, affectivement. Elle ne s'est jamais occupée que d'elle. Ma mère menait – et mène toujours – une vie sociale très active qui n'incluait pas la présence d'un enfant. Bridge, golf, massages, soins de la peau et remise en forme, chirurgie esthétique, salons de thé, dîners dans les grands restaurants et voyages d'agrément, bien entendu. Avec ses amis, amants, parasites en tout genre, gravitant comme des satellites autour de cette reine qui croyait diffuser la lumière. Ma mère est un personnage totalement égocentrique qui ne s'est jamais intéressé à quiconque, hormis sa propre personne.

- Pas même votre père ?

- Peut-être au début de leur union, le temps d'une passade amoureuse. Le mariage a probablement été un divertissement comme un autre, pour ma mère, une expérience nouvelle. Et puis, la vie – sa vie – a repris son cours. Mon père est devenu son financier et leurs rapports se sont bornés à des échanges strictement matériels.

- Que fait votre père ?

- Diplomate.

- Fortune personnelle ?

- Énorme.

- Est-il exact de dire que vous avez été élevé par votre grand-mère, la dame aux cheveux blancs de votre rêve ?

- Oui.
- Elle s'est donc substituée à votre mère.
- Je dirais plutôt qu'elle a pris le train en marche, si vous me passez l'expression. On n'a qu'une mère ; elle est irremplaçable. Ma grand-mère a voulu pallier la démission de sa fille ; elle a fait de son mieux pour y parvenir.
- Dans le rêve que vous me racontez, je vois un enfantement à rebours. Au lieu de sortir du ventre de votre mère, vous y rentrez.
- Mais vous me dites qu'il s'agit de ma grand-mère !
- En lieu et place de votre mère. D'ailleurs, ne se métamorphose-t-elle pas en une femme beaucoup plus jeune et séduisante ?
- Oui, bien sûr. Mais cette jeune femme, c'est la mienne !
- La vôtre, qui n'existe pas, et votre mère, qui n'a jamais existé pour vous, ne sont qu'une seule et même personne.
- Ma femme existe, docteur ! Je vous ai même donné son nom.

Kubler fit un geste d'agacement et d'incrédulité, que Tim ne put voir, et mit fin à la séance.
- Bon, nous allons en rester là pour aujourd'hui. Néanmoins, je souhaiterais que nous passions à mon bureau avant de vous rendre votre liberté.

Tim se leva et suivit Kubler. Ce dernier l'invita à pénétrer dans une autre pièce. Il l'installa dans une bergère Chesterfield, face à un grand bureau Regency, plia soigneusement le billet de cent euros qu'il venait de lui remettre, le glissa dans son portefeuille, puis s'assit à son tour et dit à son patient :
- Je pense que les séances de psychothérapie ne seront pas suffisantes. En complément, je vais vous prescrire un traitement neuroleptique et un court séjour dans une maison de repos, spécialisée dans les troubles du psychisme.

- Je ne comprends pas, docteur. Vous m'avez dit que je n'étais pas fou ?

- Qui vous parle de folie ? Vous ai-je prescrit une camisole chimique ? demanda Kubler en lui tendant son ordonnance. Vous ai-je menacé d'enfermement dans un asile d'aliénés ? Tout au contraire, je vous suggère de prendre une semaine de vacances dans un endroit calme, à l'écart des grands carrefours de ce monde, où l'on saura s'occuper de vous.

- Quel est cet endroit ?

- Une île de la mer ionienne qui appartient au Centre. Une sorte de Club Med, Med pour... médicalisé, plaisanta Kubler en déployant un large sourire que Tim ne lui connaissait pas. Vous êtes seul sur cette île avec d'autres patients qui, comme vous, ont plus besoin de vrai repos que d'autre chose. Vous avez un golf, des courts de tennis, plusieurs bateaux à votre disposition, vous pouvez faire de la thalassothérapie et que sais-je encore ! La seule différence avec le Club Med, le vrai, c'est que vous n'êtes pas pris en charge par des évadés de la Star Ac'. Vous serez entre les mains d'un personnel hautement spécialisé, voué corps et âme au rétablissement de votre santé.

- Une île de milliardaires, en somme... sauf que je ne suis pas milliardaire. Mes parents ont de l'argent, pas moi. Et je ne veux rien leur devoir !

- Vous avez une mutuelle ? demanda Kubler.

- Oui, comme tout le monde, mais je doute qu'elle couvre ce genre de thérapie.

- Ne vous inquiétez pas, j'en fais mon affaire. Je connais bien les gens du Centre et leur envoie suffisamment de patients pour qu'ils me fassent une fleur. Vous me direz à quel pourcentage se monte la prise en charge de votre mutuelle et nous nous arrangerons pour le reste. Je ferai en sorte, monsieur Nichollson, que vous n'ayez pas le moindre centime à débourser.

Tim sortit du cabinet, un peu déboussolé. Le bruit de la rue était opaque et les relents de diesel, qui le faisaient habituellement suffoquer, avaient un goût de fleur. Il était ailleurs. Peut-être déjà sur cette île paradisiaque dont le docteur semblait dire qu'elle serait un remède à sa torture. Était-il possible qu'il y en eût un ? Les dieux grecs avaient-ils le pouvoir d'extraire de sa tête cette tumeur qu'il appelait invariablement Emma ou Sarah ? En marchant, la tête dans ses souliers, Tim savait qu'il ne trouverait pas la réponse. Mais après tout, pourquoi ne pas essayer ? Ce repos ne pouvait, de toute façon, lui être néfaste. Son Excellence, en personne, lui avait dit, il y a quelques jours, qu'il le trouvait fatigué ; le teint pâle, les traits creusés. Pourquoi ne prendrait-il pas quelques jours de vacances ? À l'appui de prescriptions médicales, il ne pourrait donc s'opposer à ce que Tim sollicitât un congé maladie. Entrant dans l'ambassade, il salua les gardes en faction et se dirigea directement vers le secrétariat de Son Excellence, sans passer par son bureau.

Chantilly, juin 1910.

Maximilian n'a jamais vu une telle animation en gare du Nord. Bondée d'une foule hétéroclite où le caquetage mondain le dispute aux interjections boulevardières. Dans le train de dix heures pour Chantilly, il ne reste plus une place assise et, même debout, il faut jouer des coudes pour trouver un espace vital. Le pianiste est bien embarrassé car il porte son déjeuner dans une musette, en bandoulière. Un déjeuner frugal, espéré sur l'herbe tendre, en bord de piste, ou sous des arbres centenaires dont le soleil écartera les feuilles de ses ongles irisés. Le pique-nique est une pratique peu répandue dans le monde de Maximilian, mais l'imaginaire du jeune homme lui renvoie une image plutôt champêtre des hippodromes. L'air chaud et parfumé se prête aux rêveries bucoliques.

Le train a un gros hoquet, deux soubresauts puis, doucement, se met en marche. Dans ce wagon surchargé, l'air n'est pas chaud mais suffocant et s'il dégage des odeurs, celles-ci ne méritent sûrement pas le nom de parfums. Maximilian se mord la lèvre. Il vient de sentir le genou cagneux de son voisin, aiguisé comme un silex, s'enfoncer dans sa cuisse. L'homme est grand et très maigre. Vêtu d'une jaquette élimée, il pue la sueur et l'eau de Cologne bon marché. Son huit-reflets achève de le rendre ridicule ; il toise Maximilian avec le dédain de celui qui n'accepte ni sa classe sociale ni celle dans laquelle il voyage. Le jeune homme, lui, ne se pose aucune question. Ayant peu l'habitude du train, il ne s'est même pas posé celle de savoir dans quelle classe il voyagerait. Maximilian a suivi le mouvement et fait contre mauvaise fortune bon cœur, impatient de se retrouver au grand air. Il se décolle de cette promiscuité fétide et pense à Emma.

Depuis Vienne, ils ont échangé un courrier régulier. Sage correspondance, entre deux jeunes gens d'excellente éducation qui expriment leurs sentiments à travers des milliers de précautions rhétoriques. Emma lui a appris qu'elle serait en France au mois de juin pour assister au prix du Jockey Club dans lequel ses amis Vanderbilt, les magnats du chemin de fer, ont un cheval engagé. Maximilian connaît aussi les Vanderbilt, du moins la branche mélomane de cette grande famille de mécènes américains. Il ne se serait évidemment pas déplacé pour assister aux prouesses de leur pur-sang, mais la présence d'Emma change la donne et Maximilian a quelque peu distendu l'itinéraire de sa nouvelle tournée européenne pour faire un crochet par Paris. Bizarrement, la ville lumière ne figurait pas sur la liste des capitales qui s'apprêtaient à applaudir le jeune virtuose. Personne n'est au courant de cet écart, pas même son agent. Maximilian voyage incognito, serré comme une sardine dans un wagon de troisième classe dont les occupants ont du mal à respirer.

Lui, Maximilian Flemington, respire le bonheur.

À la gare de Chantilly, cette foule improbable se déverse sur la voie publique et Maximilian est pris par la vague. Jusqu'à l'entrée du Pesage, ce n'est qu'un amoncellement de baraques branlantes, brûlantes, animées et enfumées. On y grille de la viande, des saucisses et même du poisson. La moutarde chaude étale son remugle sur le pain rassis. Le vin aigre bouillonne et la bière fait des moustaches aux dames. On rit, on crache, on expectore dans un brouhaha innommable sur un fond de musique rance, venue de nulle part.

Badauds, curieux, paysans endimanchés, gentlemen (ou prétendus tels), aristocrates ruinés, femmes du monde ou du demi-monde, gigolos en goguette, pickpockets sur le qui-vive, profiteurs en tout genre, inspecteurs en civil, parasites professionnels, amateurs ou inconscients, bonimenteurs, menteurs tout court, tuyauteurs, vendeurs à la sauvette, chanteurs de charme ou sans charme, à la manche ou sans manches, manchots, culs-de-jatte et mendiants de toutes guerres, poilus, barbus et visages glabres, turfistes de tout poil, parieurs du tout pari, flambeurs tout feu tout flamme, bookmakers et, naturellement, ceux que l'on appelait sportsmen, les vrais, les purs, les nobles de cette incertitude que l'on dit glorieuse... tout ce petit monde bigarré converge pêle-mêle vers la terre promise.

Pour Maximilian, la terre promise sera le carré d'herbe où il espère retrouver Emma. Allongée, oubliant pour un temps son appartenance à une société codifiée. Peut-être apercevra-t-il une cheville ! D'un coup, le jeune homme est pris de panique. Non par peur d'être pris en flagrant délit de voyeurisme, mais parce qu'il sent le poids de son ridicule accoutrement, plus encore que celui de sa musette. Que penserait Emma si elle le voyait arriver ainsi ; comme un homme du peuple ? Il entre sur l'hippodrome et certainement dans le champ visuel de la femme aimée. Discrètement, il se débarrasse de son fardeau et oublie ses contractions stomacales.

- Maxi ! chante une voix au timbre reconnaissable entre mille.

- On ne m'a jamais appelé comme ça, dit Maximilian en se retournant.

- Cela vous déplaît ?

- Oh non ! Simplement, c'est nouveau. C'est... surprenant. J'ai horreur de Max, mais Maxi, c'est...

- Mignon. Comme vous, lâche Emma en se mordillant les lèvres.

Elle pique un fard et Maximilian, n'ayant sous la langue de repartie suffisamment spirituelle à son goût, préfère se taire. Les jeunes gens se regardent dans un long silence, puis Emma s'avance, sans quitter Maximilian des yeux, et pose doucement ses lèvres sur sa joue.

- Ainsi donc, Maxi vous plaît bien, dit le jeune homme, les joues en feu, parce qu'il ne sait quoi dire.

- Assurément, répond Emma en riant. Venez donc !

Elle lui prend le bras et le guide vers la Pelouse, au centre de l'hippodrome, avec les Grandes écuries des Condé en toile de fond.

- J'en ai mis du temps à vous trouver, observe Emma sur le ton d'un gentil reproche.

- Moi aussi, je vous ai longtemps cherchée.

- Au Pesage ?

- Oui.

- Alors, vous auriez pu chercher longtemps ! Nous sommes tous à la Pelouse. C'est plus pratique pour pique-niquer.

Maximilian manque de trébucher.

- Parce que vous, euh... faites un pique-nique ?

- Le temps s'y prête. Ça vous gêne ?

- Non, non, bien sûr. Mais je...

Maximilian montre ses mains vides. Emma éclate de rire.

- Vous êtes fou ! Nous sommes dix, il y a à manger pour cent. Venez, ne traînez pas ! Vous êtes blessé ?

- Non. Pourquoi dites-vous cela ?

- Parce que je suis obligé de vous tirer, comme un âne rétif.

Le rire clair d'Emma retentit, tandis que le jeune couple, main dans la main, se met à courir pour traverser la piste avant que les chevaux de la première course ne quittent le paddock pour s'y rendre.

Les chromes de la De Dion-Bouton, dont le coffre grand ouvert recèle des trésors de la gastronomie de plein air, étincellent. Le bouchon du radiateur, en argent, représente un pur-sang et son jockey sur lequel est peint une casaque rutilante. Négligemment allongés sur l'herbe, les convives – tous des jeunes gens, hommes et femmes, de moins de trente ans – semblent avoir été conçus dans le même moule. Vêtements raffinés, étoffes précieuses et bien coupées, langage châtié avec ces tonalités subtilement nasillardes qui marquent l'appartenance à la caste des possédants. Les hommes ont le teint frais, très légèrement hâlé, d'une jeunesse saine et sportive. Les jeunes femmes protègent leur peau des radiations solaires par des ombrelles de camaïeu pastel. Le visage de certaines disparaît sous d'immenses capelines de crêpe et de dentelle. Il se cache aussi sous une retenue imposée. À l'inverse, Emma la sauvageonne laisse jaillir sa crinière de feu dont les reflets se confondent avec ceux du soleil. Elle rejette les paravents sociaux ou physiques, capte l'attention et s'en amuse.

Autour de la nappe, finement brodée, que maintient sur l'herbe une vaisselle de rois, conversent sur un ton badin des héritiers de la banque, de l'industrie, du textile et de la propriété terrienne ou foncière. Emma présente le nouvel arrivant. Au nom de Flemington, un jeune homme brun, aux cheveux gominés, se lève, la main tendue :

- Flemington, le pianiste ?

- Tout juste, répond Emma.

- Vanderbilt, se présente le jeune brun, en serrant fermement la main de Maximilian.

- Je connais bien vos parents, dit ce dernier en guise d'introduction.

- Mes oncles, rectifie Vanderbilt. Mes parents ne s'intéressent qu'à leurs affaires et à leurs chevaux.

- Les miens aussi, chevaux mis à part.

- Peut-être, mais s'ils ont bâti leur empire sur un monde concret, ils ont su léguer à leur fils des valeurs artistiques. J'ai eu l'occasion d'assister à l'un de vos concerts ; j'ai été, comment dire...

- Envoûté, coupe Emma.

- Oui, envoûté. C'est bien le mot qui convient.

Les chevaux de la première course s'élancent à l'instant même et les jeunes gens voient leur attention détournée par le spectacle.

- Avez-vous joué ? demande Vanderbilt.

- Non, je viens juste d'arriver. D'ailleurs, c'est la première fois que je me rends sur un champ de courses.

- Alors, il faut absolument que vous jouiez dans le Jockey ! La *beginner's luck*, vous connaissez ? Jouez donc le cheval de mon père, ça lui portera chance !

Les pique-niqueurs se lèvent pour encourager les protagonistes de la première arrivée, à l'exception des jeunes filles chapeautées, indifférentes à l'excitation générale. Comme si l'ombre qui préservait leur blanche carnation faisait office de masque. Vanderbilt junior prend Maximilian par le bras et dit :

- Venez, je vais vous présenter quelqu'un.

Ils s'approchent d'un jeune blond vêtu d'un costume à rayures, conversant avec une jeune fille tout en rose, à côté de laquelle il est accroupi, une coupe de champagne à la main. À l'approche des visiteurs, le blond se lève.

- Voici Régis Oswald, le futur Caruso, dit Vanderbilt à l'encontre de Maximilian qu'il introduit pareillement.

- C'est un honneur, dit Oswald en s'inclinant légèrement.

Maximilian est très gêné. Des jeunes gens du même âge qui le regardent comme une icône... rien de pire pour mettre à l'aise quelqu'un de naturellement timide !

- Vous êtes ténor ? demande-t-il, embarrassé.

- J'essaye.

- Ne l'écoutez pas ! interrompt Vanderbilt. Quand je vous dis que c'est le futur Caruso, je n'exagère en rien. Vous savez que, dans ma famille, on s'y connaît un peu en musique ! Mais je vous laisse seul juge. Régis, êtes-vous d'accord pour nous donner un petit aperçu de votre talent, entre deux courses ?

- Fichez-lui la paix ! proteste Emma. Il n'est pas venu à Chantilly pour travailler.

- Et pourquoi pas ? s'insurge Vanderbilt. À Chantilly ou au Met', quand la chance entrouvre sa porte, il faut foncer. Régis n'a jamais eu l'occasion de chanter devant un vrai musicien. C'est le moment ou jamais.

Maximilian fait la moue en entendant « vrai musicien » ; il croise le regard d'Emma qui hausse les sourcils et dit :

- Tu veux le faire chanter en plein air, *a capella*, avec le bruit de la foule et des guinguettes qui couvre tout... c'est un suicide !

- Absolument pas. Il y a peu de chanteurs qui sont capables de surmonter un pareil test et Régis en fait partie. Je veux simplement faire constater par Maximilian combien il est exceptionnel.

Les visages se tournent alors vers l'intéressé. Étonné de susciter une telle polémique, l'air un peu ahuri, ce dernier murmure d'une voix à peine audible :

- On peut essayer.

- À la bonne heure. Que proposez-vous ?

- Eh bien, euh... on peut essayer, euh... *Nessun dorma*, le grand air du troisième acte de *Turandot*.

Vanderbilt fait tinter le goulot d'une bouteille de champagne avec une petite cuiller en argent, pour appeler l'attention de l'assemblée.

- Mesdames, messieurs, un peu de silence, s'il vous plaît ! Notre ami Régis va nous interpréter *Turandot* de Puccini.

D'un coup, le brouhaha se brise et Maximilian a l'impression que toute forme de vie s'est arrêtée autour de lui. Il ne voit que des visages de cire au regard étrangement fixe. Dans un silence quasi mystique, une voix prend son envol comme l'albatros, trait blanc sur un ciel pur. Durant trois minutes, le temps s'arrête sur les lèvres du ténor et quand la dernière note se pose comme une plume sur le sol, un nouveau silence se referme tel un couvercle sur la petite assemblée. Maximilian se met alors à frapper dans ses mains. Très lentement mais vigoureusement. Bientôt imité par tous les spectateurs auxquels se joignent les groupes voisins, puis les voisins des voisins, dans un véritable délire. Des voix s'élèvent, des hourrahs fusent de partout, le ténor s'effondre de fatigue, comme s'il avait chanté l'opéra tout entier, Emma lance un regard brûlant à Maximilian qui le lui renvoie, Vanderbilt exulte, fier d'avoir fait découvrir son poulain. Puis, doucement, le jeune pianiste s'avance, serre la main du ténor et lui dit :

- Ce serait pour moi un grand honneur que de vous accompagner dans un lied de votre choix.

- Je, je...

- Allons, les amis, coupe Vanderbilt pour masquer l'embarras du ténor, place aux courses maintenant ! Il nous faut trouver le gagnant du Jockey. J'espère que vous allez jouer le cheval de mon père !

Ce dernier répond au nom de REINHART et fait partie des favoris d'un prix du Jockey Club très ouvert, où ne se détache aucun champion. Comme à l'accoutumée, les grandes écuries sont toutes représentées et les suffrages vont aux hommes plus qu'aux chevaux.

- Moi, je joue Stern, dit un des commensaux. C'est le plus grand jockey de tous les temps.

- Tu n'y es pas, répond son vis-à-vis. Ce sont les jambes du cheval qui travaillent et celles de RENARD BLEU vont plus vite que les autres. Même avec sa tête, ton Stern ne pourra rien faire.

- Moi, avance un troisième, je ne me fatigue pas. Dans les courses classiques, je joue systématiquement les Edmond Blanc. Avec tous les pur-sang des plus grandes origines qu'il fait naître, c'est bien le diable s'il ne tombe pas sur le meilleur.

- Eh bien moi, conclut un quatrième, je me fous pas mal de savoir qui est le meilleur. Je suis fidèle en amitié et soutiendrai de mon obole le cheval du père Vanderbilt !

En aparté, Régis et Maximilian échangent un regard complice.

- Pour nous, il n'y a qu'un cheval, dit le ténor en tendant son programme à Maximilian. Il s'appelle OR DU RHIN II.

- Effectivement, ça ne peut mieux tomber. D'autant plus que je suis un inconditionnel de Wagner. Cet hiver, j'ai assisté au *Tristan* dirigé par Mahler. J'en suis encore tout retourné. Comme lorsque je vous ai entendu.

Ignorant le compliment, Régis lance :

- Vous ne craignez pas que notre ami le prenne mal, si nous jouons un autre cheval que celui de son père ?

- Aucune crainte, intervient Emma. Comme tous les fils à papa, Vanderbilt fait semblant de s'intéresser au hobby du *old man* mais, en réalité, il déteste les courses. Il a juste profité de ce prix du Jockey Club pour organiser une escapade mondaine dans un cadre magique. Vous pouvez jouer qui vous voulez... d'ailleurs, votre OR DU RHIN, il m'inspire, moi aussi. Je vais y mettre une pièce.

Une clameur dans les tribunes signale le départ de la course. D'où ils se trouvent, les jeunes gens ne voient pas grand-chose. Ils doivent attendre la montée de la Mère Marie, à mi-ligne droite, pour distinguer la couleur des casaques. Emma et Maximilian se regardent, interrogatifs. Pas d'OR DU RHIN à l'horizon. Ils entendent crier : « Allez Stern ! », « Envoie la vapeur ! », « Allez REINHART, tout seul ! », « À la maison, petit ! »... et puis les chevaux passent en paquet devant leurs yeux. C'est l'arrivée. Ils n'ont rien vu et se regardent tous trois, les sourcils en accent circonflexe. Le juge à l'arrivée fait afficher le classement final.

1) OR DU RHIN II
2) RENARD BLEU
3) REINHART

Maximilian et Emma tombent dans les bras l'un de l'autre. Régis éclate de rire, un rire clair et sonore, comme sa voix. Personne n'attendait cet outsider à pareille fête et les mauvais perdants se manifestent :

- Je vous avais bien dit que c'était une année de toquards !

- Woodland est un de nos plus mauvais jockeys... et pourtant, il a monté une course de génie. Qui pouvait prévoir ça ?

- Stern n'a pas été très inspiré.

- De toute façon, avec des cadors pareils, vous refaites dix fois la course et vous obtenez dix arrivées différentes !

Les jeunes gens encaissent leurs gains, félicités par Vanderbilt, qui donne une grande claque dans le dos de Régis Oswald :

- Un signe du destin, mon vieux. Un signe du destin !

- Comment rentrez-vous à Paris, Maxi ? demande tout de go Emma.

- Comme je suis venu, par le train.

- Avec cette populace ? Vous n'y pensez pas ! Vous êtes un homme riche, maintenant qu'OR DU RHIN a gagné, le taquine-t-elle. Je crois qu'il reste une place dans la voiture de Van.

Acceptant une dernière coupe de champagne, Maxi ne regrette pas de s'être débarrassé de sa besace au moment opportun. Quel effet aurait-il produit sur ce distingué aréopage ? Ses dernières pensées vont à son départ, demain matin de très bonne heure, pour Milan. Osera-t-il proposer à Emma de l'y suivre ? Il ne connaît pas l'emploi du temps de la jeune fille et, au stade de leur relation, une telle suggestion est certainement prématurée. Cela risque d'être mal vu, voire d'engendrer des effets contraires à ceux recherchés.

Chantilly, mars 2010.

RODOLPHE KUBLER détestait se lever tôt. Surtout à cette époque de l'année, quand la nuit faisait encore la grasse matinée... et pas lui ! Il se demandait bien, d'ailleurs, pourquoi Pochette le convoquait toujours dès potron-minet. Certes, l'heure était idéale pour une parfaite discrétion, mais le psychiatre soupçonnait Freycinet de vouloir faire d'une pierre deux coups, en associant le travail au plaisir : surveiller l'exercice matinal de ses chevaux et faire le point sur les affaires courantes de l'Organisation.

Kubler n'aimait pas les chevaux, du moins pas assez pour accréditer le business de Jean Freycinet, qui blanchissait l'argent sale de l'Organisation par des opérations qu'il ne jugeait pas tellement plus propres. Non qu'il souhaitât le moindre mal à cet animal, mais il voyait d'un mauvais œil les bipèdes qui gravitaient autour et jugeait ce monde interlope. De la petite bière. Bien sûr, le bon docteur ne se posait ni en légaliste ni en moraliste, mais quitte à évoluer sur une voie parallèle, il aurait préféré que ce fût une voie à grande vitesse. En tant que scientifique, Kubler aurait été rassuré de voir l'argent de l'Organisation transiter par des circuits plus conventionnels. Mais le psychiatre devait se rendre à l'évidence : il n'en existait pas.

Quand on est dans la marge, on y reste.

Alors, ça ou autre chose... va pour les chevaux !

Tout ce qu'il demandait à Pochette, c'était de ne pas sacrifier l'intérêt commun à son plaisir. D'où ces visites qui, si contraignantes fussent-elles, lui permettaient de garder un œil sur le bon fonctionnement des « machines à laver ».

Ce matin-là, cependant, la venue du docteur Kubler sur les pistes de Chantilly avait une tout autre finalité.

Après une demi-heure de marche errante dans l'obscurité – rien à faire, il n'arriverait jamais à trouver son chemin dans ce labyrinthe vert ! – et après avoir épuisé tous les jurons de la langue française, le psychiatre aperçut enfin Pochette. Toujours au même endroit. Comment pouvait-il être stupide au point de ne parvenir à le mémoriser ? Un acte manqué, probablement.

- Tu es en retard, dit Pochette, en guise de bienvenue.

Kubler lui lança un regard noir et ne répondit rien.

- Nous t'attendions pour envoyer les chevaux au canter, ajouta Freycinet.

Kubler leva les bras au ciel, signifiant ainsi qu'il était la première victime de ce retard. D'un hochement de tête, Freycinet fit signe à l'entraîneur que le travail pouvait commencer. Les chevaux quittèrent alors le rond où se trouvaient les trois hommes, qui se dirigèrent incontinent vers la piste des Lions. Jean Freycinet portait une veste légère de chez Lacoste, avec l'éternelle pochette – qui lui valait son surnom – assortie au foulard, soigneusement noué à l'intérieur du col ouvert d'une chemise en soie transparente. Plus que jamais, il faisait vieux beau et Kubler ricana intérieurement en pensant qu'il devait mourir de froid. Arrivé en bordure de piste, Freycinet prit le psychiatre par le bras et l'attira quelques mètres en amont. À l'écart des oreilles indiscrètes. À cette heure matinale, les pistes cantiliennes étaient excessivement fréquentées. Les pur-sang galopaient les uns derrière les autres, séparés d'une dizaine de longueurs, composant une théorie interminable, sous les yeux de leurs divers entourages. Ceux de Freycinet attendaient leur tour ; ils n'entraient pas encore dans le champ visuel des deux hommes.

- Le Sujet est-il mûr ? demanda Pochette, tout de go.

- Pratiquement, répondit Kubler. Encore un ou deux petits réglages psychologiques, afin de ne rien laisser au hasard, et le Sujet sera fin prêt.

- Tu vas l'envoyer sur l'île ?

- Nous en avons évoqué l'idée.

- Et alors ?

- Il la trouve séduisante. Il a juste peur de ne pas en avoir les moyens.

- Tu vas arranger cela ?

- Évidemment.

- Il faut le garder en confiance. C'est primordial pour la suite.

- Tu peux compter sur moi. C'est mon métier.

- Nous pouvons donc activer l'Opération Lazarus ?

- Oui.

- Je peux en rendre compte au général ?

- Affirmatif.

- Ah, voilà les chevaux !

En se levant, le jour déchirait le ciel, laissant quelques égratignures de sang orangé. Un tapis de brume recouvrait la piste. Les chevaux donnaient l'impression de galoper sur un nuage.

- Ce sont lesquels ? demanda Kubler, qui éprouvait quelques difficultés à reconnaître un équidé d'un autre.

- Ceux qui ont une couverture blanche, précisa Freycinet en chaussant ses jumelles. Le premier est un poulain tardif qui n'a jamais couru ; il galope. Le deuxième va courir les classiques. Ceux qui viennent ensuite sont des sujets ordinaires. Maintenant, compte jusqu'à 15 ! L'avant-dernier, c'est le meilleur de l'écurie et celui qui le suit, le plus mauvais. Regarde bien ce qui va se passer !

Kubler fronça les sourcils et mit sa main en visière, concentrant son regard. Une ride verticale lui barrait le front. Les chevaux s'approchaient. Il finit par distinguer les deux derniers. Les autres écuries avaient toutes défilé, au galop de chasse ou au canter, et il n'y avait plus aucun cheval sur la piste, derrière ceux de Pochette. Au moment où ils passaient devant les deux hommes, le supposé mauvais cheval plaça un démarrage foudroyant, laissant sur place le champion maison. Comme pétrifié.

- Tu as vu ? demanda Pochette, avec un sourire en coin.

- Ben oui. J'ai vu le mauvais passer devant le bon.

- C'est bien ça, dit Pochette laconiquement. Viens, allons les retrouver au rond !

Au rond de détente, ce n'était pas la détente pour tout le monde. Le cheval en question, un bai brun très foncé, était couvert d'écume, excessivement agité. Ses naseaux fumaient comme des cratères et ses yeux sortaient de leurs orbites. Même Kubler, qui n'y connaissait rien, trouvait cet état anormal, par rapport aux autres chevaux du lot qui, après l'effort, goûtaient pleinement ce moment de décontraction dans un sous-bois où le soleil s'infiltrait timidement. Il surprit un échange verbal entre le lad du cheval fou et l'entraîneur :

- Je n'y comprends rien, dit le cavalier, d'un seul coup, il m'a pris la main et je n'ai pas pu l'arrêter. Heureusement que la piste des Lions fait quatre kilomètres, sans cela nous nous serions fracassés !

- Caresse-le, répondit l'entraîneur, parle-lui... tout doux, mon gamin, tout doux ! Et rentre vite à l'écurie ! Soigne-le bien !

- Je suis désolé, monsieur, ajouta le lad. Je ne l'ai jamais vu dans cet état. D'habitude, c'est un brave cheval, plutôt lymphatique. Je ne sais pas quelle mouche l'a piqué !

Alors que les chevaux sortaient du rond pour rentrer à l'écurie, Pochette prit Kubler à part :

- Moi, je sais quelle mouche l'a piqué. Viens, je vais te montrer !

En file indienne, les derniers chevaux disparurent sous un faisceau de rayons solaires qui se fondaient dans la vapeur formée par la chaleur de leur robe moite. Jean Freycinet sortit ses jumelles de leur étui et les tendit à Kubler.

- Regarde ! Que distingues-tu ?

- Des chevaux.

- Dans l'objectif, imbécile ! Que vois-tu ?

- Un collimateur.

- Voilà. Un viseur. Et maintenant, regarde la lunette de droite. Qu'est-ce qui différentie ces jumelles d'une paire ordinaire ?

- Ce petit bouton, à droite du régleur ?

- Exact. Je t'explique : tu as entre les mains la dernière petite merveille du labo de l'Organisation. Ça s'appelle *wave bins... wave binoculars*, si tu préfères. C'est-à-dire, traduit littéralement : des jumelles à ondes. Elles utilisent le principe du retournement temporel en inversant les données basiques. Je schématise : tu ne vas évidemment pas transformer un âne en champion avec ce matériel mais, un court instant, comme tu as pu le constater, le mauvais cheval ira aussi vite que le bon et *vice versa*. Il suffit de viser un cheval à travers le collimateur des *wave bins*, d'attendre qu'il soit à bonne portée et de presser le bouton pour envoyer des ondes qui le font accélérer. Quand je dis accélérer, ça veut dire sortir de lui-même, de ses limites ! Évidemment, il faut que le cheval en question soit porteur d'une puce électronique équipée d'un algorithme spécifique qu'on entre dans la mémoire de la jumelle, pour que l'opération puisse fonctionner.

- Mais c'est du dopage ! s'écria Kubler.

- Une forme de dopage, oui, et cependant totalement incontrôlable. Tu peux pratiquer toutes les analyses sanguines que tu veux sur l'animal, jamais tu ne trouveras la moindre trace de substances prohibées.

Ces révélations laissaient le psychiatre rêveur. Bien sûr, il avait entendu parler des ondes à retournement temporel, il avait même lu des articles sur les travaux du professeur Mathias Fink dans des revues médicales, mais il n'aurait jamais cru que cette découverte, qui n'était pas si récente (elle remontait aux années 70) pût être utilisée en médecine sportive... pour employer un euphémisme. De retour à l'écurie, Pochette ajouta :

- Ces jumelles magiques ne sont ni plus ni moins qu'une des applications du système que nous avons mis en place au Centre, où ton patient va être traité.

- C'est vrai, dit Kubler, je ne voyais pas le rapport. Maintenant que tu me le dis, je constate que c'est un dérivé astucieux.

Pochette releva la tête.

- C'est moi qui ai eu l'idée, enfin... je veux dire... qui ai soumis le concept. Puisqu'on arrive à inverser des métabolismes chez l'être humain, puisqu'on arrive à supprimer les tumeurs en faisant régresser les cellules folles, pourquoi ne parviendrait-on pas à obtenir le procédé inverse ? Nous y sommes parvenus chez les sujets que nous expérimentons au Centre, pourquoi n'y arriverait-on pas avec des animaux ? Tu t'en doutes, Rodolphe, j'ai lancé une bouteille à la mer... mais l'idée a fait son chemin, Wenceslas et son équipe de chercheurs se sont penchés sur son berceau et il en est sorti ce petit bijou technologique, dont voici le tout premier prototype.

Pochette secoua fièrement les *wave bins* sous le nez de son interlocuteur.

- Tu veux dire que j'ai été le témoin de ta première expérience ? demanda Kubler.

- Un moment historique. Le cheval que tu as vu venait juste d'être « connecté » la veille. On utilise le transpondeur implanté en sous-cutané par le S.I.R.E (les services d'identification des équidés). Ça permet d'éviter qu'un cheval courre à la place d'un autre.

- On nage en pleine science-fiction.

- Science, certainement. Fiction, non ! Nous sommes déjà presque dans le passé. La grande innovation, c'est d'avoir pensé à cette application. Et ma satisfaction toute personnelle, c'est d'envoyer un pavé dans la mare de ceux qui m'accusaient de dilapider l'argent de l'Organisation avec mes chevaux. Non seulement nous allons laver l'argent du Mexique, mon vieux, mais nous allons maintenant le faire fructifier, grâce à ce joli gadget !

Kubler, qui se sentait visé, préféra ne rien répondre. Il rentra les épaules et changea de sujet :

- C'est drôle... parce que moi aussi je pratique le retournement temporel avec notre Sujet.

- J'espère que tes résultats seront aussi probants que les miens, conclut Pochette avec un zeste de mépris.

Les deux hommes firent la tournée des boxes, en compagnie de l'entraîneur. Arrivés devant celui du bai brun, ils virent ce dernier tranquillement campé devant son auge, broyant mécaniquement son avoine matinale. Son poil était sec, ses muscles relâchés et Kubler se demanda s'il n'avait pas rêvé. Ensuite, Freycinet (*alias* Pochette) échangea quelques mots avec le professionnel sur les engagements futurs de ses chevaux, puis ils se séparèrent car le deuxième lot se préparait à sortir. Kubler vit alors Pochette se diriger vers un box dont la porte était entrouverte. À l'intérieur, un jeune lad, qui n'avait pas 16 ans, sellait un cheval deux fois plus haut que lui. Avant d'entrer dans le box, Freycinet épousseta sa veste, vérifia que les contours de sa pochette dépassaient harmonieusement puis, du bout des doigts, s'assura que son brushing était bien en place.

- Sale pédé ! murmura Kubler, les lèvres serrées.

Il tourna les talons et se dirigea vers sa voiture, garée à côté de cette Bentley qui, pensa le psychiatre, ressemblait à son propriétaire : vieille, lourde et précieuse.

Ile de Scorpios, mars 2010.

WENCESLAS WÖRING n'était pas peu fier de son œuvre. Au crépuscule de sa vie, le vieux professeur avait pratiquement atteint tous ses objectifs. Aujourd'hui, il se laissait bercer par une sérénité que matérialisait, sous son regard apaisé, l'immensité maritime.

De son bureau, qui surplombait la mer ionienne, Wöring s'accorda quelques minutes d'absence. Les yeux écarquillés, ses pensées vagabondèrent au gré des flots étincelants, puis il se remit à la tâche. Son espace de travail se composait d'une petite façade en palissandre (comportant une porte qui donnait sur son secrétariat et l'administration du Centre), drapée d'une baie vitrée qui s'ouvrait à 150° sur la mer. Le vieux professeur travaillait « les pieds dans l'eau » ce qui, disait-il, stimulait son esprit créatif en même temps qu'il le calmait. Le matin, la mer se confondait avec le ciel, dans un bleu aveuglant qui, vers midi, se fondait en un blanc minéral. Le soir, le feu du soleil tranchait les éléments d'un contraste bleu azur sur bleu marine, typique des paysages méditerranéens. C'était le moment de la journée que préférait le professeur ; celui où son esprit fécond se montrait particulièrement prolifique.

Sous l'étage administratif, se situait celui de la partie hôtelière du Centre. Une hôtellerie de grand luxe, comparable à un cinq étoiles européen, avec tous les bénéfices des technologies actuelles les plus sophistiquées. Il n'y avait guère plus d'une vingtaine de chambres, toutes spacieuses, équipées d'une terrasse et d'une minipiscine extérieure, dotée d'un jacuzzi. Le premier étage hébergeait le restaurant, tenu par un chef débauché dans un trois étoiles suisse, puis le rez-de-chaussée était voué à l'accueil, avec accès direct à l'embarcadère, à même la roche.

À l'intérieur de cette roche en granit rose, sur laquelle reposait le Centre (donc en sous-sol, mais avec vue sur mer, au ras des flots), avait été conçue la partie médicalisée, ce qui revenait à dire le laboratoire de recherche du professeur et de son équipe, ainsi que certaines annexes de chirurgie légère, des salles de réanimation et un centre d'imagerie du dernier cri. On ne pratiquait aucune intervention lourde au Centre ; tout juste assurait-on la bonne marche et le suivi des traitements que l'on y prodiguait.

L'histoire du professeur Wöring n'était pas banale. Fils unique de Waldemar Wöring, il avait quinze ans quand son père dut s'enfuir du camp de Mauthausen dont il était le médecin-chef. Aux portes de l'adolescence, le jeune Wenceslas avait passé plusieurs années à observer le travail paternel, et c'est de là que vint son goût pour les sciences et, plus précisément, la physique. Car si Wöring senior avait choisi de se consacrer à la médecine, Junior ne se montrait guère intéressé par le travail sur le corps humain ; il voyait plus loin.

Durant la guerre, Waldemar Wöring était surnommé « l'anesthésiste », car il passait le plus clair de son temps à la recherche de l'anesthésiant miracle pour opérer puis remettre en état de marche les nombreux blessés, rapatriés du front est. Pour ce faire, il utilisait les prisonniers du camp comme cobayes et testait sur leur corps différentes formules de sa composition, en attendant de trouver la bonne. Bien entendu, il ne la trouva jamais – du moins, les Américains ne lui en laissèrent pas le temps – et de nombreux captifs payèrent de leur vie, dans des souffrances atroces, cette quête irresponsable. Le jeune Wöring était intrigué par les travaux de son père. Les opérations parfaitement inutiles que les chirurgiens pratiquaient sur des corps sains, afin que son père puisse mesurer la douleur, le laissaient insensible... mais il estimait que lorsque l'on cherchait, on devait forcément trouver. Si son père n'y arrivait pas, lui, il y parviendrait un jour.

Pas forcément dans le même domaine.

Car le père et le fils avaient en commun cette obsession du savoir à tout prix. Peu importait le flacon, pourvu que l'on eût l'ivresse !

Aussi, quand la famille Wöring fut contrainte de quitter Mauthausen dans la précipitation, devant l'avancée des troupes alliées, le jeune Wenceslas resta-t-il sur sa faim. Voyant son père « rangé des voitures », il se dit que lui aussi devait tenter de faire une découverte. Il ne savait laquelle... mais il savait que ce serait une découverte !

Quelques mois plus tard, avec l'aide d'une association qui « recyclait » les anciens tortionnaires nazis, les Wöring se retrouvèrent au Paraguay, munis de nouveaux passeports au nom de Wöring, qui n'était pas leur patronyme d'origine. Waldemar intégra l'équipe d'anesthésistes de l'hôpital d'Asunción (cette fois, il ne s'agissait plus d'expérimenter, mais d'utiliser des produits courants dans le seul but de soulager les malades) et Wenceslas entra à l'université. Même s'il faisait partie des étudiants privilégiés, ce n'était évidemment pas là qu'il épancherait sa soif de savoir. Le jeune homme, qui visait le long terme et ne se laissait plus déborder par l'impatience juvénile, se contenta donc de passer tranquillement ses examens, pour se faire une place dans la bonne société. Comme il était brillant, il y parvint sans mal.

À la mort de son père, Wenceslas hérita d'une fortune considérable. Comme beaucoup de nazis, Waldemar s'était généreusement servi chez les marchands d'art israélites « aryanisés », et comme il était beaucoup plus érudit que la plupart des autres officiers du camp, il avait éliminé à leurs dépens les objets sans valeur. Sentant le vent de la repentance venir, Wenceslas avait eu le nez creux de rapidement négocier les tableaux de grands maîtres, quitte à s'en séparer à vil prix. Même sous-valorisés, ils constituaient un joli pactole que l'homme devenu mûr avait su faire fructifier.

Désormais, rien ne s'opposait plus à ce qu'il réalisât son rêve.

Une secrétaire entra discrètement dans le bureau du professeur. Elle se glissa furtivement à ses côtés et le fit sursauter.

- Oui, Martha ?

- Les jeunes filles vous attendent au bord de la piscine, monsieur.

- Très bien, j'y vais.

La piscine – la grande piscine – avait été gagnée sur la mer qui bouillonnait juste en dessous, griffant les roches qui lui servaient de socle. Six jeunes femmes, chacune plus belle que l'autre, étaient allongées sur des transats. Elles étaient de toutes races et de toutes couleurs, cheveux et peau. Unique point commun : la finesse de leurs traits et de leur ligne.

Wöring fut accueilli par un collégial « *Guten abend, Herr Professor !* ».

- Bonsoir, mesdemoiselles. Vous me voyez ravi de vous trouver en si bonne forme. Si je vous ai réunies, c'est pour vous annoncer que nous allons recevoir un hôte de marque. Comme d'habitude, je vous demanderai de lui réserver le meilleur accueil possible.

- *Natürlich, Herr Professor !*

Asunción, avril 1974.

Waldemar Wöring ne quitte pratiquement plus son lit. Les pronostics les plus optimistes lui donnent quelques jours à vivre. Étant « de la boutique », il est mieux placé que quiconque pour apprécier la véracité du diagnostic : cancer du foie en phase terminale. Le teint cireux de sa peau ne trompe personne et d'ailleurs, aucun visiteur ne se donne la peine de feindre un espoir de guérison, sachant le malade instruit de son état. Les très rares fois où il se lève de son lit, quand les infirmières l'aident à faire sa grande toilette, le corps de Waldemar Wöring ressemble à ceux des prisonniers sur lesquels il pratiquait ses expériences, quarante ans plus tôt. Le colosse qu'il était à cette époque doit peser aujourd'hui une cinquantaine de kilos ; ses os sont décharnés, sa peau transparente. On le sent léger et cassable, comme une flûte de cristal. Mais aucun son ne sort de cette flûte, dont la fragile inutilité finirait presque par émouvoir un de ces chasseurs de nazis qui sillonnent l'Amérique du Sud.

L'homme penché à son chevet lui rappelle sa jeunesse. Wenceslas lui ressemble. Grand et fort, taillé en athlète. Son bleu regard est froid, comme l'était le sien à l'époque. D'ailleurs, il l'est toujours. Si les yeux du mourant s'éteignent doucement, comme une ampoule privée d'énergie, on n'y lit aucune émotion. Pas même la frayeur de la mort. Cet homme l'a trop côtoyée pour en avoir peur.

- Puis-je vous poser une question, père ? demande Wenceslas.

- Vas-y, mon fils, murmure Waldemar. Tu n'as plus beaucoup de temps.

Le vieil homme n'a pas suffisamment de souffle pour composer une phrase entière. Il doit s'y reprendre à plusieurs fois, hacher les syllabes. Wenceslas attend patiemment, puis enchaîne :

- Il y a longtemps que je voulais vous interroger sur un sujet qui me préoccupe, père.

- C'est le moment de le faire.

- Pourquoi vous en êtes-vous pris aux Juifs, durant la guerre ?

- C'était dans le programme du Führer, depuis les années 30.

- Ne pensez-vous pas qu'il aurait gagné la guerre avec l'aide des Juifs ?

- Il était inconcevable de s'allier aux Juifs.

- J'entends bien... mais imaginez que les forces allemandes se soient unies à la puissance financière du monde israélite !

- Nous avons confisqué leurs biens.

- Oui, père. Mais le Juif est intelligent, influent et manipulateur ; il aurait pu apporter beaucoup plus que son argent au IIIe Reich.

- Inconcevable.

- Avec les Juifs, nous serions devenus les maîtres du monde.

- Il n'y a pas de place pour les Juifs dans notre monde.

- Je suis sûr qu'ensemble, insista Wenceslas en ignorant la remarque de son père, nous aurions créé un ordre nouveau. Au lieu de cela, ce sont deux forces contraires qui se sont opposées, finissant par détruire cet ordre nouveau. Au bénéfice des Américains et des Soviets.

- L'ordre nouveau, mon fils, ne pouvait inclure une race impure. Il était voué à l'échec.

- L'échec résidait dans la volonté aveugle de vouloir détruire un peuple qui s'était assuré les bonnes grâces de la communauté internationale. S'y associer était peut-être une alliance contre-nature, mais cette alliance aurait permis au peuple allemand – par ailleurs largement composé de Juifs – de gagner la guerre.

- Quelle guerre peut-on gagner quand on pactise avec l'ennemi ?

- La guerre de la raison, père. Reconnaissez que Hitler, aussi brillant fût-il, en était dépourvu !

- Cela suffit. Je suis fatigué !

D'un geste de la main, le vieux Wöring congédie son fils. Quelques jours plus tard, il rendra son dernier souffle.

En un court laps de temps, deux autres événement majeurs vont marquer l'existence de Wenceslas Wöring : la découverte des travaux (alors embryonnaires) de Mathias Fink sur le retournement temporel – ils orienteront définitivement son cursus professionnel – et la rencontre avec Aureliano Perea, parrain du très influent cartel de Oaxaca, qui financera les recherches du professeur. Car, aussi important fût-il, le legs du vieux Wöring n'aurait jamais suffi à épancher la soif de Wenceslas, qui se projetait déjà dans une autre dimension.

C'est au début des années 80 qu'il achètera l'île de Scorpios à la famille Onassis, et un peu plus tard qu'il commencera la construction du Centre, avec l'argent de la drogue, ajouté au produit de la spoliation des tableaux de grands maîtres.

Si la recherche est déjà très onéreuse pour une nation, elle induit d'énormes sacrifices chez un particulier qui ne cherche pas à en tirer un profit commercial. Contrairement à son père, Wenceslas Wöring était un homme de compromis, quand il s'était fixé un but à atteindre. Il était adepte de la célèbre maxime de Machiavel : « La fin justifie les moyens. »

San Cristobal de Las Casas, avril 2010.

PERCHÉE SUR LE SOMMET d'un tertre pelé qui dominait la ville, l'église Santo Domingo était visible de partout. Ce chef-d'œuvre de l'art colonial baroque constituait l'endroit idéal pour un rendez-vous discret, avec Dieu pour seul témoin.

Un témoin muet.

Lester Blum décida de s'y rendre à pied. Il sentait son corps lourd et cet exercice lui donnerait bonne conscience. Le rendez-vous était fixé à 9 heures ; il disposait donc d'une confortable marge. À cette heure matinale, les touristes prenaient leur petit déjeuner et les bigotes veillaient à leurs ablutions. La propreté du corps avant celle de l'âme. Il n'y avait donc qu'un fidèle dans la nef, auprès duquel Lester alla s'asseoir.

- Pourquoi voulez-vous voir El Tenente ? demanda l'homme.

- J'ai besoin d'infos, répondit Blum.

- Vous ne pouvez pas les obtenir ailleurs ?

- Non.

- Très bien. Suivez-moi !

Lester Blum connaissait la procédure par cœur. Toutes les fois qu'il s'était rendu chez Aureliano Perea, il avait été soumis à la même « quarantaine » : installation à l'arrière d'une limousine noire aux vitres fumées, pose d'un bandeau également noir sur les yeux puis d'une cagoule de la même couleur, embarquement à bord d'un hélicoptère, vol d'environ une demi-heure, puis nouvelle limousine noire, long périple sur une route sinueuse et chaotique, arrivée, descente assistée du véhicule, guidage musclé, dépose de la cagoule et du bandeau, agression du soleil sur une rétine plongée dans l'obscurité pendant plus de deux heures et, enfin, découverte d'un lieu paradisiaque.

Pour Lester Blum, maintes fois convié chez son « ami », ce n'était plus une découverte, mais l'effet restait le même. Ce lac tout rond et bleu comme un saphir, serti de ce vert émeraude typique des végétations tropicales : un mariage de beautés naturelles à couper le souffle ; même pour un Lester Blum, qui passait son temps à sillonner la planète.

La résidence d'Aureliano Perea surplombait le lac. En fait de résidence, il s'agissait d'une petite caserne, legs du passé militaire de celui que l'on appelait aujourd'hui El Tenente. Au milieu des années 90, Perea avait été le lieutenant du fameux sous-commandant Marcos, chef de la guérilla zapatiste : l'EZLN (*Ejército zapatista de liberación nacional*). L'État du Chiapas, au sud du Mexique, était alors en effervescence, les combats faisaient rage et les séparatistes ne lâchaient prise, sous l'impulsion d'un Perea qui portait sa bravoure en étendard. Mais le combat était inégal et le gouvernement fédéral avait fini par reprendre la main.

Depuis ce qu'il appelait les années Marcos, Perea s'était progressivement détaché de l'EZLN pour créer le puissant cartel de Oaxaca, qui supervisait le transit de la drogue vers les États-Unis. El Tenente n'avait pas pour autant rompu avec le sous-commandant, il n'était pas davantage considéré comme un déserteur et poursuivait le combat en parallèle, dépannant financièrement les « troupes libératrices », mais il n'était plus impliqué directement dans la lutte pour le respect et l'autonomie des peuples indigènes du Chiapas : *los Indios,* dont la mort était beaucoup plus lente que celle de leurs frères du Nord, mais pareillement implacable.

Perea engageait sa lutte sur une voie tout aussi illégale mais plus lucrative, que d'aucuns n'hésitaient pas à qualifier de crapuleuse. Mais l'afflux des narco-dollars, qui profitaient aussi à la juste cause, faisait taire les mauvaises langues, d'autant plus qu'il avait récupéré dans son cartel la plupart de ses anciens camarades, des survivants de la guérilla qui avaient souhaité demeurer à ses côtés. L'armée s'était reconstituée, avec ses structures, sa hiérarchie, son financement underground et, en fin de compte, un même ennemi. Simplement, c'était l'idéal qui avait disparu. Parmi tous ces hommes en treillis que Lester Blum voyait s'activer sous ses yeux, il n'existait plus beaucoup de combattants révolutionnaires. Ceux-là étaient restés à l'EZLN et les autres s'effaçaient devant une poignée de mercenaires sans foi ni loi, qui avaient un seul point commun avec les zapatistes de Marcos : une dévotion totale à leur chef.

Et le chef du cartel de Oaxaca s'appelait Aureliano Perea, dit El Tenente.

Le cacique ouvrit ses bras pour accueillir Lester Blum. Les deux hommes s'étreignirent et Perea invita son ami à le précéder vers l'immense villa ocre jaune aux tuiles rouges où une collation les attendait. Ils s'installèrent sur une terrasse qui offrait à la vue un panorama exceptionnel. Le lac rond et bleu à leurs pieds, suivi d'une vallée escarpée puis, dans le lointain, des montagnes velues au sommet desquelles s'accrochaient quelques nuages blancs. En toile de fond, un ciel bleu ; uni et infini.

Au rez-de-chaussée, on entendait des enfants rire et crier. Des clapotis et autres bruits de plongeon témoignaient de la présence d'une piscine que l'on ne pouvait distinguer de la terrasse.

- *Los niños*, dit Perea avec un sourire attendri.

- On dirait que la famille s'agrandit, complimenta Lester.

L'homme redressa le buste avec fierté.

- J'ai marié ma dernière fille, il y a quinze jours. Maintenant, je ne suis plus qu'un *abuelo viejo*[5] !

- Un *abuelo viejo* qui a bon pied bon œil, lança l'Américain avec un clin d'œil.

- Heureusement ! Mes gendres sont des bons à rien, incapables de faire marcher les affaires. Juste des pompes à sperme. Il faudra que j'attende les *niños* pour mourir !

Aureliano Perea se caractérisait par une chevelure abondante et superbement ondulée, aussi blanche que sa *guayabera*[6]. Il avait un nez aquilin et de petits yeux bleus, qui semblaient connaître les cachettes de l'âme. Son regard était dur à capter mais, depuis le temps, Lester Blum savait y lire des éclairs de malice. C'est l'un d'eux qui précéda la question introductive.

- Qu'es-tu venu chercher ici, *amigo* ?

- Un renseignement.

- Tu as fait tout ce chemin pour un simple renseignement ?

- Ce n'est pas un *simple* renseignement.

Perea fit apporter des cocktails de jus de fruits (on ne buvait jamais d'alcool chez lui) pour donner un ton convivial et bon enfant à l'interrogatoire qui se préfigurait. El Tenente n'avait de l'*abuelo viejo* que l'âge... et encore ! Lester savait qu'il avait devant lui un adversaire difficile mais, à l'inverse de tous les combats, il n'y aurait ni vainqueur ni vaincu. Les deux hommes avaient besoin l'un de l'autre, c'était un match équitable. Le tout étant de fixer le curseur au juste milieu de la négociation.

- Je t'écoute, dit Perea.

- Tu sais que mon Président s'est mis dans la tête d'être l'artisan de la paix au Moyen-Orient. Comme bon nombre de ses prédécesseurs, me diras-tu, mais chez

---

[5] Un vieux grand-père.

[6] Chemise mexicaine.

lui, ça tourne à l'idée fixe ; il en a fait le cheval de bataille de son premier mandat. Tu sais aussi que l'établissement d'une paix durable passera forcément par la création d'un État palestinien en Cisjordanie. J'imagine que tu sais enfin que le Premier ministre israélien, Sarah Ziegler, est favorable à cette issue. Il y a donc un terrain de travail commun. D'ailleurs, nos équipes et les leurs œuvrent conjointement dans ce sens et nous devrions prochainement aboutir à un protocole.

- Et alors ?

- J'ai de fortes raisons de croire que la vie de Sarah Ziegler est menacée.

- Ah bon ? Et pourquoi donc, si tout le monde est d'accord ?

Perea jouait à celui qui ne savait rien de la situation. Blum décida d'entrer dans son jeu.

- Précisément, dit-il, parce que tout le monde n'est pas d'accord. Ziegler dirige un gouvernement de coalition dont l'aile droite est farouchement opposée à la création de cet État. Israël voudrait évidemment vivre en paix, mais une frange très influente de la sphère politique n'est absolument pas résolue à échanger cette paix contre la perte d'un territoire.

- Bien. Et qu'est-ce que j'ai à voir dans cette affaire qui se passe si loin de chez moi ?

Blum fixa son ami droit dans les yeux.

- Ton cartel finance – directement ou indirectement, peu importe – l'organisation de ce qui pourrait devenir un attentat contre Sarah Ziegler. Je ne cherche pas à savoir comment ni pourquoi, cela ne me regarde pas. Je veux juste en connaître le *modus operandi.*

Perea afficha un léger sourire, sans baisser le regard.

- Qu'est-ce qui te fait croire que je suis partie prenante dans cette affaire ?

- Chacun ses secrets, Aureliano. Je le sais, voilà tout !

Blum saisit l'avant-bras de Perea et le serra très fort. Il avait une poigne de fer.

- *Oyé amigo*, on ne peut pas jouer sur tous les tableaux ; il faut savoir perdre pour gagner ! Je sais comment et par où tu introduis ta poudre sur le territoire américain. Nous fermons les yeux et ne demandons rien en échange. Juste un petit renseignement de temps à autre. Tu te souviens de nos accords, *amigo* ?

Perea hocha la tête.

- Tu croyais, poursuivit Blum, que tu pourrais indéfiniment passer ta drogue avec la bénédiction du gouvernement des États-Unis, sans aucune contrepartie ?

- *Por supuesto, no.*

- Alors, le moment est venu de nous rendre la pareille.

Perea hocha derechef la tête, s'accorda quelques secondes de réflexion et lâcha dans un soupir :

- OK. Que veux-tu savoir exactement ?

- Je te l'ai dit.

- *Bueno*. Le nom de code de l'opération est « Lazarus ». Je n'en suis que le financier et, en tant que tel, ce n'est pas le dossier qui m'intéresse, mais son rapport. Hormis le fait que cette opération est supposée me rapporter gros, je n'en sais pas grand-chose.

- Tu n'es pas homme à placer ton argent sur n'importe quoi, Aureliano. Tu n'es pas homme à ne pas avoir étudié à fond ce dossier avant d'y engager ton premier cent !

- Peut-être... mais je suis aussi homme à faire des paris sur d'autres hommes. Tu en sais quelque chose, monsieur le Conseiller spécial ! Une amitié de longue date me lie au professeur Wöring...

- Celui de Scorpios ?

- Oui. Et je sais aussi investir sur l'amitié. Wenceslas fait partie de ces hommes qui peuvent me demander n'importe quoi, je réponds « banco » !

- Un fils de nazi !

- Et alors ? Les parents de ton Président militaient bien dans les Black Panthers, si je ne m'abuse... et leur fils – marié à une ancienne communiste – dirige aujourd'hui cet establishment contre lequel ils étaient en lutte. Pour couronner le tout, la famille est de confession musulmane, et la conversion tardive de ton cher Président ne répond qu'à des applications politiques. Un peu comme ce roi français qui avait dit, je crois, que Paris valait bien une messe !

Perea était un fervent catholique, très pratiquant. Il donnait énormément d'argent à des œuvres et donnait aussi beaucoup de sa personne. Pour lui, l'ennemi juré, le diable en personne, c'était l'islam. S'il acceptait à contrecœur de partager la Terre sainte avec les Juifs, la seule évocation d'un État palestinien qui engloberait le berceau du christianisme le rendait malade. Il était prêt à déployer toutes ses forces pour lutter contre ce fléau. Déployer toutes ses forces, cela voulait dire : aider la résistance israélienne. Mais il ne pouvait non plus claquer la porte au nez des Américains, qui fermaient pudiquement les yeux sur la source de ses revenus. Et l'on comprend aisément que l'élection d'un président noir, d'éducation musulmane, aux États-Unis, avait rendu sa position encore plus délicate. Quasiment ingérable.

- Pour en revenir à notre affaire, dit Blum.

- Pour en revenir à notre affaire, reprit le Mexicain, j'ai bien compris le *deal* : tu me laisses passer ma came si je te balance ce que je sais de l'Opération Lazarus ?

- Je ne te demande pas l'impossible, dit Blum. Je respecte ton double jeu et j'admets que ta position est particulièrement bancale. Tu pourrais me renvoyer dans l'hélicoptère en gardant ton secret, mais la frontière serait fermée et, le temps de trouver un autre point de passage, tu perdrais beaucoup d'argent. D'un autre côté, tu en perdrais tout autant en abandonnant cette Opération Lazarus... ce que je ne souhaite nullement, car je pourrais encore recourir à tes services.

- Que veux-tu alors ?

- Une info qui me permette d'avancer, sans remettre en cause ta collaboration. Tu es aussi mon ami,

Tenente ! Je veux que tout le monde y gagne.

- Et qu'est-ce que tu gagnes, toi, *señor consejado* ?

- Je sers mon gouvernement. Je suis payé pour ça.

- Tu es James Bond ou Eliot Ness ?

Lester Blum ne put s'empêcher de rire.

- Si tu entends par là que je suis un fonctionnaire, alors oui. Je suis au service de l'État. Mais Eliot Ness ne pactisait pas avec la...

- Avec la pègre ? Tu peux dire le mot, je ne suis pas vexé.

- Ce n'est même pas ce que je voulais dire. Nous évoluons sur des lignes parallèles qui parfois se croisent.

- Et tu ne repartiras pas sur ta voie parallèle les mains vides.

- Exactement.

- Très bien. Ce n'est pas Wöring qui coordonne l'Opération Lazarus, mais un Français nommé Freycinet. C'est lui qui blanchit mon argent avec les jeux et les chevaux.

- J'ai toujours prétendu que le cheval était un animal très propre.

Perea ignora la remarque et poursuivit :

- Freycinet et Wöring m'ont juré que c'était une affaire très juteuse, qu'il y aurait un gros retour sur investissement.

- Avec l'assassinat d'un Premier ministre à la clé et le risque de voir exploser la poudrière du Moyen-Orient ?

- Je ne veux pas le savoir. Je ne m'occupe que du business.

- Bon, passons ! Que peux-tu m'apprendre d'autre ?

- Pas grand-chose. Il y a un diplomate américain dans le coup, mais lui-même ne le sait pas. C'est un pantin manipulé.

- Son nom ?

- Je ne le connais pas. C'est tout ce que je peux te

dire, *señor consejado.*

Blum sut qu'il ne pourrait en tirer davantage. Le vieux cacique avait respecté les termes du contrat. Le reste, il faudrait qu'il le découvre par lui-même. Le Conseiller spécial se leva et tendit la main à Perea.

- Tu ne restes pas déjeuner avec nous ?

- Pas le temps. Ce que tu viens de m'apprendre m'inquiète beaucoup. Je vais rentrer par Tijuana, pour vérifier la bonne marche de nos affaires.

- *Vaya con Dios, amigo* !

Tijuana, avril 2010.

VILLE FRONTIÈRE entre la Californie et le Mexique, Tijuana était LA cité de tous les trafics et de toutes les corruptions. Pour les *gringos*, c'était une invitation à la débauche bon marché. Une sorte de Luna Park licencieux, exotique et crasseux, à l'entrée duquel l'Amérique des bonnes mœurs déposait ses interdits moraux. Dans l'autre sens, le passage était un peu plus difficile. D'interminables embouteillages à la frontière en témoignaient au quotidien.

Lester Blum avait décidé d'y faire une courte halte, avant de regagner sa résidence secondaire de La Jolla, le Neuilly de San Diego. À midi tapantes, il gara sa Lexus sur le parking de l'hippodrome d'Agua Caliente, puis monta s'installer au restaurant. Agua Caliente était à l'image de Tijuana : un sous-hippodrome, casino équin de bas étage avec son cortège de magouilles. Blum aimait bien cette ambiance, elle le divertissait. Il y retrouvait toute la saleté morale de l'Amérique qui, de l'autre côté de la frontière, se maquillait de lois et de non-dits.

Lester Blum feuilleta le programme des courses en sirotant une piña colada. Il n'y en avait que pour la Cuadra Perea ! Au moins trois partants par course. Blum ne put s'empêcher de sourire. Les chevaux... c'était le moyen qu'ils avaient imaginé, l'un et l'autre, pour faire passer la drogue du cartel en Amérique du Nord. Les pur-sang de Perea étaient entraînés dans un ranch privé au nord de San Diego, non loin de Del Mar. Un vrai hippodrome, celui-là, fondé par le légendaire Bing Crosby. Pour courir à Agua Caliente, ils passaient et repassaient régulièrement la frontière ; comme beaucoup de chevaux américains. Sauf que – sous le couvert de la raison d'État, ce qui revient à dire : sans avoir à se justifier – Blum avait obtenu des services de douane qu'ils ne fouillent jamais les vans de la Cuadra Perea. Ainsi la « blanche » du cartel de Oaxaca (de grande qualité, disait-on chez les utilisateurs) pénétrait-elle le plus tranquillement du monde sur le territoire US. Dans les malles à équipement, où l'on ne se donnait même plus la peine, comme par le passé, de bourrer les pièces de harnachement ou de farcir les couvertures et autres bandages avec la précieuse poudre. Celle-ci restait dans les sacs transparents, jetés pêle-mêle au milieu des pots de graisse à sabots et autres brosses ou étrilles qui composaient le matériel de pansage.

La trompette annonça l'entrée en piste des concurrents de la première course. Blum choisit un cheval au hasard, parmi ceux de son ami Perea, et misa dix dollars sur sa chance.

- Il est chargé à bloc, dit en riant son voisin de table. Regardez, le jockey n'arrive même pas à tenir son bestiau !

Couvert d'écume, l'œil révulsé, le cheval était difficilement maîtrisé par un homme de piste, en selle sur un poney Appaloosa, qui l'accompagna jusqu'au départ. Ce fut le dernier à entrer dans les boîtes de départ et le premier à en sortir. Immédiatement en tête, il gagna de dix longueurs et quand son jockey voulut l'arrêter, se mit à vaciller et s'effondra sur la piste. Rupture d'anévrisme.

- Vous voyez ce que je vous disais, fit l'homme en haussant les épaules. Ils ne se cachent même plus, c'est écœurant !

Blum expédia son plat et quitta l'hippodrome. L'homme avait raison, Aureliano dépassait les bornes !

Il ne manquerait pas de le lui dire. Le Conseiller spécial n'aimait pas que l'on fît du mal aux animaux ; il faisait partie de ces Américains que la souffrance animale sensibilisait plus que celle des hommes. Il avait constaté tant de perversion dans la cruauté humaine qu'il ne voyait plus l'innocence que chez les bêtes. Mais indépendamment de cela, il n'était pas bon qu'Aureliano Perea se fît remarquer ainsi ; même sur l'hippodrome pourri d'une ville poubelle.

Il ne manquerait pas de lui en faire part.

Massada, mai 2010.

Pour Jean Freycinet, Massada constituait une énigme historico-géologique. Ce n'était pourtant pas la première fois que son regard balayait le désert de Judée, du haut de ce piton rocheux, transformé en forteresse par le roi Hérode et conquis par les Romains après sept mois de siège, mais à chacune de ses visites, il ressentait toujours la même fascination. Doublée d'un frisson qui lui donnait la chair de poule. Peut-être à cause de cette légende, faisant état d'un autodafé des Sicaires qui ne voulaient pas se livrer aux légionnaires. Rien qu'en y pensant, il eut un nouveau frisson, alors qu'il faisait plus de 40 °C à l'ombre. Si tant est que l'on pût en trouver, de l'ombre !

Dans ces conditions, Freycinet avait renoncé à la cravate ; et même au foulard ! Il avait choisi une veste en lin blanc cassé, avec une pochette de couleur parme, assortie à sa chemise. Un coup de vent le décoiffa et il remit sa mèche en place, soigneusement plaquée sur sa tempe droite. L'air était brûlant et il ne fallait pas compter sur le vent pour sécher la sueur. La mort dans l'âme, Freycinet utilisa sa pochette.

La plupart des touristes étaient redescendus. Prochaine étape : la mer Morte. Ils iraient y flotter, comme un bouchon de liège, tout en se rafraîchissant. Expérience hilarante ! Lui, Freycinet, était condamné à griller en plein soleil. Tant que le général Ziegler se ferait attendre. Évidemment, il ne pouvait en vouloir à Ziegler d'avoir choisi l'heure la plus chaude de la journée. Du haut de cette forteresse naturelle, c'était l'assurance de pouvoir discuter en toute intimité. Cependant, Pochette craignait pour sa peau très blanche, qu'il avait pourtant enduite de nombreuses couches de crème solaire à écran total.

- Vous allez finir par ressembler à un plagiste de Malibu !

Pochette se retourna brusquement. Stefan Ziegler le regardait en souriant. Cet homme ne manquait ni de charme ni de distinction. Il n'était pas beau au sens grec du terme, mais une autorité naturelle se dégageait de son visage creusé par des rides profondes et harmonieuses. N'ayant plus beaucoup de cheveux sur le crâne, il portait un panama pour le protéger du soleil.

- Pour en arriver là, répondit Pochette sur le ton de la plaisanterie, il faudrait que je tombe encore plus bas qu'au pied de cette forteresse.

- Ce que je ne souhaite nullement, dit Ziegler. J'ai encore besoin de vous. Bon, je ne vais pas vous laisser rôtir indéfiniment ; entrons dans le vif du sujet ! Où en sommes-nous de l'Opération Lazarus ?

- Tout se déroule comme prévu. Le Sujet est mûr. Il va partir pour le Centre afin d'y être traité ; il sera ensuite fin prêt pour la mission que nous lui avons fixée.

- Il ne se doute de rien ?

- Absolument pas. Il est dans son monde intérieur, qui alterne entre le présent et le passé, et Kubler s'évertue à ce qu'il n'en sorte surtout pas.

- Toujours amoureux de cette femme qui ressemble à la mienne ?

- Oui. Et toujours désireux de lui faire la peau.

- Bien. Il faudra veiller à ce qu'il ne change pas d'avis quand il sortira du Centre.

- Kubler s'en chargera. Il reprendra la main et mettra la touche finale.

- Fort bien.

- Puis-je, à mon tour, vous poser une question, mon général ?

- Faites donc !

- Vous souhaitez éliminer le Premier ministre d'Israël, qui se trouve être votre épouse dans la vie courante, pour faire avorter ce projet d'État palestinien. D'accord. Il ne faut pas que cela ressemble à un assassinat, pour ne pas faire de cette femme une martyre et rendre le remède pire que le mal, d'accord...

- Quelle est votre question ? coupa Ziegler, légèrement agacé.

- Pourquoi, tout simplement, ne pas avertir le peuple israélien, par voie de presse, qu'un immense gisement d'uranium a été découvert dans les environs de Hébron, zone qui redeviendra territoire palestinien, après la signature du traité et le départ forcé des colons ? Je crois que l'opinion publique se retournerait *de facto* contre cette partition et que la classe politique, tous partis confondus, suivrait. Votre femme elle-même serait obligée de faire machine arrière et d'ailleurs, il n'est plus du tout certain qu'elle aurait envie de faire cadeau d'un sous-sol aussi riche et... explosif !

- Je sais tout cela, Freycinet. Mais je veux que ma femme disparaisse.

- C'est donc une affaire privée ?

- Privée et publique. Ma femme est aussi nuisible à l'État d'Israël qu'elle l'est à son mari. Je veux faire d'une pierre deux coups.

- C'est vous le chef, conclut Pochette.

- À cet égard, Freycinet, j'exige la plus grande discrétion. Nous sommes trois à savoir qu'il existe un gisement d'uranium en Cisjordanie : vous, mon géologue et moi-même. S'il venait à y avoir une fuite, je serais sans pitié.

La pitié n'étant précisément pas la qualité majeure que l'on prêtait au général israélien, Jean Freycinet avait tout lieu de prendre cet avertissement au sérieux.

- Mon métier, dit-il, est fondé sur la discrétion.

C'est le carburant d'une association comme la nôtre. Je ne vois vraiment pas comment vous pouvez en douter.

- Dans mon métier à moi, Freycinet, les choses doivent être clairement énoncées, même si l'on a l'impression d'enfoncer des portes ouvertes. Les erreurs d'interprétation se payent trop cher en vies humaines pour que l'on courre le risque de la moindre ambiguïté. Nous sommes-nous bien compris ?

- Parfaitement bien.

- Alors, tout est dit. Revoyons-nous dans un mois pour faire le point ! Entretemps, vous me tenez informé par la voie habituelle.

Comme tous les militaires, Ziegler avait une ferme poignée de main. Il tourna les talons et disparut prestement.

Jérusalem, mai 2010.

David Mendelssohn marchait sur un nuage ; il n'en revenait pas. Sexagénaire chauve, bedonnant et à la peau crayeuse, il avait devant ses yeux un jeune éphèbe au corps parfait... un corps dont il lui avait fait don sans la moindre réticence.

David s'était enfoncé les ongles dans l'épiderme, pour être sûr qu'il ne rêvait pas. Et lorsqu'il avait vu le sang couler, Yu avait spontanément léché sa blessure, comme il l'avait fait quelques minutes auparavant pour son sexe, de façon plus élaborée et moins curative. Yu n'avait pas vingt ans, ou peut-être légèrement plus. C'était difficile de savoir avec les Asiatiques. D'ailleurs, David ne savait pratiquement rien de lui. Il ne savait pas comment s'orthographiait son prénom, ni même si Yu était son prénom ou son patronyme. Il savait juste qu'il était coréen, qu'il faisait ses études en Israël et... qu'il l'aimait.

L'aimait-il vraiment ou était-ce sa beauté, sa jeunesse qu'il aimait ? David ne savait plus. Il était perdu, égaré dans un jardin d'Éden. C'était si nouveau, si soudain !

David Mendelssohn n'avait jamais été vu en compagnie d'une femme, mais son homosexualité s'était révélée tardivement. Durant toutes les années difficiles qui suivent la puberté, le jeune David avait été asexuel, et il le serait probablement resté s'il n'avait ressenti une attirance quasiment incoercible envers les jeunes garçons asiatiques, lors d'un voyage en Thaïlande. C'était la grande époque du tourisme sexuel, où garçons et filles s'échangeaient contre une poignée de bhats. David avait ouvert la boîte de Pandore. Depuis, il retournait fréquemment en Asie du Sud-Est, où l'on faisait croire que les mœurs s'étaient épurées.

C'était juste le prix qui avait changé !

Célibataire, David avait cependant les moyens de sa perversité. Géologue au ministère de la Défense, il percevait un salaire plus que confortable pour un homme seul.

Bizarrement, il n'avait pas rencontré Yu en Extrême-Orient, mais à deux pas de chez lui, en plein Jérusalem. Dans un bar qui n'était même pas gay. Au premier regard, les deux hommes s'étaient reconnus. Une heure et trois whiskies plus tard, Yu était dans le lit de David. Ce dernier n'avait jamais connu pareille extase. Yu avait quelque chose en plus. Sa peau lisse et dorée, ses grands yeux noirs d'une extrême langueur, ses hanches fines et rondes qu'il aimait tant attirer à lui... Mais cela n'expliquait pas tout. Yu avait quelque chose en plus. Il avait simplement rendu fou David.

Fou amoureux, comme il ne l'avait jamais été.

- Qu'as-tu fait aujourd'hui ? demanda Yu à son amant, en plaçant un pansement adhésif sur les deux encoches saignantes.

- Le bureau. Rien de bien exaltant.

- Tu ne m'as jamais parlé de ton métier.

En vérité, ils n'avaient jamais parlé de grand-chose. Yu n'était guère bavard et David préférait la conversation de son corps. Ils n'avaient plus grand-chose à apprendre de leurs anatomies respectives, mais tout de leurs vies. David regarda Yu se lever pour prendre un verre. Son sexe pendait entre ses jambes fines et musclées. Il ressentit une excitation, puis regarda son sexe à lui et se sentit dégoûtant. Non moralement, bien sûr, mais physiquement. Passé la soixantaine, David s'était empâté. Il détestait son ventre rebondi et ses alluvions adipeuses que la blancheur de sa peau rendait encore plus hideux. À cet instant précis, il se demandait comment un si beau jeune homme pouvait se donner à lui et se sentait traversé par un vent de panique.

Il ne pourrait supporter de le perdre !

- Je ne t'ai jamais parlé de mon métier, répondit-il, car il n'y a pas grand-chose à en dire.

- Il y a toujours à dire sur la vie, sourit Yu. Même les choses les plus ternes ont un intérêt. Il suffit de le trouver.

David fixa son jeune amant avec d'autres yeux. Peut-être y avait-il de quoi l'aimer au-delà du sexe ?

- Tu as raison, dit-il. Je suis géologue.

- Ça, je le sais déjà. En quoi cela consiste-t-il exactement ? À fouiller les vieilles pierres ?

David ébaucha un sourire.

- Non. Tu confonds avec archéologue. Nous autres fouillons aussi le sous-sol, mais pas pour rattraper le passé. Ce serait plutôt pour préparer l'avenir.

- Et alors ? Il y a de l'avenir sous la Terre promise ?

- Il y a beaucoup de sang en tout cas, mais peut-être bien qu'il y a un avenir aussi.

- Vous avez découvert du pétrole ?

- Non, pas du pétrole.

- Quoi, alors ?

- Je ne peux pas te le dire.

Yu adopta un ton boudeur.

- Tu vois, tu ne veux pas me parler de toi !

- Je peux me mettre à nu devant toi...

- Tu l'es déjà.

- Ne plaisante pas ! Je peux tout te dire de moi, Yu, sauf cela. Secret défense.

- C'est encore plus excitant.

- Oui, mais interdit.

- Je croyais qu'il n'existait pas d'interdits entre nous ?

David passa les doigts dans les cheveux ébène de son amant.

- Allons, ne fais pas l'enfant !

Yu se laissa attirer et ils firent derechef l'amour. Après quoi, le jeune Asiatique vint se blottir dans les bras de David et murmura :

- Je n'aimerais pas qu'il y ait un secret entre nous. Nous avions dit que nous partagerions tout !

- Je sais, répondit David, songeur.

- Une ombre casse la lumière, dit Yu en relevant les yeux vers ceux de David. À qui veux-tu qu'un étudiant coréen aille raconter les secrets de ton pays ? Qui veux-tu que ça intéresse, ce qu'on trouve sous le sable du désert ? De toute façon, je ne parle à personne. À la fac, on me prend pour un snob. Les filles qui me courent après, je ne te dis pas... il faut qu'elles courent vite ! Tu es mon seul confident, David. À qui veux-tu que j'aille raconter tes secrets d'État ?

- OK, fit David. Je te confie mon secret en échange du tien.

- Je n'ai aucun secret pour toi, David, tu peux tout savoir si tu veux. Mes date et lieu de naissance, le nom de mes parents, de mes frères et sœurs, leur adresse, leur...

- Stop ! Je me fous de ton état civil. J'ai dit TON secret.

- Je ne vois pas de quoi tu veux parler.

- Les autres jeunes garçons que j'ai connus avant toi, je les payais. Et je les payais bien ! Ils avaient donc une excellente raison de coucher avec moi. Toi, je ne t'ai jamais rien donné. Comment peux-tu t'intéresser à un vieux décrépit comme moi, quand il y a tant d'autres jeunes de ton âge qui craqueraient devant ta beauté ?

- Tu m'as donné beaucoup plus que de l'argent, David. Et je ne veux pas qu'on craque devant ma beauté, comme tu dis. Je ne veux pas qu'on craque tout court.

- Pourtant, c'est ce qui s'est passé au début. Dans ce bar, tu m'as fait craquer. Et c'est – pardonne-moi –

uniquement à ton petit cul que j'en voulais.

- Moi aussi, David ! Je veux dire... je pensais bien te soutirer de l'argent. C'est pour cela que je me suis laissé draguer. Mais, comme tu le dis, c'était au début. Tu vois, je suis franc avec toi ! Ensuite, les choses ont changé.

- Ont-elles vraiment changé ? dit David les yeux dans le vague. Qu'est-ce qui me dit que je ne suis pas un investissement à long terme ?

- Rien. Si tu n'en as pas la certitude, mieux vaut nous séparer tout de suite.

David caressa la joue du jeune homme.

- Je ne le supporterais pas, soupira-t-il.

- Tu sais quoi ? dit Yu.

- Non.

- Tu veux la vérité ? Je vais te dire ce qui m'a flashé... c'est ton nom. La musique de Mendelssohn me rend follement romantique.

- Mendelssohn est un nom courant chez les Juifs.

- Peut-être, mais tu as réveillé mon esprit romantique.

Yu se mit à rire. Son rire était suave et David l'adorait.

- Je suis bien avec toi, c'est tout, dit le Coréen. Il n'y a rien de secret là-dedans.

- Non, mais c'est un grand mystère. L'alchimie de deux êtres qui s'aiment...

- C'est vrai, ça ne s'explique pas. Alors, pourquoi en parler ?

- Je voulais être sûr.

- Tu l'es maintenant ?

- Oui.

- Maintenant, c'est ton tour de parler. Si tu éprouves quelque réticence, dis-toi que l'amour s'appuie sur la confiance et *vice versa*.

- Je sais.

- Alors, qu'est-ce qu'il y a donc sous les pieds des colons ?

Jérusalem, octobre 2009.

Ziegler entendit un bruit de talons accéléré derrière lui. Dans les couloirs du ministère, tous les sons résonnaient.

- Général Ziegler, général Ziegler !

Ziegler se retourna. C'était Mendelssohn, le géologue. Ziegler détestait ce type, qui ressemblait à un gros mollusque. Il le trouvait visqueux et fuyait son contact. « Que me veut encore cette tantouze ? », pensa-t-il en voyant trottiner maladroitement ce phoque dans sa blouse blanche trop longue.

- Mon général, pouvez-vous m'accorder quelques secondes de votre temps si précieux ?

Le bonhomme s'exprimait toujours de manière obséquieuse. Ziegler cacha difficilement un rictus de dégoût. L'haleine fétide du géologue venait de le frapper en plein visage. Une bouche d'égout !

- Dépêchez-vous, je suis pressé ! cracha Ziegler.

- Eh bien voilà, dit Mendelssohn, après plusieurs mois d'études sur le sous-sol des environs de Hébron, j'en arrive à la conclusion qu'il pourrait receler un très important gisement d'uranium.

Les couloirs du ministère faisaient chambre d'écho. Il y avait pas mal de va-et-vient à cette heure de la matinée.

- Parlez plus bas ! ordonna Ziegler. Pouvez-vous me répéter cela ?

- D'après nos études, mon général, le sous-sol de Hébron serait très riche en uranium.

- Vous évaluez votre « serait » à quel pourcentage ?

- Difficile à dire. Cependant, je ne pense pas m'avancer énormément en vous certifiant que nous dépassons les quatre-vingt-dix pour cent.

- Que faut-il faire pour être sûr à cent pour cent ?

- Il faut forer.

- Hors de question dans le contexte actuel. Je me contenterai donc de votre estimation. Qui est au courant ?

- Vous et moi.

- Et vos collaborateurs ?

- Ils effectuent des recherches tous azimuts, participent à pas mal de travaux mais le final cut, c'est moi ! Ils savent ce que nous cherchons, peuvent éventuellement émettre un avis sur la question, mais c'est moi qui centralise tous les dossiers. Je suis le seul à savoir véritablement ce que nous allons trouver et quelles sont nos chances de le faire.

- Très bien. Que cette affaire reste entre nous ! Je compte sur votre discrétion, Mendelssohn.

- Vous le pouvez, mon général.

- Continuez vos recherches, de manière à vous approcher le plus possible de la certitude scientifique, et je vous ferai obtenir le feu vert du forage quand cette délicate question de territoire sera à jamais réglée !

- À vos ordres, mon général !

En tant que personnel civil, Mendelssohn n'était pas tenu de faire le salut réglementaire. Cependant, il voulait à tout prix entrer dans les bonnes grâces du général, chez lequel il sentait une incompréhensible répugnance. Il s'exécuta gauchement en claquant les talons.

Paris, mai 2010.

Quand Tim Nichollson se présenta au cabinet de l'avenue de la République, à 10 heures très précises, le docteur Kubler lui indiqua le chemin de son bureau et non celui du salon où se déroulaient les séances de psychothérapie. Il le pria de prendre place devant lui, s'assit à son tour, puis ouvrit un tiroir, en sortit une enveloppe et dit :

- Voici votre billet d'avion et le voucher que vous devrez présenter à l'accueil, dès votre arrivée au Centre.

- Vous êtes un psy doublé d'un agent de voyages, ironisa Tim.

Kubler ébaucha un sourire, ne releva pas et poursuivit :

- Votre séjour ainsi que votre transport, en business, tout est pris en charge. Vous ne me devez pas un centime.

- Je sais que le système d'aide sociale est très élaboré en France, nota le jeune Américain, et très coûteux pour la collectivité, mais de là à payer des billets d'avion en classe affaires !...

- La collectivité n'est pour rien dans ce privilège. Je vous ai laissé comprendre que le Centre m'était redevable de certains services rendus. Disons que vous en êtes le bénéficiaire.

- C'est donc vous que je dois remercier ?

- Vous ne devez remercier personne, monsieur Nichollson. Mon métier consiste à guérir, quel qu'en soit le prix. Je ne fais que mon travail.

- Eh bien, permettez-moi de vous dire que vous le faites très bien !

- Vous me direz cela quand nous connaîtrons le résultat de ce séjour sur le... problème qui vous obsède.

- Ce n'est pas un problème, c'est une femme.

- Les deux sont souvent liés, plaisanta Kubler, mais chez vous, cela sort du cadre de la vie courante. Cependant, nous ne sommes pas en psychothérapie ; je vous ai juste reçu pour régler les questions d'intendance. Je vous revois sous quinzaine et nous pourrons alors mesurer vos progrès.

- Si progrès il y a.

- Ne soyez pas pessimiste, monsieur Nichollson ! Voyez en ce séjour une période de détente. Tiens, comme si vous étiez en vacances ! Que cette femme appartienne au présent ou au passé, qu'elle soit dans votre tête ou bien réelle, peu importe. Oubliez-la ! Ou, mieux encore, distrayez-vous avec d'autres ? Elle vous trompe, dites-vous ? La belle affaire. Trompez-la à votre tour !

- Vous m'avez dit que tout cela n'était qu'un fantasme.

- Et alors ? Vivez-le comme s'il était réel, pour mieux le combattre. Sur les lieux de vacances, les occasions de rencontre sont nombreuses. Surtout pour un beau jeune homme comme vous. Écoutez-moi, monsieur Nichollson, ce n'est pas le psy qui parle mais un homme d'âge mûr qui pourrait être votre père ou votre ami, si vous préférez : donnez un grand coup d'aspirateur dans votre tête et profitez de la vie réelle ! Vous avez des atouts que d'autres n'ont pas ; ne laissez pas le temps les gâcher ! Ce serait injuste vis-à-vis de ceux qui en sont dépourvus.

En quittant le cabinet du docteur, Tim ressentit une curieuse impression. Il se dit qu'il n'avait jamais vu Kubler aussi affable. De fait, il ne l'avait jamais regardé comme un homme. Avec ses forces et ses faiblesses.

Un semblable, finalement.

Augusta, mai 2010.

PASSÉ LES MASTERS, premier « major » de l'année, le golf d'Augusta retombait dans un profond sommeil. On appelle « majors » les plus grands tournois internationaux, l'équivalent du grand chelem pour le tennis. Ils ont pour théâtre les plus beaux parcours du monde, catégorie dans laquelle Augusta tient une place à part. Sans risque d'exagération, on estime que ce golf n'est (vraiment) utilisé qu'une fois l'an. Le reste du temps, les jardiniers bichonnent les massifs fleuris, peignent les roughs, manucurent les fairways et caressent les greens (maintenus à température constante par des résistances en sous-sol) pour la galerie ! Triés sur le volet, les membres d'Augusta oscillent entre le troisième et le quatrième âge ; ils passent plus de temps sur les sofas moelleux du club-house que sur le parcours. Et comme les « étrangers » ne sont pas autorisés à jouer – hors invitation d'un membre – l'herbe dort tranquillement, sans d'autre crainte que la tonte régulière des machines.

Quand Lester Blum s'adressa au président du club pour obtenir, *es* qualité, une dérogation spéciale, il se heurta à une fin de non-recevoir. Quand il fit valoir que son partenaire était le premier des Américains, il se fit renvoyer derechef dans les cordes. Augusta était un État dans l'État, où le président des États-Unis n'avait pas plus de droits qu'un citoyen ordinaire. De fait, la règle était simple : ou l'on était membre (coopté par un comité qui passait au scanner le pedigree, la supposée moralité et les ressources financières de l'impétrant), ou l'on ne l'était pas. De surcroît, Blum avait cru percevoir que la couleur de peau du Président n'avait pas nécessairement facilité le dialogue. Augusta était en Georgie et, qu'on le veuille ou non, la Georgie se ralliait au Sud, même 145 ans après la fin de la guerre de Sécession. Lester Blum avait donc été contraint d'employer les grands moyens, ayant recours à la CIA pour faire plier un des membres, qui avait « accepté » de parrainer le Président.

Plus encore qu'à l'accoutumée, le club-house était vide. Seul le service de Sécurité, dirigé par le fidèle Sam Watergate, donnait un peu de vie à cette belle nécropole golfique. Aucun « officiel » ne s'était déplacé pour accueillir un hôte parfaitement indésirable et le personnel s'était vu offrir un jour chômé, non prévu dans la convention collective. Sam Watergate avait toujours cet air enjoué du type qui prend la vie du bon côté.

- *Hi, Lester, what's cooking ?*

- *Hi.* Rien de spécial. Le Président est arrivé ?

- Il t'attend, mon vieux. Pour une fois, il était en avance !

Même si la chaleur du lieu n'était que... climatique, Lester se réjouissait de jouer ce parcours mythique qui l'avait tellement fait rêver sur le petit écran. Son ami présidentiel exécutait des mouvements d'échauffement sur l'aire de départ du trou n° 1. En voyant arriver son Conseiller spécial, il eut un sourire de gamin.

- *Hi, old sport !* Pour une fois, c'est toi le retardataire. Prêt pour un combat au couteau ?

Blum opina du bonnet. Il tapèrent chacun leur drive et se retrouvèrent 250 mètres plus loin.

- Alors, dit le Président, on joue la tête de quel condamné à mort, aujourd'hui ?

- Celle de Sarah Ziegler.

Le Président éclata de rire.

- Sarah Ziegler ! Qu'est-ce que ça veut dire ?

- Ça veut dire qu'elle fait l'objet d'un contrat.

- D'un contrat... comme n'importe quel maffieux de bas étage ?

- Exactement. Sauf que ce n'est pas un règlement de comptes entre familles rivales. On vise beaucoup plus haut. Dans son propre camp, il y a des personnes qui sont prêtes à tout pour empêcher la naissance d'un État palestinien et Sarah constitue l'obstacle principal. Son élimination s'impose donc. C'est la solution.

- Tu parles d'une solution ! C'est grave. Tu as des preuves de ce que tu avances, Lester ?

- Juste des présomptions. De fortes présomptions.

- Ce n'est pas suffisant.

- Pour travailler en sous-main, si.

- OK, mais je ne te couvre pas.

Blum afficha un sourire exprimant le fatalisme.

- Mais tu ne m'as jamais couvert, vieux ! Ce n'est d'ailleurs pas ce que je te demande. Je suis là pour t'informer et travailler sous ton contrôle, avec tes subsides, mais sans ta bénédiction... du moins officielle.

- Nous sommes d'accord. Quelles sont donc ces présomptions ?

- Mon ami Aureliano Perea...

- Le parrain mexicain ?

- Oui. Celui avec lequel j'ai des accords...

- Je ne veux surtout pas savoir lesquels, coupa le Président.

- Donc, reprit Blum, Aureliano Perea m'a lâché un petit morceau sur une soi-disant Opération Lazarus qui serait diligentée par un Français sur une île grecque appartenant au fils d'un ancien nazi.

Le président des États-Unis manqua un putt de quarante centimètres.

- Le fils d'un ancien nazi qui travaillerait pour l'extrême droite israélienne ? Tu me fais un scénario à la Spielberg, Lester !

- Je crains fort que mon scénario ne soit pas une fiction. Bien entendu, il faut aller vérifier tout cela sur place.

Le Président ramassa rageusement sa balle et se dirigea à grands pas vers le départ suivant.

- J'en ai marre de ce processus de paix qui tire en longueur, dit-il. Tous mes prédécesseurs ont buté dessus. Je voudrais être le président qui réconcilie l'eau et le feu !

- C'est la raison pour laquelle il faut sauver le soldat Ziegler, dit Blum en s'alignant sur les références culturelles de son ami.

- Sarah Ziegler est une vraie chance pour nous ! *Bloody hell*, mais qu'est-ce que j'ai à jouer comme ça aujourd'hui ?

À la suite d'un slice indésirable, le Président venait d'égarer sa balle dans un massif de rhododendrons.

- Il faut avoir la tête vide pour jouer au golf, dit Blum. C'est loin d'être notre cas. Tu te rappelles les années Harvard ? Là, on s'en donnait à cœur joie.

Le Président ignora la séquence nostalgie et rétorqua :

- Et qu'est-ce que ça donne du côté de la Corée ?

- L'histoire du missile volé ?

- Oui.

- Je persiste à croire que c'est bidon. Néanmoins, je renifle un fond de vérité. Ils nous font croire à un truc énorme pour semer la panique et nous aiguiller sur une fausse piste... mais les Arabes sont derrière, ça c'est sûr.

- Qu'est-ce qui te fait croire ça ?

- J'ai un agent infiltré à Pyongyang. Pour l'instant, il n'a craché que des miettes, mais il a vu de hauts dignitaires palestiniens reçus dans le plus grand secret au palais présidentiel.

- Et ça veut dire quoi, d'après toi ?

- Ça veut dire que tous ces petits plats qui mijotent à feu doux font peut-être partie d'un même repas. Pour l'instant, je ne peux pas t'en dire plus, mais je travaille dessus.

- Tu ferais mieux de travailler ton swing, ironisa le Président. Au golf, la baignade est interdite !

Athènes, juin 2010.

Constantin Théodorakis regarda furtivement sa Piaget. La jeune Française se faisait désirer. Il avait rencontré Marion tout à fait par hasard, à la terrasse d'un de ces immenses cafés de plein air dont le centre d'Athènes regorge. Le courant était immédiatement passé. Elle était étudiante, lui armateur. Quoi de plus banal ! Elle lui avait parlé de sa collection de marionnettes indonésiennes, il avait trouvé cela charmant. Francophile et francophone (du moins s'efforçait-il de l'être), Constantin s'était beaucoup amusé de la concordance phonique entre le nom de sa nouvelle amie, Marion Hennette, et la passion de celle-ci : marion... nette !

Constantin Théodorakis pesait très lourd, dans tous les sens du terme, et Marion était toute fluette, apparemment sans le sou. Il avait presque soixante ans, elle approchait la trentaine. Tout les séparait et ce grand écart excitait l'armateur, qui cherchait son plaisir dans la différence. Il avait trop consommé de femmes offertes au corps parfait et s'en trouvait définitivement rassasié.

Le majordome annonça l'arrivée de Marion. Constantin demanda qu'on la fît entrer dans le salon. Il sentit son bas-ventre se contracter lorsqu'il entendit la porte s'ouvrir. Marion apparut et Constantin écarquilla les yeux. La jeune Française éclata de rire, arrachant une perruque blonde et des lunettes noires.

- C'était une plaisanterie. Je voulais voir si je te plairais autant ainsi. J'adore me grimer, tu sais !

Constantin lui rendit son rire, sous forme de ricanement. Mal à l'aise.

- Tiens, dit Marion en brandissant une marionnette désarticulée, je t'ai apporté la plus belle pièce de ma collection : une *wayang kulit*, du théâtre de l'île de Java.

- C'est très gentil, minauda l'armateur, qui pensait visiblement à autre chose.

Marion mit en mouvement la marionnette en sifflant le célèbre air de Gounod : « Marche funèbre d'une marionnette », qui rythmait les mouvements du pantin entre les mains expertes de la jeune fille. Constantin se laissait envoûter par la magie de l'animation, que soustendaient les notes bien connues, s'échappant une à une de la jolie bouche.

FA-FA-MI-RÉ-MI-FA-SOL.

Il ne vit pas immédiatement qu'à la main droite de la marionnette, était fixée une miniseringue. Quand il la vit, c'était trop tard. Constantin Théodorakis sentit une piqûre au niveau de la carotide, il porta les mains à son cou, chercha vainement à aspirer une gorgée d'air et s'effondra sur le sofa.

Marion sortit un téléphone cellulaire de son sac et composa un SMS :

« Mission accomplie. Attends versement du solde sous huitaine, comme convenu. »

Ensuite, elle replia la marionnette qu'elle rangea minutieusement dans son étui-mallette, manipula avec précaution la seringue miniature qu'elle isola dans une petite boîte noire contenant déjà plusieurs ampoules de venin, remit sa perruque et ses lunettes, puis sortit comme si de rien n'était, en sifflant l'air de Gounod, puis en saluant le majordome.

Marion Hennette, *alias* « Marionnette » avait l'apparence d'une jeune fille de bonne famille, bien sous tous rapports. C'était en réalité une des tueuses les plus efficaces du marché, très recherchée par les émetteurs de contrats mortels. Elle ne manquait jamais sa cible et ne laissait aucune trace. Dans le cas de l'armateur, par exemple, la Faculté conclurait vraisemblablement à ce que les médecins grecs appelaient ironiquement « l'infarctus du papy » ou « syndrome Félix Faure » : celui de l'homme d'âge mûr qui n'a plus la santé de satisfaire une partenaire beaucoup plus jeune que lui. De fait, et par l'entremise de sa marionnette, la prédatrice lui avait injecté le venin le plus puissant du monde animal, celui des phyllobates, une espèce de gentilles petites grenouilles multicolores d'Amérique du Sud... que l'on aurait presque envie de prendre dans le creux de sa main.

Comme le crotale, appelé serpent à sonnette parce qu'il émet un bruit de crécelle avant de mordre, la jeune marionnettiste prévenait toujours ses victimes en sifflant (ou en fredonnant) l'air de Gounod. Peu d'entre elles, hélas, en comprenaient le sens et cet effet de surprise, comme cette manière peu orthodoxe de tuer, octroyaient à Marion Hennette, *alias* « Marionnette », une réputation de quasi-infaillibilité, très recherchée dans le monde du crime à la commande.

Marion héla un taxi en direction du mont Lycabette. Elle se fit déposer devant l'hôtel Saint-Georges et continua à pied. Il faisait très chaud et elle transpirait à grosses gouttes, mais elle jugea qu'un peu d'exercice lui serait salutaire. Et puis ce chemin, qui montait dru, offrait plusieurs panoramas de toute beauté, sur chaque côté de la ville, avant d'arriver au sommet où la vue était *breathtaking*, comme disent les dépliants touristiques américains.

Lester Blum avait le regard tourné vers l'Acropole. On ne voyait qu'elle – rocher immortel – et sur ce rocher, on ne voyait que les colonnes ocre jaune du Parthénon. Derrière, l'écran azur, en bas duquel la mer tendait son drap. Blum entendit des cailloux crisser sous un pas énergique ; il se retourna.

- Nous contemplons plusieurs millénaires, dit-il.
- Vous vous prenez pour Napoléon ?
Blum esquissa un sourire.
- Sûrement pas. S'il y a un personnage historique que j'admire chez vous, c'est plutôt La Fayette.
- Je m'en serais douté, dit Marion en lui rendant son sourire.
- Vous avez fait bon voyage ? demanda Blum.
- J'étais sur place ; une mission à remplir.
- Ça s'est bien passé ?
- Comme toujours. Pourquoi désiriez-vous me voir, monsieur le Conseiller spécial ?
- Pour vous confier une autre mission. Probablement plus difficile.
- Vous connaissez mes tarifs ?
- Parfaitement.
- Alors, vous devez savoir que je remplis toujours mes engagements.
- Tout autant.
- Très bien. Qu'attendez-vous de moi au juste ?
Lester Blum prit la jeune Française par les épaules, comme un père ferait avec sa fille, et lui expliqua qu'un homme allait vraisemblablement essayer d'attenter à la vie du Premier ministre israélien, madame Sarah Ziegler. Il ne savait ni quand ni comment ; c'était à Marion de le découvrir et de le neutraliser. Le seul renseignement qu'il pouvait lui fournir était le suivant : l'homme en question se rendrait prochainement sur l'île de Scorpios, dans un centre où l'on traitait les maladies nerveuses et psychologiques.
- C'est un fou ? demanda Marion.
- Pas exactement. Disons un être faible. Un innocent, manipulé par la partie adverse.
- C'est qui, la partie adverse ?
- Nous l'ignorons. Nous ne connaissons que les exécutants, ce qui revient à dire la même chose.
- D'accord. Savez-vous exactement quand l'homme doit arriver sur l'île ?

- Non.

- OK. Je vais donc m'y rendre dès maintenant.

- Faites attention, l'île est petite et elle appartient au Centre.

- Pour qui me prenez-vous ? Me faire accueillir dans les endroits où je suis indésirable fait AUSSI partie de mon métier, Monsieur le Conseiller !

- Je n'en doute pas un seul instant. Je voulais juste vous mettre en garde.

- Nous sommes-nous tout dit ?

- Presque. Si vous désirez me contacter, vous m'enverrez un SMS au nom de tonton Paul, de la part de Marie, et vous emploierez le « langage carte postale » ou *Mayday* s'il y a urgence.

- Ça marche.

Lester Blum regarda Marion s'éloigner. On imaginait difficilement que ce petit bout de femme, toute menue, fût beaucoup plus dangereuse que les batraciens dont elle utilisait les enzymes mortels. Avec ses cheveux noirs, coupés à la garçonne, et sa petite frimousse, elle lui rappelait Audrey Hepburn dans *Funny face*.

Sauf qu'elle ne faisait pas du tout rire le Conseiller spécial du président des États-Unis.

Roissy CDG, juin 2010.

Tim Nicholson détestait prendre l'avion. Le confort de la « business » était un maigre palliatif, mais quand un bogue informatique le plaçait par erreur en classe économique, sans aucun recours possible car l'avion était plein, sa phobie des transports aériens atteignait son paroxysme.

Qu'à cela ne tienne, le vol Paris-Athènes ne durait guère plus de trois heures.

Intercalé entre un couple de beaufs que le facétieux ordinateur avait installés aux deux extrémités de sa rangée, coincé sur son siège minuscule, Tim refusa en bloc toutes les propositions de l'hôtesse, qui rengaina son sourire et lui demanda sèchement d'attacher sa ceinture. La cabine était bourrée. À sa droite, la femme bouffie, un chapeau ridicule sur ses cheveux décolorés, se penchait maladroitement pour parler à son mari. Ce dernier était vêtu d'un bermuda et d'un débardeur qui puait la sueur. Il était question de leur séjour sur une île de beaufs, dans un village de vacances appartenant au comité d'entreprise de la boîte du mari. Il allait y retrouver plein de collègues... c'était le pied ! Tim proposa de leur céder sa place et la grosse acquiesça avec un grand sourire. Il constata qu'il lui manquait deux dents. Dans ses remerciements, la femme édentée essaya d'introduire une ébauche de conversation, du genre « qui êtes-vous, que faites-vous, où allez-vous ? », mais elle essuya une fin de non-recevoir et se retourna incontinent vers son mari. Tim demanda un verre d'eau à l'hôtesse, puis avala trois Xanax. Alors que l'avion prenait de la vitesse, il ressentit les premiers effets des comprimés. Il se relaxa, ferma les yeux et partit dans les nuages en même temps que l'appareil.

Apparut alors à son esprit perturbé le portrait de cette femme rousse peint par Klimt : le boa de plumes noires qui remonte jusqu'à la lèvre inférieure et masque donc tout le bas du visage, cet adorable petit nez, si finement dessiné, les pommettes saillantes et légèrement cramoisies, les yeux gris mauve, en amande, laissant échapper, à travers l'interstice des paupières, un regard énigmatique, l'imposante chevelure orange, bouffante et volumineuse, qui soutient un chapeau noir, entouré d'un ruban de taffetas bleu... et derrière l'être aimé, Vienne qui rit, Vienne qui danse, Vienne qui flambe, Vienne qui se prépare à verser des larmes de sang. Dans moins de dix ans, la fin de la Première Guerre mondiale sonnera le glas de l'Empire austro-hongrois.

Dans son demi-sommeil, bercé par le ronronnement des réacteurs, Tim se dit qu'à la fin de sa vie, Klimt avait inspiré l'expressionnisme allemand dont Kokoschka et Schiele allaient devenir les porte-drapeaux. On pouvait être schizophrène, on n'en restait pas moins un homme cultivé. Ces considérations artistiques le ramenèrent au visage adoré. « Emma, pourquoi ne m'as-tu pas rendu mon amour ? Il était si beau, si pur, si noble ! Comment as-tu pu le salir ? »

New York, juin 1910.

- C'EST UN TRÈS BEAU MARIAGE.

Sollicité de toutes parts, comme doit l'être un *groom*[7] lors de ce qu'il est convenu d'appeler le plus beau jour de sa vie, Maximilian Flemington se retourne au son de cette voix connue et admirée. Gustav Mahler, son parrain musical, se tient devant lui. Vêtu de cette même redingote gris anthracite qu'il porte tous les jours. Maxi ne lui a jamais vu d'autre costume.

- Merci, Maestro.

- Permettez-moi de vous embrasser !

Maxi sent ses joues s'empourprer sous l'étreinte du compositeur, pourtant beaucoup plus frêle que le jeune homme, contraint de se courber pour l'accolade. Mahler a les traits creusés d'un homme fatigué ; derrière ses petites lunettes rondes, un mélange de fièvre et d'angoisse fait briller son regard. Maxi se sent à la fois honoré et embarrassé. Il ne sait que dire à ce petit homme, regardé comme une icône dans les milieux culturels nord-américains et cependant peu prolixe, aussi avare de sentiments que de paroles. Ce témoignage d'amitié n'en a que plus de valeur, tout en mettant le pianiste mal à l'aise. Il rougit derechef et s'en tire par un banal :

- C'est gentil d'être venu.

Pour toute réponse, Mahler lui donne une solide tape sur les épaules, fait une grimace, puis disparaît.

[7] Jeune marié.

De santé vacillante, au crépuscule de sa vie, le Maestro n'en a pas moins gardé ses habitudes d'ours des montagnes. Comme lorsqu'il s'isolait sur les sommets alpins pour écrire ses symphonies. Cette évocation arrache un sourire triste à Maxi.

Ce 10 juin est une belle journée de printemps. Il fait déjà très chaud et les New-Yorkais cherchent un peu de fraîcheur sous les arbres de Central Park. Néanmoins, toute la bonne société (ce qui revient à dire : les milieux de la banque, du pétrole, de la sidérurgie, du textile, des transports, du sol et du sous-sol, le tout culturel et artistique, les rois de ce que l'on n'appelle pas encore le *charity business*) festoie à l'hôtel Savoy pour le mariage du jeune Flemington. Ce dernier, nostalgique de sa première rencontre avec Emma, a choisi cette vitrine du nouvel ordre économique pour fêter leur union.

La famille de la mariée, majoritairement composée d'aristocrates bavarois et autrichiens, regarde les Américains comme des parvenus. Dans leur milieu, on ne pactise pas avec des paysans qui ont trouvé de l'or sous la poussière, après avoir exterminé des sauvages. Entre ces deux mondes s'installe un gouffre social dont les mariés sont une fragile passerelle.

Emma est tout simplement magnifique, aux dires des invités (de tous les invités), ainsi qu'au goût du premier concerné. Sa chevelure abondante crache le feu sous le voile transparent. Ses yeux pétillent. Le gris des prunelles s'est effacé devant un mauve plus soutenu, plus minéral. Elle a le regard fier et hautain de la femme heureuse. La robe est l'œuvre unique d'un grand couturier parisien, avec une traîne blanche qui, à force de traîner, finit par se détacher afin que la toute fraîche mariée puisse accorder la première danse à celui qui vient de lui dire oui. Dans la plus pure tradition viennoise, l'orchestre entame « Le Beau Danube bleu », comme lors du réveillon de la Saint-Sylvestre, il y a tout juste six mois.

- Tu te souviens, ma chérie ? demande Maxi.

- Si je me souviens ?... Comme nous avons été rapides, mon amour ! Il y a six mois, je ne te connaissais pas. Aujourd'hui, j'ai l'impression de renaître.

- Alors, tu es un gros bébé, plaisante Maxi en soulevant Emma du sol, au moment où l'orchestre accélère le tempo.

Les jeunes mariés sont seuls sur la piste, entourés des invités qui applaudissent et réservent une ovation au baiser final. Après quoi, les couples se forment pour les danses suivantes. Au milieu de la soirée, l'orchestre quitte la scène sur laquelle Maxi prend place. Il s'installe au piano et annonce :

- Mes amis, j'ai une surprise pour vous. Si je vous dis que je vais jouer un morceau, ce ne sera pas une surprise...

Quelques rires se font entendre.

- Alors, la vraie surprise, la voici ! Elle – ou plutôt il – s'appelle Régis Oswald. Sous le contrôle de Maestro Mahler, Régis va vous interpréter le « *Lied von der Erde* »[8] dont j'ai réalisé la transcription instrumentale, pour piano seul et voix de ténor.

Applaudissements. Le chanteur monte sur scène et prend place aux côtés du jeune pianiste. Personne à New York n'a jamais entendu parler de Régis Oswald. Certains invités le regardent comme un animal savant, craignant un bide. Mais dès les premières notes, quand la voix pure et claire prend son envol sur un coussin d'air, l'assistance est subjuguée. En quelques secondes seulement, le plus grand pianiste du moment est relégué au rôle de simple accompagnateur. Un faire-valoir ! Maestro Mahler, lui-même, qui a fait travailler les plus grands ténors de la planète, reste hypnotisé. Il n'a jamais entendu son œuvre chantée de la sorte. La note conclusive est suivie d'un long silence, comme si les spectateurs, paralysés, ne pouvaient applaudir. C'est

[8] « Le Chant de la terre ». Composition tardive de Gustav Mahler. Pour voix (homme) de baryton.

Emma qui fait claquer ses mains la première ; s'ensuit un tumulte indescriptible, démontrant qu'on est bien chez les cow-boys du Nouveau Monde et non dans un théâtre viennois. La bonne société se lâche, oubliant les convenances, compagnes volages quand elles ne vous accompagnent depuis la naissance. On se croirait presque dans un saloon du Wild West !

Maxi a gagné son pari. Il voulait faire connaître son ami Régis et offrir à ses invités un souvenir inoubliable.

Il a fait d'une pierre deux coups.

Les musiciens de l'orchestre réintègrent leurs pupitres et la musique légère reprend. Apparaît alors Vanderbilt, toujours plein d'énergie, comme un diable sorti de sa boîte. Il prend la main d'Emma et l'entraîne sur la piste.

- C'est mon tour, maintenant ! dit-il à Maxi. Jusqu'à une certaine heure, tu dois encore partager la mariée.

- Emma est une femme libre, répond en souriant le pianiste.

La veille au soir, comme le commande la tradition anglo-saxonne appelée « *stag party* », Maximilian a enterré sa vie de garçon en compagnie d'une troupe de joyeux fêtards emmenée par l'infatigable Vanderbilt. Le timide Régis Oswald s'est fait prendre dans la mêlée. À son corps défendant.

Van a traîné la joyeuse troupe dans les bas-fonds de New York qui, à l'époque, ne sont pas sans danger. La petite racaille qui y règne n'observe aucune règle. C'est l'anarchie dans la délinquance, le banditisme débridé, sans foi ni loi. Ni dieu ni maître. Dieu a d'ailleurs abandonné depuis longtemps ces quartiers que se disputent les petits chefs. Il y en a tellement que l'on ne sait plus distinguer un parrain d'un gorille. On rosse pour pas grand-chose et quand la victime ne se relève pas, on passe à une autre rixe.

Les bars de l'époque portent des noms évocateurs : « *The Bucket of blood* »[9] ou « *The Morgue* ». On peut y occire qui l'on veut, sauf les araignées... car leurs toiles ont des vertus hémostatiques ! Pour les pickpockets, ces bouges enfumés et bondés sont des mines d'or. Patron de l'un d'eux, Maguire a affiché les tables de sa loi au-dessus de son bar. Elles ne mentionnent qu'une seule interdiction : se faire prendre. Si un pickpocket est découvert, le produit de son larcin va dans la caisse de Maguire !

Vanderbilt a mis dans le mille en faisant descendre sa coterie de fanfarons dans les égouts de la morale ! Pas une seule seconde, ces jeunes gens à l'éducation soignée n'eussent pu imaginer qu'un monde souterrain existât.

Un monde... autre que le leur.

D'aucuns le regardent comme on lit un roman fantastique, certains s'en offusquent et ressentent une profonde nausée, d'autres y sont parfaitement indifférents ou, le cas échéant, ressentent une attirance malsaine qu'ils s'efforcent de masquer. Le dévoyé Vanderbilt s'en amuse beaucoup, notamment avec les filles qu'il lance comme des hameçons vers les plus fragiles de ses camarades. Le mauvais whisky coule à flots. Régis observe la scène, seul dans son coin. Il refuse toute boisson et n'est guère plus disposé à engager la conversation. Maxi navigue entre l'envie d'ouvrir la boîte de Pandore et le devoir de rester sur son quant-à-soi. Un jeune garçon le tire de ses pensées.

- T'es un rupin, toi.

Le gamin a les cheveux noirs comme du jais et le regard dur des enfants qui n'ont pas eu d'enfance.

- Ah bon ! dit Maxi. Et à quoi vois-tu cela ?

- Tes mains. T'es habillé comme nous, mais tes mains te trahissent.

---

[9] Le seau de sang.

- Je joue du piano.
Le garçon écarquille les yeux.
- Dans des cabarets, comme ici ?
- Non. Plus grand.
- C'est bien c'que j'disais : t'es un rupin.
- Et toi, demande Maxi, que fais-tu ici ?
- Je travaille.
- À ton âge ?
- Hé, j'ai 14 ans, mec !
- Quel genre de travail ?
- Racket, prostitution, drogue.
- Tu rigoles, *kid* ?

Le môme désigne de la tête un gosse de son âge, juste derrière lui.

- Avec mon pote Lansky, on ramasse le blé des Juifs du quartier. Ils en sont bourrés. Il fait même cracher sa famille, le Meyer ! Fortiche, non ?

Les deux gosses éclatent de rire et le premier se retourne vers Maxi.

- T'es choqué, rupin ?

- Non, ment le pianiste.

- Qu'est-ce que tu crois ? dit le môme, pas dupe. Si j'ramène pas l'oseille, tu t'imagines qu'on va m'donner à becqueter ?

- Il y a des métiers plus...

- Honnêtes. C'est ça qu'tu veux dire ?

- Plus adaptés à ton âge, corrige Maxi.

- Âge ou pas âge, réplique le garçon, chez nous, personne ne sait ce qu'honnête veut dire. Il y a les boulots qui payent et ceux qui payent pas. C'est tout.

- Et toi, ça paye, *kid* ?

- Tu veux une fille ?

- Non. Je suis servi de ce côté-là.

- Marié ?

- Pas tout à fait. Demain matin.

- Alors, qu'est-ce que tu fous là ? Tu devrais être avec ta promise.

- Je vais lui donner ma vie, je peux bien lui voler une soirée !

Le môme lance à Maxi un clin d'œil complice.
- Prends une fille, j'te l'offre !
- Sans façon, *kid*. Je ne suis pas venu pour ça.
- T'es v'nu pour quoi alors ?
- Pour voir. Je suis avec une bande d'amis.
- Le beau brun, qui met la main aux fesses de mes filles, dit le gosse en désignant Vanderbilt, c'est votre chef ?
- On peut dire ça comme ça.
- Il est moins bégueule que toi.
- C'est un fait.
- Tu veux d'la poudre ? J'ai la meilleure de Brooklyn.
Maxi passe la main dans les cheveux hirsutes du gamin.
- Merci, dit-il, je dois filer.
- C'était pour toi, mec. J'voulais qu'tu goûtes un peu à la vie avant d'enterrer la tienne.
- C'est sympa, *kid*. Ton nom, c'est comment ?
- Salvatore... mais on m'appelle Lucky parce que je gagne tout le temps aux courses. Je suis le roi de Belmont, j'connais tous les jockeys !
- On devrait t'appeler Smartie.
- Tu parles ! Elles sont truquées, les courses !
Maxi hausse les épaules.
- *Ciao, bambino.*
En s'éloignant, Maxi entend dans son dos la voix déjà grave du jeune Lucky.
- Hé, le pianiste !
Il se retourne.
- Ta montre. Tu risques d'en avoir besoin si tu veux être à l'heure à ton mariage.
Maxi saisit sa montre à gousset, l'enfouit dans une poche et esquisse un sourire.
- Merci, Lucky. Lucky comment, au fait ?
- Luciano.

Jérusalem, juin 2010.

CE SOIR-LÀ, lorsque le général Ziegler regagna sa villa, dans les hauteurs de la Ville sainte, il constata que son Premier ministre de femme était déjà rentrée. Il la trouva devant l'écran de son PC.

- Qu'est-ce qui t'arrive ? railla-t-il. Ton gouvernement t'a foutue dehors ?

Sarah se retourna.

- Il faudrait savoir ce que tu veux, Stefan ! Tu me reproches continuellement de ne jamais être là et quand je regagne le domicile conjugal avant toi, tu ironises sur ma présence.

- Je n'ironise pas, ma chérie, je plaisante. Tu sais ce que disent les Français : « Qui aime bien châtie bien. »

- Je n'ai aucune confiance dans les Français.

Écartant d'une main délicate sa crinière rousse, Ziegler embrassa sa femme dans le cou.

- Tu préfères te fier à tes amis américains, murmura-t-il à son oreille. Ils te conseillent juste de vendre ton pays. Ce n'est pas grand-chose.

- Stefan, tu redeviens cynique !

Ziegler ignora la remarque et poursuivit :

- Du haut d'une tour de Manhattan, même quand on est juif, on n'a qu'une piètre idée de ce que vivent nos colons ! Faire de la géopolitique dans un bureau, c'est simple. Aussi simple que de faire des affaires. Et dès qu'il s'agit de traiter des affaires, les banquiers juifs sont plus banquiers que juifs.

- Tu racontes n'importe quoi, mon pauvre Stefan ! Il ne s'agit pas de faire du business, mais d'offrir une paix durable à notre peuple. Seuls les Américains ont suffisamment de poids et de volonté pour nous aider à l'instaurer. Je te rappelle qu'ils nous ont toujours soutenus, dans les pires moments de notre histoire !

- Je préfère ne rien répondre à cela, nous allons encore nous disputer.

- Tu as raison, changeons de sujet !

Stefan prit Sarah par la taille et la souleva doucement de son siège.

- Et si le... sujet était une histoire sans paroles. J'ai tellement peu l'habitude d'avoir ma femme pour moi seul que je voudrais en profiter pour lui rappeler le devoir conjugal.

Sarah lui lança un regard coquin.

- Qui parle d'un devoir ?

Il l'attira vers sa chambre, contiguë au bureau, lui arracha brutalement son tailleur et s'apprêtait à faire de même avec ses sous-vêtements, quand Sarah le repoussa.

- Attends un peu, grande brute ! Ça tue le plaisir.

Stefan prit du recul et la regarda retirer son soutien-gorge avec les gestes chaloupés d'une strip-teaseuse, sur un rythme imaginaire. Apparurent alors, l'un après l'autre, ces seins que Stefan ne connaissait que trop et qui le rendaient toujours fou. Pleins et fermes, moulés comme des fruits. Verger paradisiaque. Stefan ressentit une contraction presque douloureuse de son sexe, encore prisonnier de son pantalon. Il ne savait que trop l'origine de ces frissons excitants qui parcouraient son corps. Le regard provocant de sa femme ou les deux tétons bruns qui semblaient n'attendre que sa langue ? Il se déshabilla hâtivement et vit cette femelle offerte ramper jusqu'à son sexe dru, qu'elle prit dans la main en ouvrant doucement ses lèvres.

- Attends ! dit-il.

Stefan se libéra de son emprise et disparut.

Quelques secondes plus tard, il revint devant sa femme. En conquérant.

- Qu'est-ce que c'est que ça ? demanda-t-elle, fixant sévèrement le préservatif qui recouvrait le pénis en érection.

- Je me protège, fit ce dernier. Lapidaire.

- Quoi ! explosa Sarah. Tu me prends pour qui ?

- Pour une pute. La pute de la République, comme cette Française dans l'affaire Elf.

Sarah se rhabilla rageusement. La carnation de sa peau et sa crinière de lionne se confondaient.

- Toi qui aimes tant la France, ça devrait te plaire.

Stefan eut un sourire ironique.

- Je veux bien être tolérant dès lors que je ne mets pas ma santé en péril, ma chérie, mais quand il s'agit d'un contact physique, je préfère rester prudent.

- Salaud ! cracha Sarah, ramassant précipitamment le reste de ses affaires. Retourne avec tes amis fascistes !

Elle sortit en claquant la porte. À cet instant, le téléphone cellulaire de Stefan se mit à hululer. Il décrocha.

- Venez vite au bureau ! dit une voix. Un drame...

- Quoi donc ?

- Venez, mon général !

Stefan se rhabilla à son tour et sauta dans sa voiture personnelle. Il avait donné congé à son chauffeur, pensant passer une soirée tranquille.

Une fourmilière humaine s'affairait autour du cadavre de David Mendelssohn. Recroquevillé sur son bureau, la tête sur une flaque de sang, un revolver à la main. Du calibre 6-35, constata Ziegler avec dédain. Une arme de gonzesse.

- Suicide ? demanda-t-il.

- On a tout lieu de le croire, répondit une femme en blouse blanche. Mais tant que la « Scientifique » n'a pas livré son verdict, on ne peut rien affirmer.

Stefan fit la moue.

- C'est curieux, dit-il pensivement, je le croyais équilibré.

- C'était un...

- Pédé. Oui, je sais. Il n'empêche qu'il me paraissait assumer son homosexualité. Un chagrin d'amour, peut-être...

- On l'a beaucoup vu, ces derniers temps, en compagnie d'un jeune Asiatique.

- Un Asiatique ? dit Ziegler, intrigué.

- Oui, répondit la femme en blouse blanche. Un Chinois, un Thaïlandais ou quelque chose comme ça.

- Vous avez son identité ?

- Non.

- Vous avez fait des recherches ?

- Sommaires, mon général. Pour l'instant, aucune trace.

- Bien, dit Ziegler. Poursuivez les recherches, établissez le suicide si c'en est un et nous reparlerons de tout cela demain !

Quand Stefan Ziegler revint chez lui, il faisait nuit noire. Les frasques de sa femme avaient quitté ses pensées, monopolisées par la mort du géologue. Non qu'il éprouvât de la peine – Ziegler méprisait Mendelssohn – mais ce suicide sentait mauvais. Avec Freycinet, il était le seul à partager le secret de l'uranium. Or, il serait plus que fâcheux que ledit secret se fût envolé en Extrême-Orient.

Dans un pays comme la Corée du Nord, par exemple.

Pyongyang, juin 2010.

DANS LA CATÉGORIE CARTE POSTALE, la capitale de la Corée du Nord est une parfaite image d'Épinal. Peu conforme à l'idée que peuvent s'en faire ceux qui ne l'ont jamais visitée. Or, ils sont nombreux... le tourisme de masse n'étant pas la principale ressource du pays.

À l'inverse des hauts lieux du stalinisme flamboyant, dans les années cinquante, le béton nord-coréen reste assez accueillant, si tant est qu'un conglomérat de lignes grises puisse faire chaud au cœur. En tout cas, il n'est ni crasseux ni endeuillé, du moins... sur sa façade externe. Les avenues sont plutôt larges, arborées et les drapeaux flottent joyeusement. Bien sûr, l'œil ne peut échapper au culte de la personnalité du potentat local, mais la vision d'ensemble paraît plutôt bon enfant. Le visage des passants ne reflète en rien cette pauvreté morale et matérielle dont l'Occident libéral dresse la caricature. Pour l'étranger, débarqué d'une autre planète les yeux bandés, ces gens pourraient presque paraître paisibles.

À l'intérieur des bâtiments administratifs, il en va toutefois différemment.

Dans une pièce nue, sans fenêtres (probablement un sous-sol, mais ce n'est pas sûr), deux hommes discutaient, un gobelet de thé à la main. Le premier portait un uniforme vert-de-gris, assorti aux murs. Le second était en civil, dans un costume bien taillé. À la qualité de l'étoffe, on voyait qu'il était étranger, comme d'ailleurs à son visage, de type méditerranéen. Tous deux regardaient, derrière une vitre épaisse, dans une cellule aussi nue et grise que la première, un homme étendu sur un brancard.

- Êtes-vous sûr de votre coup ? demanda Ibrahim Boughrani.

- Absolument. Cet agent américain va maintenant retourner chez lui porter la bonne nouvelle.

- L'effet boomerang ?

- Vous avez tout compris, dit le Coréen en ricanant. La CIA a voulu infiltrer un de leurs agents dans nos services et nous l'avons psychiquement retourné, comme les autres fois. Pourtant, celui-là était moulé à la perfection. Né de parents immigrés, il parlait – et parle toujours – impeccablement notre langue. À Langley, comme dans sa famille, on lui a tout appris de nos coutumes, de nos idéaux et de notre culture. Mais voyez-vous, face aux espions, j'ai un sixième sens. Je les renifle au premier contact. Sans cela, je ne serais pas à ce poste !

Yang Choï bomba le torse avec fierté. Ce petit homme trapu et carré, à l'âge indéterminé, n'était autre que le chef de la très crainte SP (Section psychologique) de la Sécurité nord-coréenne. Cet ancien médaillé olympique de karaté avait été honoré par Kim Jong-il, à l'occasion de sa retraite sportive. Jeune militaire, il s'était envolé comme une bulle de savon sur la grille d'avancement d'une très pesante hiérarchie. Non seulement l'ancien sportif s'en était montré digne, non seulement il y avait servi son pays avec le zèle et la rigueur spartiate des champions, mais il y avait aussi trouvé un épanouissement personnel.

La manipulation psychologique des prisonniers avait été, pour lui, plus qu'une découverte : une authentique révélation.

- Par l'intermédiaire de cet homme, dit Boughrani en désignant du menton la pièce derrière la vitre, vous allez donc conforter les Américains dans l'idée qu'on vous a volé un missile nucléaire. Pourquoi ? Ça ne sert à rien. Les Américains sont nos alliés dans cette affaire !

- Monsieur l'émissaire, précisa Choï, mon ministre m'a autorisé à sortir du cadre de mes fonctions. Je vais donc vous expliquer : d'une part, les Américains ne sont pas et ne seront jamais nos alliés... ni les vôtres ! Il se trouve que, pour des raisons différentes, nos deux pays ont un intérêt commun dans la fondation d'un État palestinien.

- Votre intérêt à vous, c'est l'uranium.

- Affirmatif. Et la révélation de l'existence d'un gisement énorme – information sortie, je vous le rappelle, par un de nos agents en mission à Jérusalem – cette révélation prouve à quel point notre gouvernement regarde en toute confiance notre mutuelle collaboration. Il est capital que les Américains ne soient jamais au courant de l'existence d'un tel gisement, faute de quoi, ils abandonneraient leur rôle de meneur de jeu et reprendraient bien vite le parti d'Israël.

- Et pour vous, je présume qu'il ne serait pas question d'acheter le moindre gramme d'uranium à Israël, si la Palestine restait dans son giron ?

- Bien entendu, dit Choï avec ce ricanement qui lui était familier. Mais si la Palestine devient un État indépendant, vous ne pourrez pas exploiter seul ce gisement, en supposant qu'il soit aussi important que notre agent nous l'a laissé entendre... et vous avez tout intérêt à ce que ce soit un petit pays comme le nôtre qui vous aide, plutôt qu'une grande puissance.

- J'en reviens à ma question première, dit l'émissaire de l'Autorité palestinienne. Pourquoi vouloir faire croire aux Américains qu'on vous a volé un missile à ogive nucléaire ?

- Pour détourner leur attention. À force de jouer aux gendarmes du monde, ils ne savent plus où donner de la tête. Nous allons donc miser sur cette dispersion et les alerter sur un danger imaginaire. Ainsi relâcheront-ils leur attention quant au problème palestinien, juste le temps qu'il nous faut pour boucler notre affaire.

- Croyez-vous sincèrement que cette diversion nous sera bénéfique ?

- Quand ils apprendront que ce sont les Talibans qui s'en sont emparés, oui !

Le chef de la SP alluma une cigarette et poursuivit :

- Cet homme, que vous voyez dormir à côté, va bientôt se réveiller dans un cadre familier. Il ne se souviendra absolument pas d'être passé entre nos mains car nous l'avons *brainwashed*, comme on dit là d'où il vient, nous lui avons lavé le cerveau, avec ce petit plus que constitue ma recette personnelle. Il estimera que sa mission est réussie, terminée, et regagnera son pays le plus tranquillement du monde, après avoir transmis à sa hiérarchie les informations dont nous avons truffé son cerveau.

- Pourquoi les Talibans ?

- Parce qu'aujourd'hui, monsieur l'émissaire, c'est dans cette région du monde que se situe le plus gros danger pour la planète. Ce n'est plus chez vous – ne vous en déplaise – ni en Irak (ça ne l'a jamais été d'ailleurs), ni en Iran, malgré toutes les pantomimes de cette marionnette qui leur tient lieu de président, et encore moins dans notre pays, qui a besoin de faire exploser une « bombinette » pour se rappeler au bon souvenir de l'Occident. Les Russes et les Américains – soit les deux plus grandes puissances militaires du monde – se sont cassé les dents sur l'Afghanistan. Croyez-moi, ce conflit n'est pas prêt d'être résolu !

- Et Al-Qaïda ?

- Ils ont réussi un gros coup et rien d'autre. Malgré tout, je reconnais qu'ils sont parvenus à effrayer le monde durant cinq, six ans. Avec de si petits moyens, il fallait le faire ! En réalité, Al-Qaïda ne repose sur aucune nation, aucune idéologie, ni même aucune religion puisque tout bon musulman vous dira que leur interprétation du Coran n'est pas la bonne. Je parle sous votre contrôle.

- Et vous avez raison… mais l'interprétation des Talibans est la même, à peu de chose près. Or, vous savez ce que signifie le mot « Taliban » ?

- Bien sûr, dit Choï avec l'aplomb du candidat qui connaît la réponse. Cela veut dire : « étudiant en religion ». Simplement, derrière les Talibans, il y a une structure, une unicité : un peuple, une nation. Tout cela fait défaut à Al-Qaïda, qui ne peut rassembler qu'une bande de pirates en leur bourrant la tête de mirages, comme j'ai moi-même procédé avec l'espion américain. Ça ne va pas plus loin, croyez-moi ! Sincèrement, je pense avoir misé sur le bon cheval.

Ibrahim Boughrani hocha la tête, avec un soupçon de doute dans le regard.

- Il est cependant un problème dont je voulais vous parler, reprit le Coréen, et qui m'inquiète bien davantage. Venez !

Choï entraîna l'émissaire de l'Autorité palestinienne vers un couloir interminable, uniformément peint de cette même couleur vert-de-gris. Les locaux de la Sécurité affichaient une grande propreté, avec une absence totale de couleurs. Sur les murs nus ne pendait aucune décoration, ni autres gravures ou tableaux. Tout juste y trouvait-on des pancartes que Boughrani supposait utilitaires car il ne savait pas lire les idéogrammes. Le sol plastifié ou caoutchouté – un revêtement voisin de celui que l'on trouve dans certains stades – annihilait la résonance des pas. Sur leur chemin, ils croisèrent un jeune homme que le chef de la SP jugea bon de présenter à son invité.

- Voici Yu, l'agent à qui nous devons l'information qui a motivé votre visite, monsieur l'émissaire.

Dans le type asiatique, Boughrani n'avait jamais vu un aussi beau spécimen. Personnellement, il n'était pas sensible à la plastique masculine, mais l'exercice de son métier lui avait appris à reconnaître la séduction et ce jeune homme, aux expressions un tantinet féminines, n'en manquait pas. De prime abord, il semblait frêle, inoffensif. On aurait presque eu envie de le protéger. Boughrani avait appris à se méfier de ce genre de personnages, surtout quand ils étaient beaux.

C'était souvent la beauté du diable !

L'émissaire se répandit en félicitations et les deux officiels poursuivirent leur chemin jusqu'à un grand laboratoire : une fourmilière d'insectes en blouse blanche. La fourmi en chef accueillit les visiteurs et les invita à le suivre dans un petit bureau vitré. D'un coffre blindé, le responsable du labo, un homme entre deux âges, sortit une perle de verre contenant un liquide incolore.

- Ceci est notre dernière invention, expliqua Yang Choï. Le gaz PHZ 500. C'est la troisième génération des gaz PHZ que la Section chimique de la Sécurité a fabriqué dans les années 90, juste après la chute du mur de Berlin : le PHZ 200, le PHZ 300 et voici le 500, un véritable petit bijou en matière d'armes chimiques.

Il prit minutieusement la perle entre ses doigts, la plaça sous les yeux de Boughrani, puis la rendit au laborantin qui la rangea dans le coffre, avec moult précautions, et dit :

- Un collier de perles de ce genre suffit à endormir définitivement une ville de cent mille habitants.

- Un collier de perles... comme c'est poétique ! dit Boughrani avec cynisme.

- La poésie de la mort.

- Eh oui, la mort a aussi sa poésie.

Boughrani fit la moue.

- Fort bien. Mais en quoi cela me concerne-t-il ?

- La semaine dernière, on nous en a volé quatre.

- C'est aussi ce que vous voulez faire croire aux Américains.

- Vous m'avez mal compris, dit Choï. On nous les a VRAIMENT volées !

Scorpios, juin 2010.

A SA DESCENTE D'AVION, Tim Nichollson était attendu. Il fut pris en charge, transféré au Pirée dans une limousine noire, puis embarqué à bord d'un yacht, navette de luxe ayant pour destination l'île de Scorpios. Il se sentait traité comme un ministre en visite officielle et pensa que l'organisation du docteur Kubler était impeccable.

Oublié, le raté de l'avion !

Pas un instant, le jeune Américain ne fut étonné que cet accueil VIP, comme on dit dans les relations publiques, n'occasionnât pas la moindre dépense. Il avait confiance en son psy et se laissait mener à l'envi. Qu'il était bon d'oublier les contingences matérielles, les vicissitudes du quotidien... d'oublier tout ! La couleur uniformément bleue de l'écran marin, se subdivisant en un camaïeu de bandes horizontales, exerçait un effet lénifiant sur son psychisme. Le visage giflé par l'air du large, sur le pont supérieur, Tim se sentait revivre. Prêt à voir enfin ce que la vie pouvait lui apporter.

Non ce qu'elle lui avait retiré. Dans un lointain passé.

L'île de Scorpios était isolée, en pleine mer. Les mains en visière, Tim avait beau se contracter la rétine, il ne pouvait apercevoir aucun autre morceau de terre dans les limites de son champ visuel. Le centre où il devait effectuer sa cure de repos avait une conception architecturale audacieuse, tout en respectant la tradition hellénique, fondée sur la couleur blanche et les angles arrondis. Construit à même la roche, les pieds dans l'eau, le complexe médicalisé se présentait sous la forme de minibungalows, rattachés les uns aux autres, un peu comme une chaîne chromosomique. L'aire de réception s'ouvrait pour moitié sous le ciel d'un bleu infini. Il y régnait une fraîcheur naturelle, revigorante.

Tim fut guidé vers le bureau des admissions, où un bataillon de jeunes naïades semblait n'être là que pour l'accueillir. On expédia les formalités, le rassura quant à l'acheminement de ses bagages vers son bungalow et lui demanda s'il avait un souhait particulier. Tim ne trouvant aucune requête à formuler, la naïade en chef lui décocha un sourire antibrouillard et pria une de ses acolytes de le mener à ses appartements. Qu'il se mette à l'aise, décompresse du stress du voyage et, dans une heure et demie, si cela lui convenait, il serait reçu par le professeur Wöring.

Dans le salon de sa suite, une bouteille de champagne, dont le goulot émergeait d'un seau de glace pilée, une boîte du meilleur chocolatier genevois et la traditionnelle corbeille de fruits l'attendaient sur une table basse avec un mot de bienvenue manuscrit, signé du professeur. Tim avisa le grand lit blanc, s'y allongea sur le dos et ferma les yeux. Il sentait un courant d'air frais caresser son corps, dont il palpait le bien-être à travers un abandon total. Quelle que fût la température extérieure, cette circulation naturelle d'air marin constituait la meilleure des climatisations. Tout était blanc, à l'intérieur, et bleu en dehors. Cet univers bicolore rassurait Tim qui, les yeux clos, l'imaginait plus qu'il ne le voyait.

Il ne remercierait jamais assez le docteur Kubler de lui avoir « offert » ce séjour réparateur.

Très exactement une heure et demie plus tard, le téléphone sonna. Tim décrocha et une voix féminine – au timbre des hôtesses d'aéroport – lui demanda s'il était prêt à rencontrer le professeur. Tim répondit que oui et la voix lui dit que l'on passerait le chercher dans cinq minutes.

- Êtes-vous confortablement installé, monsieur Nichollson ?

Tim avait en face de lui un honorable vieillard aux cheveux blancs comme la neige, tel qu'on les voit dans les bandes dessinées. Wöring avait le regard perçant des hommes de science et le sourire rassurant d'un sage. Sous sa blouse blanche, on distinguait une chemise de soie fine et une cravate griffée, au nœud impeccable. Son bureau, tout en verre, semblait tenir en équilibre sur la roche ; la vue y était imprenable, comme disent les dépliants touristiques.

- Sincèrement, répondit Tim, je ne m'attendais pas à trouver un endroit... paradisiaque.

- Le paradis est celui qu'on veut bien se faire, dit le professeur avec un sourire plein de malice. Nous allons tout mettre en œuvre pour que vous sortiez d'ici, monsieur Nichollson, avec une petite idée de ce que peut être un monde meilleur. Bien. Maintenant, examinons votre dossier !

Wöring ouvrit une chemise de carton et feuilleta quelques pages imprimées.

- En concertation avec le docteur Kubler, dit-il, je vous ai concocté un protocole chimiothérapique léger, parallèlement à cette cure de repos total pour laquelle vous êtes ici. Durant votre séjour, vous ne suivrez aucune psychanalyse et ne subirez aucune contrainte d'aucune sorte, hormis la prise des médicaments que nos infirmières vous remettront dès le dîner. Vous avez à votre disposition des activités sportives ou culturelles, mais rien n'est obligatoire. Je veux – et c'est le médecin qui parle – que vous vous laissiez vivre, comme un animal. Sans penser à rien d'autre qu'à vos envies organiques. Je veux que vous vous vidiez la tête ! Ici, vous n'aurez aucun souci d'ordre matériel ou moral. Votre vie doit s'écouler comme une fontaine du bonheur, si vous me passez ce cliché. Nous avons d'autres patients qui suivent, peu ou prou, le même traitement que vous. Ils ont les mêmes consignes et je suis persuadé que vous trouverez du plaisir à les côtoyer. Notre clientèle est, comment dire... triée sur le volet et la concordance des personnalités, comme du rang social ou professionnel de nos patients, fait aussi partie de la thérapie. Me suis-je bien fait comprendre, monsieur Nichollson ?

- Assurément, cher professeur. Je me régale à l'avance de ce séjour, tel que vous me le décrivez.

À ce moment précis, Tim pensait sincèrement ce qu'il disait.

- Une dernière chose, reprit Wöring. En sortant d'ici, vous serez pris en charge par un médecin qui va procéder à la pose d'une puce électronique dans le haut de votre cou. Je vous rassure tout de suite, il s'agit d'une intervention totalement indolore. Cet algorithme a été conçu par mes soins et c'est une exclusivité du Centre. Il nous permet de suivre en permanence nos patients et d'être informé en temps réel de l'évolution de leur état.

- Devrai-je garder cette... heu... puce, en rentrant à Paris ?

- Ce serait préférable, sinon ça ne sert à rien. C'est le docteur Kubler qui reprendra alors les rênes, avec les informations que nous lui communiquerons. Et lorsqu'il vous estimera définitivement guéri, vous pourrez faire retirer cette puce dans n'importe quelle clinique de votre voisinage.

- Très bien, dit simplement Tim qui, dans les domaines où il ne se savait pas compétent, s'en remettait toujours aux spécialistes. Dès lors qu'il estimait avoir choisi la bonne équipe, il déléguait et ne posait plus la moindre question.

Wöring raccompagna Tim à la porte principale de son bureau où il fut chaperonné par une infirmière qui, à en juger par certains « moulages » suggestifs, ne semblait pas porter grand-chose sous sa blouse. Ensuite, le professeur se dirigea vers une autre porte qui donnait sur une pièce obscure avec une mosaïque de petits écrans plasmas. Une sorte de régie vidéo. Il s'assit à côté d'un homme dont on ne pouvait distinguer le visage dans la pénombre.

- Alors ? demanda Jean Freycinet.

- *Keine Probleme*, fit Wöring dans sa langue natale. Le Sujet est docile, je pense que tout se passera bien.

- À la bonne heure ! dit Pochette. Je vais donc pouvoir jouer mon rôle de patient, sans avoir à me prendre la tête, et bénéficier ainsi de tous les avantages du Centre.

- Petit veinard, susurra le professeur avec un regard complice.

Tous deux assistèrent à la pose du transpondeur sur le cou du nouvel arrivant, opération qui ne demanda pas cinq minutes, puis Wöring se leva, prit Freycinet par le bras et coupa les écrans.

- Tu as raison, ajouta-t-il. Moi-même, je ne profite pas assez de cet endroit. Allons prendre un cocktail au bord de la piscine !

Freycinet ajusta sa pochette, épousseta le col de sa veste d'invisibles pellicules, caressa son brushing d'une main bienveillante, puis suivit le professeur.

Connecticut, novembre 1910.

PEU DE TEMPS APRÈS LE MARIAGE, le jeune couple s'est installé au cœur d'un des plus beaux États de la côte est : le Connecticut. La proximité de New York, ajoutée au dépaysement, en fait un lieu très prisé de la bonne société.

Emma et Maxi ont emménagé dans une grande maison de bois, appartenant à la famille Flemington. Le premier voisin habite à trois ou quatre miles. Autour d'eux, on ne voit que des arbres, derrière la petite clairière qui tient lieu de jardin, suffisamment grande néanmoins pour y installer une aire de jeu et quelques balançoires. Emma vient tout juste d'apprendre qu'elle est enceinte et le bonheur semble avoir envahi la maison.

La façade sud-ouest comporte une grande terrasse qui domine un lac entouré de vallons. Un paysage de carte postale, surtout au crépuscule de ce bel été indien où les frondaisons étalent leur couverture dorée sur les collines. Les jeunes mariés profitent des derniers beaux jours pour prendre leurs dîners au soleil couchant. Les rayons orange glissent sur le lac, entièrement lisse. Sans un souffle de vent. Il fait encore très chaud pour la saison.

Depuis plusieurs semaines, Maxi travaille le 23e concerto de Mozart qu'il doit interpréter à la fin du mois, sous la direction de Gustav Mahler. Ce dernier effectue de fréquents allers et retours, par paquebot, entre New York et l'Autriche – tantôt avec sa fille, Anna, qu'il surnomme *Gucki*, tantôt pour de seules raisons professionnelles – mais le directeur du Met', Heinrich Conried (qui fit venir Mahler en Amérique), a réussi à trouver un créneau calendaire dans lequel les emplois du temps surchargés du maître et du disciple trouvent un point de concordance. Toutefois, avec l'influence grandissante du bouillant Toscanini, l'étoile du Maestro autrichien se ternit, autant que sa santé. Ce concert a des parfums d'adieux, voire de testament. Maxi met donc un point d'honneur à ce qu'il soit une entière réussite.

Emma adore l'entendre répéter le mouvement lent du concerto. À demi allongée sur une méridienne, elle ferme alors les yeux et se laisse entraîner dans le paradis mozartien. Durant ces langoureuses méditations, bercées par l'andante, Emma se demande si elle aime autant l'homme que le pianiste. Puis, horrifiée, elle chasse ces pensées iconoclastes pour retomber sous l'envoûtement des notes qui s'égrènent comme des perles sonores.

Lorsqu'ils ont entamé leur vie commune, Maxi a découvert une facette cachée de la personnalité de son épouse. Acquise aux idées nouvelles, celles qui semblent vouloir faire exploser les vieilles structures d'un monde archaïque, Emma milite au sein d'une association nommée « All Brothers ». Les AB, comme on les appelle dans les salons intellectuels, ont pour leader le charismatique Joshua Brady, un mulâtre de père américain et de mère haïtienne. C'est un très bel homme, grand, athlétique, sourire étincelant et regard sombre. Maxi en est un peu jaloux mais ne le montre pas. Vanderbilt, qui vient souvent dîner et passer le week-end chez les Flemington, brocarde sans vergogne cette nouvelle lubie de sa vieille amie. Maxi en sourit ; il éprouve cependant quelques difficultés à prendre cette inclination à la légère. D'abord, parce qu'il désapprouve

Emma idéologiquement (mais le jeune artiste se pique d'avoir l'esprit ouvert), ensuite parce qu'il voit très bien le regard que posent les gens de leur proche entourage sur sa femme. Et cela l'attriste.

Les AB revendiquent les idées de Marx et de Engels, très à la mode en Europe. Ils soutiennent – moralement, parce qu'ils ne le peuvent autrement – la bourgeoisie et l'intelligentsia russes, qui veulent écraser la pesante administration tsariste pour construire sur ses ruines une société nouvelle. De par ses origines aristocratiques bavaroises, Emma se croit autorisée à une certaine virulence dont Brady entretient le feu avec malignité.

Emma se rend une fois par semaine à New York pour assister aux réunions des AB. Appartenant au comité directeur, elle se contraint à une certaine assiduité. On ne peut pas dire que Maxi regarde ces absences récurrentes avec un œil complaisant mais, là encore, c'est la tolérance qui l'emporte et il se pose en muraille contre la désapprobation générale. Pour une fois sérieux dans ses propos, Vanderbilt a bien essayé de faire entendre à son amie qu'elle est sur la mauvaise pente. En vain ! Emma retourne en bloc tous les arguments. Du revers de la main, comme sur les courts de tennis, un sport qui fait florès dans la jeunesse dorée de la côte est.

Lors de ses déplacements new-yorkais, Emma loge chez ses beaux-parents, à Long Island. Leur attitude est glaciale. Au royaume du non-dit, les regards parlent et Emma comprend qu'elle n'est pas la bienvenue, que sa présence a pour unique justificatif les raisons matérielles. Ses *in-laws* ne l'ont jamais aimée. Ils ont toujours désapprouvé cette union avec une... Allemande (le mot véhiculant son pesant de mépris), d'autant plus que le pangermanisme est en train de déstabiliser l'Europe. Emma sait que les parents de Maxi avaient prévu une alliance avec une grande famille de la banque. Ils se fichent éperdument de l'allure flamboyante et « décorative » de leur belle-fille, comme de son ascendance supposée prestigieuse. Une ascendance dont l'intéressée n'a cure, elle non plus. On ne peut revendiquer le progrès social et regarder derrière soi !

La veille du concert, c'est Maxi qui passe la nuit chez ses parents. Au cours du repas, plane l'ombre de leur condescendance quant à la conduite d'Emma, qui alimente les rumeurs dans leur milieu et montre du doigt la famille. Le pianiste ressent un profond malaise, car il ne peut désavouer sa jeune épouse, pas plus qu'il ne se sent autorisé à défier l'autorité parentale. Il s'en sort en feignant de ne pas comprendre les reproches allusifs et aiguille la conversation sur un autre terrain ; celui de la musique, par exemple. Il parle de Mozart, du génie de Mahler et acquiert sur ce point un apaisant consensus.

Le lendemain, quand il arrive au Met' dont les programmes sont surchargés depuis la fermeture du Manhattan Opera House, Maxi apprend que Gustav Mahler a été victime d'un malaise cardiaque ayant nécessité son hospitalisation. Le concert sera probablement annulé, lui dit-on, même si le Maestro fait des pieds et des mains pour se libérer du carcan médical. Mais la Faculté reste inflexible et l'annulation officielle tombe en début d'après-midi. La mort dans l'âme, Maxi rebrousse chemin. Toutefois, sa déception est compensée par la joie de revoir Emma plus tôt que prévu. En effet, à cette heure, il lui est encore possible de regagner le Connecticut pour être chez lui dans la soirée. Demain, il prendra des nouvelles de son parrain musical, dont l'état de santé l'attriste et le préoccupe.

Il est 22 heures quand un taxi automobile dépose Maxi à l'entrée de sa belle demeure. Une demeure qu'il aimait déjà tant durant son enfance, loin de savoir alors qu'un jour elle serait sienne. Tout est calme et paisible. Le ciel est aussi noir qu'une toile d'encre. L'obscurité enveloppe les blanches palissades. Aucune lumière ne filtre de l'intérieur. Maxi se dit qu'Emma a dû sortir ;

mais pour aller où ? Il pénètre dans le hall. Pas un bruit. Les domestiques ont déjà regagné les communs ; une femme seule ne requiert pas un énorme service.

Maxi monte à l'étage pour déposer ses affaires dans sa chambre. En gravissant les marches du grand escalier, il perçoit ce qu'il prend de prime abord pour des murmures ou des chuchotements mais qui, en fait, se révèlent être des soupirs. Des soupirs, entrecoupés de râles, plus rauques. Les bruits vont crescendo, au fur et à mesure qu'il se rapproche du haut de l'escalier. Il entend même les meubles grincer, selon un tempo presque musical. Maintenant, les souffles deviennent très audibles à travers la porte de sa chambre que Maxi ouvre brutalement.

Et là, il voit ce qu'il redoutait d'avoir compris : sa femme entièrement nue, les jambes en équerre, martelée avec la régularité d'un métronome par un corps long aux muscles ciselés, de couleur sombre. L'extase, que Maxi lit dans les yeux de sa femme, se transforme en effroi, dès qu'elle le voit. Elle crie, pousse brutalement l'homme à la peau noire, se dégage de son étreinte, recouvre son corps d'un drap froissé, puis se précipite vers Maxi.

- Je vais t'expliquer ! hurle-t-elle en s'agrippant au pardessus de son mari.

Maxi la repousse. Son regard est froid et dur.

- Il n'y a rien à expliquer, dit-il.

- Ce n'est que du sexe ! gémit Emma.

Maxi la fixe droit dans les yeux, d'interminables secondes, puis répond :

- Et moi, ce n'était que de l'amour.

Il tourne les talons et disparaît. Les deux amants se regardent, désemparés.

- Mon dieu, qu'ai-je fait là ! sanglote Emma.

Joshua Brady ne sait que répondre, pareillement décontenancé. Il se rhabille en toute hâte, se précipite vers la porte, l'ouvre d'une volée et se trouve nez à nez avec le mari trompé. Les regards des deux hommes se croisent et Emma entend une détonation. Brady s'écroule aux pieds de Maxi, qui tient entre ses mains un vieux fusil de chasse au canon fumant. Un cri suraigu déchire l'obscurité. Des lumières s'allument. Derrière les parois murales, on entend un remue-ménage.

- Madame ! Madame ! Que se passe-t-il ?

La voix vient du dernier étage. Une galopade de pas dans l'escalier... c'est le dernier bruit qui parvient à l'esprit de la femme adultère, avant qu'elle ne perde connaissance.

Scorpios, juillet 2010.

Tim savait qu'elle se prénommait Moira. Il l'avait entendu appeler ainsi par une de ses amies lors d'une excursion en voilier. Les jeunes patientes semblaient bien se connaître et Tim s'était, par la force des choses, mêlé au groupe, tout en restant transparent. Il était difficile de procéder autrement, dans un espace réduit.

Lors du premier repas, Tim avait été surpris de constater que la « population » du Centre était essentiellement féminine, à l'exception d'un homme mûr, très élégamment vêtu. Même s'il avait passé l'âge, Tim lui avait trouvé un sobriquet : le Dandy. Cet homme distingué occupait une table voisine de la sienne et ne manquait jamais de lui adresser un signe de la tête, quand il le voyait apparaître. Tim répondait pareillement mais, très vite, son regard se dirigeait vers Moira, qui partageait ses repas avec trois autres jeunes filles de son âge.

Peu ou prou le même que Tim.

Les animations du Centre étaient très variées. Pour qui le souhaitait, le matin était consacré au yoga, à la gymnastique, au tennis, aux sports aquatiques, aux arts martiaux, au tir au pigeon et même à l'escrime. On pouvait aussi jouer au golf, sur un petit « compact » de neuf trous. Après le déjeuner, une courte sieste était préconisée. C'était aussi l'heure des consultations et soins médicaux pour ceux qui les nécessitaient. Venait ensuite le temps des activités culturelles ou cérébrales : bridge, échecs, conférences, lecture, etc. Il était alors temps de se prélasser autour d'un cocktail, juste avant le dîner qui se prenait à vingt heures très précises. Les soirées étaient dédiées aux spectacles : cinéma, théâtre, concerts de musique de chambre, tournois de bridge ou d'échecs. Au début de son séjour, Tim avait été fortement impressionné par le show d'une jeune marionnettiste. À l'aide d'une simple marionnette indonésienne, avec un jeu d'ombres et de lumières, sous-tendu par une musique angoissante, ce petit bout de femme tout en noir et son pantin désarticulé l'avaient plongé dans un monde onirique, un monde dont il avait eu du mal à s'extraire, une fois le rideau tiré. Le lendemain matin, Tim avait croisé la marionnettiste plusieurs fois dans les parties communes du Centre. Ils avaient échangé des sourires. Puis elle avait regagné le continent pour d'autres aventures avec son étrange poupée longiligne... du moins l'avait-il supposé, car elle n'avait plus reparu.

Les activités et autres spectacles susmentionnés étaient facultatifs et chacun y participait selon son humeur. Tim était un des plus assidus et Moira aussi. Leurs liens sans paroles s'étaient ainsi resserrés et la jeune fille se détachait progressivement du groupe des copines, ces dernières ne manquant jamais de lui envoyer des œillades complices. Un matin, étant arrivés les premiers au petit déjeuner, ils s'étaient retrouvés seuls, isolés dans la grande salle et, tout naturellement, Tim avait proposé qu'ils partageassent la même table. Débarquées un peu plus tard avec le gros de la troupe, les trois copines s'étaient dirigées en gloussant vers une autre table.

- Il fait beau ce matin, dit Tim.

Moira pouffa.

- Il fait toujours beau ici.

Elle avait les yeux rieurs. Des yeux verts, très clairs, soulignés par une galaxie de petites taches orange sur une peau très blanche. Vert, orange et blanc, Tim pensa immédiatement à l'Irlande.

- Vous êtes irlandaise ?

- Non, écossaise. J'habite Édimbourg. Moira McPherson.

Elle tendit la main et Tim se leva pour la lui prendre, se courbant avec une gauche raideur.

- Timothy Erasmus Nichollson. On m'appelle Tim.

- C'est plus facile.

- En effet.

- Américain ?

- Oui, mais je travaille à Paris.

- Paris ! Comme c'est romantique.

- Peut-être, mais mon travail n'a rien de romantique.

- Que faites-vous donc ?

- Je suis attaché d'ambassade. Une sorte de secrétaire particulier de l'ambassadeur des États-Unis, qui ne peut plus se passer de moi.

Moira pouffa derechef. Tim adorait ce rire de jeune fille, qui avait gardé les tonalités de l'enfance.

- S'il ne peut se passer de vous, dit-elle, que ne vous accompagne-t-il ?

- C'est un homme très occupé.

- Je l'imagine. Il faut donc une raison impérieuse pour qu'il vous ait laissé partir !

Tim se montra embarrassé et Moira piqua un fard.

- Quelle idiote ! Je suis évidemment très indiscrète.

- Pas du tout, Moira. Nous savons l'un et l'autre pourquoi nous sommes là. Ce ne sont pas des vacances, comment dire... ordinaires.

La jeune Écossaise éprouva le besoin de se confier. Subitement, le timbre de sa voix devint grave.

- Ma vie a basculé, dit-elle, il y a six mois. Quand ma sœur jumelle s'est suicidée.

Tim haussa les sourcils en signe de compassion et la laissa poursuivre.

- Nous étions de vraies jumelles, extrêmement proches. Quasiment inséparables. Et puis, Laurna – c'est son nom – est tombée sous l'influence d'un mauvais garçon, lui-même étant sous l'influence de la drogue. Je vous la fais courte, car c'est une histoire banale. En fait, elle ne s'est pas suicidée, elle est morte d'une overdose. Mais pour moi, c'est un suicide. Je l'ai toujours ressenti comme tel. On m'a arraché une partie de moi-même. Peut-être la meilleure. Depuis ce drame, je suis des séances régulières de psychothérapie, mais je n'arrive pas à m'en sortir. Ce séjour m'a été chaudement recommandé par mon psy ; c'est un peu le traitement de la dernière chance.

- De la dernière chance ?

- Je me sens perdue, je n'ai plus de repères. J'ai peur de vivre.

- Vous voulez dire que...

- Non, je n'en suis pas au point de non-retour. Pas encore ! Laurna, elle, avait basculé de l'autre côté. Elle aimait la vie, pourtant, plus que moi. C'est l'amour qui l'a tuée ! Moi, la vie me fait mal. Vous me voyez rire avec mes amies mais au fond, je cherche un moyen de voir le ciel aussi bleu qu'elles le voient et je n'y arrive pas.

Tim fixa Moira sans rien dire. Ses yeux exprimaient une bonté sincère. Cette noble pitié, moulée dans l'amour de l'autre, que décrivait le grand Dostoïevski. La jeune fille s'en aperçut et ses pommettes tachetées d'orange s'empourprèrent.

- Nous nous connaissons à peine, dit-elle avec un sourire embarrassé, et je vous ai déjà raconté ma vie !

- Nous nous connaissons à peine, ajouta-t-il, et j'ai déjà l'impression d'avoir une vieille amie.

Moira éclata de rire. Ce rire frais, léger et chatoyant comme un pétale de fleur.

- Vieille... comme vous y allez !

- Je voulais dire : une amie de longue date.

- Je sais. Je vous taquine.

- J'aime vous voir rire.

- Vous me faites du bien, Tim.

Tim n'osa lui prendre la main qu'elle avait pourtant glissée imperceptiblement sur la nappe blanche, dans sa direction. En vérité, il ne la vit même pas. Son regard était immergé dans celui de Moira, légèrement embué. Le temps avait fait une pause. Une parenthèse, une accalmie, dans la vie tourmentée des jeunes gens.

La Nouvelle-Orléans, juillet 2010.

BRENNARD'S faisait toujours le plein pour son brunch du dimanche matin. On se déplaçait de toute la Louisiane, et même des États voisins, pour déguster les célèbres « *eggs Benedict* ». Il fallait réserver sa table longtemps à l'avance.

Ce que n'avait manqué de faire Melchior Le Dantec, pour accueillir son ami Aureliano Perea, alias *El Tenente*. Arrivé le premier au rendez-vous, celui-ci ne manqua pas de brocarder Le Dantec au moment où il le vit entrer, dès qu'il fut à portée de voix.

- Ce sont toujours ceux qui habitent à côté qui sont en retard !

- Je ne suis pas en retard ! se récria Le Dantec. Je sors juste de la messe.

- Moi aussi, plaisanta Perea. Nous ne sommes probablement pas de la même paroisse !

Il faisait une chaleur étouffante, malgré l'heure matinale. La journée s'annonçait pénible. Lors des pics de chaleur estivale, avec un degré d'hygrométrie maximal, tout geste devenait un tour de force, à la Nouvelle-Orléans. La climatisation fonctionnait à fond chez Brennard's et grâce à cette fraîcheur artificielle, les convives mangeaient de bon appétit. Le Mexicain ne pouvait toutefois rien avaler avant midi. Il se contentait donc de voir dévorer son vis-à-vis, en sirotant un café noir.

- Alors, et ce gaz ? demanda Perea.

- Comme je te l'ai dit dans mon message, répondit Le Dantec, il est en notre possession. Maintenant, il faut l'expérimenter. C'est la raison pour laquelle je t'ai demandé de venir.

- C'est bien le fameux gaz nord-coréen qui peut rayer une grande ville de la carte en moins de dix secondes ?

- Non, ça c'est pour la légende, rectifia Le Dantec. L'exacte vérité, je ne la connais pas encore. Tout ce que je puis te dire, c'est que, dans le genre, il n'a pas son pareil au monde. Dans le secteur militaire, l'industrie chimique nord-coréenne a quelques longueurs d'avance. On se focalise tous sur l'arme nucléaire, mais c'est l'arbre qui cache la forêt. S'il leur venait à l'idée de nous balancer sur la gueule quelques-unes de leurs petites perles, je te garantis qu'il ne resterait plus grand-chose de l'Oncle Sam.

- Doit-on le craindre ? s'inquiéta Perea.

- Je ne pense pas. Ce n'est pas leur intérêt, dans l'état actuel des choses. Le Ricain n'est pas l'ennemi héréditaire. Quant à la lutte contre le capital impérialiste, c'est un combat d'arrière-garde. C'est bon pour endoctriner le populo et maintenir la dynastie Jong-il au pouvoir. Maintenant, je ne suis pas expert en géopolitique. Pour ce qui nous concerne, en tout cas, ce gaz devrait pouvoir nous aider à guérir ce pays de la tumeur noire.

Melchior Le Dantec était un quinquagénaire au corps longiligne et dégingandé. Son visage anguleux, aux joues creuses, qu'encadraient de longs cheveux gris-jaune tombant en boucles sur ses épaules, lui donnait l'air d'un intellectuel libéral[10], alors qu'il était tout le contraire.

En effet, le FBI attribuait à Le Dantec la paternité d'une association dissidente et néanmoins com-

---

[10] En Amérique, l'adjectif « libéral » n'a pas la même signification qu'en France. Les libéraux représentent l'aile gauche du parti démocrate.

plémentaire du très redouté Ku Klux Klan, qui avait semé la terreur dans les anciens États sécessionnistes jusqu'à la fin des années 60. Il l'avait baptisée « *Klu isn't a clue* »[11], ravivant les haines ancestrales qui couvaient sous le feu comme des braises, avec d'autant plus de facilité que l'élection d'un président noir avait rouvert de nombreuses cicatrices dans le vieux Sud.

Officiellement, Melchior Le Dantec occupait l'honorable fonction de professeur de littérature classique (expert reconnu de la période postromantique en Europe) et de philosophie à l'université. Son patronyme, d'origine française, et son physique collaient à la fonction. Toutefois, dans les dossiers « secrets » du FBI, il était décrit comme un tueur de sang-froid, prédateur impitoyable, sans qu'aucune preuve de ses multiples crimes raciaux n'ait pu être retenue contre lui.

Et pour cause, Le Dantec n'était pas le bras armé de ces homicides. Il avait recours à un homme qui n'existait qu'à travers l'anonyme et énigmatique « Mr. Smith », le Dupont-Durand anglo-saxon. Ancien hooligan de Manchester, habitué à « bouffer du Noir », ce dernier devait son pseudonyme au fait qu'il utilisait exclusivement les armes à feu de la marque Smith & Wesson. Il avait un jour traversé l'Atlantique et « tué » sa véritable identité en fourrant ses papiers dans la poche d'un cadavre. Défiguré au lance-flammes, le corps n'avait été réclamé par personne et n'avait donc fait l'objet d'aucune recherche ADN. Faute de parents ou d'amis, il avait été envoyé à la fosse commune et son dossier l'avait suivi dans celle des affaires classées. Mr. Smith était donc un fantôme sans existence juridique. Il percevait ses gages en liquide, n'avait aucun compte en banque (disons plutôt qu'il était son propre banquier), ne payait ni impôts ni cotisations sociales ni mutuelle ni assurances, ni gaz ni électricité ni loyer... puisqu'il n'habitait nulle part.

---

[11] Jeu de mots intraduisible, « *clue* » signifiant « énigme » en anglais. Littéralement : « Le Klu n'est pas une énigme. »

Bref, Mr. Smith n'existait pas.

Citoyen américain depuis plusieurs générations, Le Dantec était un vrai Cadien ou Cajun, selon l'appellation anglo-saxonne qui prévaut aujourd'hui. Immigrés bretons au XVIIe siècle, les Le Dantec s'étaient installés en Louisiane, quand elle était encore française. L'arrière, arrière, arrière-grand-père de Melchior avait épousé une Acadienne refoulée de Nouvelle-Écosse par les Anglais. Depuis, la famille avait prospéré, s'enrichissant à chaque génération, notamment dans le commerce des esclaves. Une fois l'esclavage aboli, les Le Dantec possédaient suffisamment de terres pour se tourner vers une autre activité. Le patrimoine s'était transmis de père en fils, jusqu'à Melchior qui avait repris à son compte le capital nostalgie. Étudiant brillant, défenseur de la culture européenne, il regardait douloureusement la déliquescence d'une société jadis florissante et avait engagé son énergie et sa fortune dans l'érection d'une digue identitaire. Sans l'apport des narcodollars de son ami Perea, son capital sonnant et trébuchant, pour important qu'il fût, n'eût toutefois pas suffi à pérenniser les idéaux du tristement célèbre KKK. Aujourd'hui, l'organisation parallèle se mettait doucement en place sous l'appellation « *Klu isn't a clue* » et, en l'occurrence, *El Tenente* ne regrettait pas son investissement.

Il était pratiquement 13 heures quand Perea et Le Dantec sortirent de chez Brennard's. La chaleur était intenable. Le Dantec alluma une cigarette dont il inspira profondément la fumée. Presque deux heures d'abstinence… cela lui était encore moins supportable que la chaleur ! Heureusement, il résidait à deux pas. Il allait vite retrouver la clim'. Sans interdiction de fumer.

Le Dantec habitait la maison de famille, transmise de génération en génération depuis sa construction, au XVIIIe siècle. C'était une des plus anciennes demeures mais aussi une des plus vastes du Vieux Carré. Jamais Le Dantec n'aurait quitté ce lieu atypique, qui ne ressemblait ni à la France ni à l'Amérique. Loin de tout.

Perdu dans le temps et dans l'espace, le « Manshion Le Dantec » (inscription gravée sur le bronze d'une énorme plaque, sous le porche d'entrée) se présentait comme un monumental hôtel particulier de plusieurs étages. C'est toutefois vers le sous-sol que se dirigèrent les deux hommes. Ils pénétrèrent dans une cave traditionnelle, avec des voûtes dignes d'un sellier champenois. Les murs étaient composés de vieilles pierres. Il y régnait une saine fraîcheur qu'enveloppait un apaisant silence. Le Dantec se dirigea vers un large casier fait de multiples alvéoles où dormaient des bouteilles, dans leurs draps de poussière. On aurait dit qu'elles étaient là depuis des siècles. Le Dantec tourna d'un quart de cercle le goulot d'un château-margaux 1951 – son année de naissance, précisait-il aux rares visiteurs – et l'étagère glissa sur elle-même, laissant apparaître une antichambre aux murs d'acier.

Deux hommes les y attendaient. Le premier avait le type asiatique ; il était grand, élancé, avec une gestuelle de félin. Perea se dit qu'il avait rarement vu un homme aussi beau. Le second se situait aux antipodes : passe-muraille, insignifiant, le visage hâve, les cheveux rares et défaits, l'œil torve. Son accoutrement grisâtre, sans formes ni plis, habillait l'absence de personnalité du personnage, présenté au cacique mexicain sous le nom de Mr. Smith. Le Dantec désigna ensuite l'Asiatique et dit :

- Voici Yu, notre... correspondant de Corée du Nord. Sans son aide, nous n'aurions jamais pu nous procurer le gaz PHZ 500, dont nous allons démontrer l'efficacité séance tenante.

Sous la conduite du maître de céans, les quatre hommes se dirigèrent alors vers une autre pièce au fond de laquelle on devinait une cellule. Tant les murs – de béton, cette fois – étaient épais et le silence pesant, on se serait cru au centre de la terre. À l'intérieur de la cellule, derrière une vitre épaisse supposée incassable, on voyait un homme, accroupi à même le sol. Le Dantec enclencha l'ouverture électronique de la lourde porte d'acier.

- C'est un nègre, dit-il, que notre milice a neutralisé lors du braquage d'une supérette, la semaine dernière. Le caissier est un sympathisant ; il nous a contactés au lieu d'appeler la police. Faute de quoi, le nègre aurait eu un procès bidon et s'en serait sorti avec quelques mois dans un pénitencier cinq étoiles. Nous, mes amis, nous allons lui faire payer son forfait comme il se doit. Mais au lieu d'une bonne vieille exécution à l'ancienne, j'ai pensé que nous pourrions l'utiliser pour expérimenter le PHZ 500.

Le captif était sans réaction. Les mains sur le visage, il connaissait son sort et attendait stoïquement la mort. D'une petite boîte en argent sculpté, Le Dantec sortit une perle de verre. Il la lança dans la cellule, referma bien vite la lourde porte et enclencha son chronomètre. Les trois autres s'étaient massés devant la vitre pour voir le Noir se lever puis bondir, souple comme un chat, vers l'impact où s'était brisé la perle minuscule. Il ne trouva que des échardes de verre et se mit à tourner désespérément dans sa cellule. La danse du cygne qui va mourir. De l'autre côté de la vitre, Le Dantec commentait la scène, comme un prof de chimie qui explique une expérience à ses élèves.

- Vous avez pu constater, mes amis, que le PHZ 500 est un gaz incolore que l'on dit aussi inodore. Je ne ferai toutefois rien pour le vérifier.

Le Dantec émit un chuintement qui ressemblait à un rire et reprit :

- Ce gaz présente aussi l'avantage de n'être actif qu'environ trois minutes après sa dispersion. C'est pour en avoir une idée très précise que j'ai réalisé cette expérience, en chronométrant la durée exacte, à partir du moment où la perle se brise jusqu'à celui où le nègre trépasse.

À cet instant précis, ils virent le captif porter ses mains à sa gorge et s'écrouler. Le Dantec stoppa immédiatement son chronomètre et se tourna vers Yu.

- Félicitations, cher ami ! Trois minutes exactement, pas une seconde de plus. Vous autres, Coréens, travaillez comme des horlogers suisses !

Puis Le Dantec se tourna vers les deux autres et conclut :

- Il faut donc trois minutes pour que le PHZ 500 agisse. Cela laisse le temps à l'agresseur de se retirer discrètement et ce, d'autant plus que – vous avez pu le constater – il n'y a aucune émanation visible. En outre, si par mégarde ou maladresse, vous laissez tomber une de ces petites perles à vos pieds, vous avez le temps d'aller respirer un autre air ! Dernier avantage : comme le serpent venimeux, le PHZ 500 ne tue qu'une fois. Il se dissout ensuite dans l'atmosphère et l'agresseur peut revenir sur ses pas s'il en ressent la nécessité. En résumé, c'est l'arme idéale pour l'attentat que nous projetons de commettre.

Les trois « étudiants » opinèrent du bonnet, avec une moue admirative. Le Dantec se tourna vers le tueur fantôme.

- Smith, tu me débarrasses du nègre !

- Comme d'habitude, Mel ?

- Évidemment, comme d'habitude ! Tu le balances dans le lac Pontchartrain. Un nègre qui se noie, ça n'a jamais ému personne dans ce pays.

Le Dantec tapota son front avec les doigts.

- Ah, j'oubliais, messieurs ! Autre vertu de ce gaz : il ne laisse aucune trace. Lorsque les flics repêcheront le nègre, ils concluront à une noyade naturelle. Sauf peut-être s'ils foutent la *Forensic*[12] sur l'affaire. Mais je doute qu'ils investissent du temps et de l'argent sur un nègre sans papiers qui est tombé dans l'eau.

Le Dantec prit le Mexicain par les épaules.

- Mon ami Aureliano a-t-il apprécié le jeu des perles de verre ?

---

[12] Police scientifique.

Perea haussa les sourcils.

- Le jeu des perles de verre ?

- Le professeur Le Dantec, coupa Yu, fait allusion à un roman philosophique sur la franc-maçonnerie, intitulé « Le Jeu des perles de verre ». C'est l'œuvre d'un grand écrivain allemand, Hermann Hesse, prix Nobel en 1946.

Le Dantec se mit à applaudir, les voûtes faisant caisse de résonance.

- Compliments, monsieur l'agent nord-coréen ! Si beau, si jeune... et déjà si érudit.

- Vous venez justement de me rappeler d'où je viens, dit Yu. Si je m'absente trop longtemps, mes chefs se poseront des questions.

- Continuez comme ça, mon petit ! dit Le Dantec sur le ton paternaliste qu'il lui arrivait d'adopter avec ses étudiants. Vous allez devenir l'homme le plus riche de Corée du Nord – peut-être même avant la famille régnante – et, grâce à vous, nous allons enfin pouvoir éradiquer la tumeur noire.

Yu s'éclipsa et Le Dantec enchaîna sur un ton incantatoire :

- Vois-tu, mon ami, cette marée qui, depuis deux mois, étend sa cape gluante sur nos côtes, cette peste dont l'ombre mortelle va bientôt recouvrir nos terres, pourquoi est-elle noire, d'après toi ? Parce que c'est un signe de Dieu. Le Tout-Puissant nous avertit. Si nous ne réagissons pas, l'aile de la chauve-souris nous plongera dans les ténèbres éternelles !

Plus prosaïque, Perea demanda :

- À ce propos, c'est bien le vice-président qui prend les commandes s'il arrive malheur au Président ?

- Tout à fait. Il est du même bord... mais lui, au moins, il est blanc et catholique.

- Ça ne change rien pour moi ?

- Que veux-tu que ça change ? Le président actuel ignore tout de ton trafic et il en sera de même avec le prochain. Allons, Aureliano, ne joue pas les petits garçons naïfs ! Tu sais très bien comment ça marche. Les présidents passent ou trépassent (rires), les éminences grises restent. Garde de bons rapports avec Blum et tout ira bien pour toi !

- Pour nous, rectifia le Mexicain.

Scorpios, juillet 2010.

UNE FOIS SON SPECTACLE TERMINÉ, Marionnette remballa ses affaires et sortit par les coulisses pour regagner sa chambre. Ensuite, elle attendit une heure avancée de la nuit puis, vêtue de sa combinaison noire, son inséparable pantin en mains, se faufila à pas de loup dans les coursives du Centre. Un rapide repérage lui avait appris que ce qu'elle cherchait se trouvait au sous-sol. Elle ne perdit donc pas de temps et s'y rendit.

Au bout d'un long couloir, elle trouva une porte métallique à battants sur laquelle était inscrit, en grosses lettres rouges : « RESTRICTED AREA ». Le Centre était désert et le couloir totalement vide. Hormis le ronronnement régulier de la climatisation, aucun bruit n'était audible. Marionnette se retourna et ne remarqua aucune caméra. Elle poussa la porte, qui n'opposa aucune résistance. Elle traversa un long sas, terminé par une autre porte similaire, guère plus rebelle. Le ronronnement de la clim' s'était accentué. Non, en fait, ce n'était pas la clim', mais une espèce de gargouillement régulier.

Marionnette se trouvait dans un laboratoire, face à des bouillons de culture.

- Que faites-vous là ?

L'homme était petit mais massif, la tête vissée dans les épaules. Il avait les cheveux coupés en brosse et le regard dur. Marionnette revint rapidement de sa surprise. Fort étonnée de ne rencontrer personne, de ne trouver sur sa route aucun système de contrôle, elle n'avait pas pour autant relâché son attention. En bonne professionnelle du crime.

- Excusez-moi, dit-elle, je me suis perdue.

- À cette heure de la nuit ?

- Je vais vous dire la vérité. Je suis curieuse de nature et, étant arrivée hier, juste pour le spectacle, je n'ai pas eu le temps de visiter le Centre.

- Vous auriez pu attendre demain !

- Oui, bien sûr. Mais je souffre d'insomnies et demain – enfin aujourd'hui – je repars très tôt.

- Je ne vous crois pas, dit l'homme avec un rictus menaçant. Puis-je voir ce que vous tenez à la main ?

- Bien sûr. C'est mon outil de travail. Tenez, regardez !

Marion se mit alors à siffler la « Marche funèbre d'une marionnette » (fa-fa-mi-ré-mi-fa-sol) en faisant avancer son pantin, au rythme de la mesure, vers le vigile. Soudain, il sentit un picotement quasiment imperceptible, au niveau de la tempe droite, mais n'y prêta guère attention, le regard focalisé par la marionnette indonésienne. Lorsqu'il comprit, l'air manquait déjà dans ses poumons. Il ne pouvait plus respirer et s'écroula.

Marion plia sa marionnette et regagna sa chambre sur la pointe des pieds. De la terrasse, à l'aide d'un câble, d'un crochet d'alpiniste et d'une poulie, elle se fit glisser le long de la roche escarpée, l'étui du pantin désarticulé en bandoulière, pour s'enfoncer doucement dans la mer. Aussi noire que sa combinaison étanche. C'était une nuit sans étoiles et sans lune. De son sac à dos, elle sortit un paquet guère plus volumineux qu'un baise-en-ville. Dès qu'elle en eut dégoupillé le bouchon de caoutchouc jaune, le paquet se mit à décupler de volume, pour se transformer en minicanot pneumatique. Ponctuée par un chuintement agressif, l'opération n'avait pas duré plus de dix secondes. Marion se hissa à bord, sortit son téléphone cellulaire et envoya un SMS adressé à « Tonton Paul ».

Mayday, mayday !

Sur cet appareil, très sophistiqué, toute communication indiquait la position géographique de l'expéditeur. Ayant validé l'opération, Marion put alors s'éloigner du rivage, à l'aide de minipagaies en kit vissé. Un quart d'heure plus tard, une vedette venait à sa rencontre.

- Alors ? demanda Lester Blum.

La jeune femme avait des cernes sous les yeux, qu'elle avait du mal à garder ouverts.

- Je n'ai pas pu aller au bout de mon exploration, mais j'ai l'impression qu'ils cultivent des virus là-dedans... et pas des gentils.

- Lesquels ?

- Qu'est-ce que j'en sais, moi ? D'une part, je ne suis pas biologiste et d'autre part, j'ai été interrompue au moment où je m'apprêtais à découvrir quelque chose. Ça sentait mauvais, je ne pouvais pas rester.

- J'ai bien compris, dit Blum en se grattant le front. Vous avez identifié le Sujet ?

- Je crois, oui. C'est un innocent. Une bombe qui ne sait même pas qu'elle est une bombe.

- Vous croyez qu'ils lui ont inoculé un truc contagieux ?

- Franchement, je n'en sais foutre rien. Mais quand je vois des marmites de ce genre dans un labo high-tech et un bataillon d'amazones qui ressemblent toutes à des couvertures de *Playboy*, je me dis qu'il y a là-dessous quelque chose de pas catholique.

- Pas catholique, c'est le mot, dit Blum en hochant la tête.

À huit heures du matin, on tambourina à la porte de la chambre de Jean Freycinet. Le vieil homo sursauta dans son lit et faillit même perdre son bonnet de nuit. Il se leva avec difficulté puis, dans un demi-sommeil, tel un somnambule, se dirigea vers la porte où les coups redoublaient de violence.

Wenceslas Wöring, les cheveux défaits, l'air affolé, était devant lui.

- Karl est mort !

- Karl ?

- Le chef de la Sécurité, lança Wöring, passablement énervé.

- Ah bon, fit Pochette en se frottant les yeux.

Passant sur l'indifférence de son compère, probablement due au fait qu'il n'était pas encore totalement réveillé, le professeur expliqua :

- Karl a été retrouvé mort, ce matin dans les couloirs du labo.

- Mort de quoi ?

- D'une crise cardiaque, apparemment.

- Pourquoi apparemment ?

- Parce que je ne suis pas sûr que ce soit une mort naturelle.

- Qu'est-ce qui te fait dire ça ?

- La marionnettiste.

Pochette était complètement sorti du monde du sommeil, mais il se frotta derechef les yeux pour être certain d'avoir bien compris.

- La marionnettiste ? Je ne pige pas.

- Elle a quitté le Centre, sans passer par l'accueil, expliqua Wöring.

- Et alors ? Si elle est partie au lever du jour, avec un bateau-taxi, personne ne l'aura vue.

- Impossible. Il y a toujours quelqu'un à l'accueil et il n'existe pas d'autre sortie. À moins de...

- De quoi ?

- D'escalader la roche et de filer sur l'embarcation d'un complice.

Pochette fit entrer Wöring et l'installa dans un fauteuil, puis lui demanda, par gestes, de se calmer.

- Tu veux me faire croire qu'un petit bout de femme, qu'on ferait tomber en soufflant dessus, serait capable d'assommer une grosse brute comme ton Karl ?

- Je ne te dis pas qu'elle l'a assommé.

- Que lui a-t-elle fait, alors ?

- Je ne sais pas. Peut-être rien… mais tout cela est suspect.

- Là, je suis d'accord, dit Freycinet. Ce n'est pas le moment de perdre la main. Nos tourtereaux sont sur le point de conclure. Selon mes prévisions, ça devrait se passer ce soir. Il faut verrouiller la manœuvre et renforcer la sécurité. Une fois que le coït aura eu lieu, nous pourrons relâcher Nichollson dans la nature et préparer la conclusion de l'Opération Lazarus.

- Et qu'est-ce que je fais avec Karl ?

- Tu l'examines sous toutes les coutures pour connaître les causes de sa mort. Bon Dieu, il y a suffisamment de personnel médical sur cette île – je sais ce que ça me coûte ! – pour que vous puissiez me dire si oui ou non le dénommé Karl a fait un infarctus ou si ta marionnettiste de jardin japonais lui a pompé le jonc jusqu'à ce que mort s'ensuive !

Les réveils précipités ou impromptus constituaient une des rares situations au cours desquelles Jean Freycinet, le distingué Pochette, pouvait tomber dans le vulgaire.

New York, décembre 1910.

L'ASSASSINAT DU MILITANT socialiste noir, Joshua Brady, fait grand bruit dans le pays. Toutefois, ce sont principalement les circonstances dudit assassinat qui déversent un flot d'encre sur la côte est.

Entièrement acquise à la cause de Maximilian Flemington, la presse transforme un simple fait divers en un phénomène de société qui dévale sur les rotatives durant plusieurs semaines. Les propriétaires des plus grands journaux sont tous amis de la famille. D'une rare virulence, les éditorialistes s'en prennent surtout à la femme adultère, allant presque – pour certains – jusqu'à abstraire l'homicide. Les plus respectueux qualifient Emma de Rosa Luxembourg à la sauce yankee ; ils en profitent pour fustiger l'Europe décadente qui, perdant ses repères, se laisse endoctriner par l'hérésie marxiste. Les plus visionnaires sentent venir une guerre, les autres s'apitoient sur une société poussiéreuse qui n'arrive plus à faire son propre ménage. La presse populaire traîne Emma dans la fange, la dépeignant comme une Bovary (le prénom s'y prête), voire une bovarienne… zoophile. Comment une femme blanche, de la meilleure extraction, a-t-elle pu s'accoupler avec un Noir ? Certains vont même jusqu'à la rendre coupable du meurtre de son amant, poussant la haine xénophobe jusqu'à demander sa tête.

Devant ce maelström, la jeune mariée bat en retraite. Ne sentant aucun soutien dans son pays d'adoption, elle se réfugie chez les siens, dans les contreforts alpestres où – même là – on lui jette l'anathème. Les correspondants et autres envoyés spéciaux, qui guettent le sensationnel comme des vautours, ne manquent jamais de rappeler qu'Emma von Ganzen Müller est la nièce du roi fou. Pour qui sait lire entre les lignes, il en découle que ce crime est arrivé à point nommé pour briser une mésalliance.

Le doigt de Dieu a appuyé sur la gâchette.

La jeune Amérique, saine et forte, échappe à la gangrène d'un sang fatigué, anémique, trop peu renouvelé.

La catin est retournée dans son bordel. Qu'elle y reste !

In fine, on ne parle pratiquement pas de Maxi. Peu de prédicateurs se soucient de savoir ce qu'il ressent au fond de ses tripes, de son cœur, de son âme. On précise juste que les plus grands cabinets d'avocats se sont penchés sur son dossier et l'on exhorte la *vox populi* à demander l'acquittement d'un héros américain.

Pour l'obtenir, ses avocats plaideront le crime passionnel. Un jeune et brillant pianiste, issu d'une grande famille de WASP, fierté culturelle de son pays, idéaliste, probablement romantique, comme tous les artistes, qui aime sa femme éperdument... la découvre soudainement dans les bras de son amant, six mois seulement après leur mariage. Il la sait enceinte... mais de qui ? Le doute s'infiltre fielleusement. Cette question atroce le ronge comme un acide, la découverte de la forfaiture l'assomme, la déception et la désillusion lui font perdre la tête. Le sol se dérobe sous ses pieds. Son univers, ses rêves, ses projets, sa vie... tout cela réduit en un tas de cendres !

Comment un homme normalement constitué réagirait-il face à une telle situation ? Votre père, votre frère, un cousin, un ami ? Je vous le demande, mesdames et messieurs les jurés, comment réagirait-il ?

En attendant son procès, Maxi est incarcéré à Sing Sing. L'accueil des codétenus – comme du personnel pénitentiaire – n'est pas chaleureux, mais respectueux. La compassion est de mise. De par les relations de sa famille et grâce à sa notoriété, le jeune pianiste jouit de ce que l'on appellerait aujourd'hui : un traitement VIP. Il bénéficie d'une cellule particulière avec tout le confort, dans les limites inhérentes à l'univers carcéral. Sa famille, ses amis, ses avocats se succèdent au parloir. Ainsi que certains journalistes, triés sur le volet.

Régis Oswald est un des premiers à lui rendre visite. Maxi lui en sait gré et le ténor, ne sachant que répondre, s'en tire par une pirouette :

- Ne me remercie pas ! Un chanteur est chez lui à Sing Sing[13].

Maxi éclate de rire. Régis constate avec bonheur qu'il n'a rien perdu de sa bonne humeur ; du moins en apparence.

- Tu sais pourquoi la prison se nomme Sing Sing ? demande Maxi.

Régis secoue la tête.

- Ici, les journées sont longues, explique le pianiste, et les livres sont de bons camarades. Ils me tiennent compagnie. L'un d'eux raconte les origines de la prison. En 1825, année de sa construction, on lui donna l'ancien nom de la ville sur le territoire de laquelle elle a été bâtie, Ossining.

- Et la ville s'appelait Sing Sing ?

- Il faut croire, répond Maxi avec un sourire mélancolique.

Un long silence s'installe. Aucun des deux amis ne se sent à l'aise. Régis voudrait dire quelque chose, mais aucun mot ne sort de sa bouche. Il tient un gros paquet entre ses mains sur lequel son regard tombe soudain.

- Ah, s'exclame-t-il, j'ai oublié ! Tiens, c'est pour toi. Prends !

---

[13] *To sing* : chanter, en anglais.

Régis tend le paquet et Maxi s'en saisit.

- C'est très lourd, remarque-t-il.

- Ouvre-le ! ordonne le ténor. De toute façon, tu es obligé de le faire devant ce monsieur.

Régis désigne le gardien, en uniforme, qui surveille les visites. Maxi s'exécute et découvre un phonographe. Il lève la tête. Dans ses yeux se mêlent surprise et bonheur. Il croise le regard bienveillant du ténor, qui lui tend un rouleau de cire.

- Et voici l'enregistrement complet de la huitième symphonie de Maestro Mahler. Je crois qu'il s'agit du tout premier.

Le regard de Maxi s'enflamme.

- J'ai surpris quelques répétitions de l'œuvre au Met', c'est un monument. Chœurs, chanteurs et orchestre confondus, il y a presque mille interprètes sur scène.

- C'est pour cela qu'on l'appelle « La Symphonie des mille », dit Régis.

- Écoutons-la sans plus tarder, veux-tu ?

- Pas ici, monsieur Flemington, intervient le gardien. Vous aurez tout loisir de le faire dans votre cellule.

- Excusez-moi ! J'avais oublié où je me trouvais.

Un nouveau silence s'installe entre les deux amis.

- Je suis désolé, dit Maxi, en baissant les yeux.

- Désolé de quoi ?

- Je t'ai volé la vedette. Ton triomphe dans le rôle de Mario éclabousse les autres interprètes de *Tosca.* Tu fais même de l'ombre à Toscanini, qui doit bouillir de rage ! Tout cela est relaté sur une misérable petite colonne de la page spectacles, alors que tu aurais dû envahir la « une » de tous les journaux. C'est moi qui te l'ai volée.

- Tu n'as rien volé du tout, Maxi. C'est toi qu'on a volé.

- Que m'aurait-on volé ?

- La liberté.

Maxi secoue la tête.

- Non, Régis. Ce que j'ai fait, je l'ai fait en pleine conscience. Je suis responsable de mes actes et j'en assume les conséquences. Si l'on m'a volé quelque chose, c'est ma raison d'être. J'ai peut-être pris la vie de cet homme, mais il m'a retiré la mienne. Lui là-haut, moi ici. Quelle différence ?

- Tu vas bientôt sortir, Maxi. Tout le monde le dit.

- La belle affaire ! Tu crois que je me sentirai plus libre en dehors de ces murs ? Pour moi, c'est du pareil au même. Ma vie n'a plus aucun sens, je suis un mort vivant.

Maxi écarte ses doigts, à la hauteur des yeux de son interlocuteur.

- Même ces mains sont mortes, dit-il d'une voix qui l'est aussi.

Peu de temps après, Vanderbilt succède à Régis Oswald. Les deux amis ne se sont pas donné le mot mais, à une heure près, ils auraient pu se croiser.

- Régis sort d'ici, dit Maxi en guise d'introduction.

- Jamais je n'arriverai à être le premier nulle part !

Le pianiste se fend d'un demi-sourire.

- Merci, Van.

- Merci pour quoi ?

- Merci pour ton soutien.

Dans l'esprit de Maxi, Vanderbilt est et reste l'ami d'Emma. Certes, depuis le mariage, les deux hommes se sont rapprochés, mais l'antériorité dans la complicité amicale qui le lie à son épouse est, à ses yeux, une muraille infranchissable.

- Je ne devrais pas te dire ça, répond Vanderbilt, car Emma est mon amie, mais elle ne méritait pas un type comme toi. Aucune femme ne mérite un mec comme toi !

- Tu me fais rougir, Van.

- Non, je suis sérieux. Pourquoi crois-tu que je ne me suis jamais intéressé à Emma avant de te connaître ? Je veux dire : intéressé dans le sens où...

- J'avais compris.

- Pourquoi ? Elle est belle, séduisante, intelligente et ne manque pas de piquant.

- Et toi, tu es beau mec, Van ! Mais tu sais, l'alchimie mystérieuse qui fait qu'un homme et une femme ressentent une mutuelle attirance va bien au-delà.

- L'alchimie ? Tu veux dire la chimie.

- Tu vois, Van, il n'y a pas grand-chose de romantique dans tout cela.

- Pour te dire la vérité, j'ai toujours été attiré par Emma, mais je crois que je suis un peu comme elle. Et de son côté, je pense qu'elle pressentait le danger.

- Quel danger ?

- Le danger d'une relation amoureuse. Tu vois bien ce qui est arrivé !

- Et alors ? Pourquoi en attribuer la seule faute à Emma ? Qui te dit que j'étais à la hauteur ?

Vanderbilt hausse les épaules.

- À la hauteur des engagements que tu avais pris envers elle, tu l'as été, Maxi, sans aucun doute. Mais je crois qu'Emma est trop éprise de liberté pour avoir un port d'attache. Certains appellent cela de l'instabilité. Moi, je dirais qu'on ne peut pas la mettre en cage.

- Mais je ne l'ai jamais mise en cage ! proteste Maxi.

- Je me suis mal fait comprendre, corrige Vanderbilt. La cage est une image. Le mariage, comme n'importe quelle forme d'engagement, est une cage pour une femme comme Emma. Je veux dire par là qu'aucun de vous n'est réellement coupable. On ne peut pas être coupable d'avoir des rêves contraires.

Quelques jours plus tard, Maxi reçoit une lettre d'Emma, postée de Munich. La première depuis le drame... auquel il n'est fait aucune allusion. Emma raconte, sur un ton badin, son retour dans sa famille. Sa vie au quotidien, ses fréquents déplacements à Vienne où elle a même été reçue à la cour impériale, chez son petit cousin l'Archiduc François-Ferdinand de Hasbourg[14]. Mais si le ton est léger, l'écriture ne l'est guère, observe le prisonnier, qui a toujours eu du mal à décrypter la calligraphie torturée de sa femme.

Durant ses séjours viennois, Emma fréquente l'intelligentsia. Elle revoit Klimt, qui a peint son portrait l'année précédente. Le vieux peintre (de fait, il n'est pas si vieux, mais cette barbe broussailleuse le « rallonge » d'une bonne dizaine d'années) l'introduit parmi les membres de la sécession viennoise, un mouvement artistique dans l'air du temps. Un air léger sur lequel la diaphane Emma se laisse porter. Van avait raison, pense Maxi, elle est vraiment dans son élément. C'est une libellule qui virevolte, sans jamais se poser durablement. La vie que je lui imposais était par trop statique. La culpabilité du jeune pianiste va même jusqu'à regarder les artistes américains comme des paysans en gros sabots, comparés à la brillante et si légère société viennoise.

Emma dîne très souvent chez les Mahler où elle rencontre Alban Berg, Bruno Walter ainsi que l'architecte Gropius, dont la présence assidue et la bienveillance d'Alma à son égard rendent le Maître irascible. Sa santé ne cesse d'ailleurs de se dégrader depuis trois ans, lorsque son cardiologue lui a découvert un rétrécissement mitral, à la suite du choc de la mort de sa petite Putzi, emportée par une diphtérie foudroyante. Joli bouton d'or, pris dans la glace avant même d'avoir pu éclore ! Le portrait craché de son père ; ils étaient inséparables. Mahler ne s'est jamais remis de cette perte. Touché en plein cœur, il l'est, dans tous les sens du terme ! À l'inverse, Alma embellit de jour en jour. Comme dans « Le Portrait ovale » d'Edgar Poe, on dirait qu'elle vole la vie de l'être aimé ! Même s'il s'en défend, Maxi ne peut manquer d'établir un parallèle avec sa situation personnelle.

---

[14] Victime d'un attentat mortel à Sarajevo, en 1914, il fut le « déclencheur » de la première guerre mondiale.

Gardant la très mauvaise nouvelle pour la fin, Emma lui apprend qu'elle a fait une fausse couche. Les événements, la vindicte familiale, le remords…

Est-ce vraiment une mauvaise nouvelle ? se demande Maxi, en repliant la missive sur ses genoux.

Nul ne le saura jamais.

Emma a croisé le célèbre docteur Freud. Tout le monde ne parle que de lui. Certains le prennent pour un charlatan, les esprits primaires pour un sorcier et d'autres voient en lui le précurseur d'une médecine moderne : celle de l'âme ou de l'esprit, selon que l'on adhère à une religion ou non. Dans sa petite maison du 19 de la Berggasse, à l'intérieur d'un salon qui donne sur un jardinet, il fait – paraît-il – allonger les gens sur un divan et les écoute parler.

Si c'est là une manière de soigner, entend-on dans le peuple, alors n'importe qui peut le faire !

Nul ne sait si Freud obtient des résultats mais, quelque part, les personnalités qu'il reçoit en sont un. Ne serait-ce que pour sa notoriété grandissante. Sa méthode, lit-on dans les journaux, consiste à explorer le rêve et les souvenirs d'enfance. Il s'attaque aux tabous et introduit la notion de fantasme, concept révolutionnaire dans une société où l'individu ne pratique jamais l'introspection.

Mahler lui rend fréquemment visite et, quelque temps après, c'est Emma qui prend rendez-vous. Plus par curiosité que par réelle nécessité, car elle s'est installée dans sa nouvelle vie – ou peut-être n'a-t-elle jamais quitté l'ancienne – et son remords n'est plus qu'un lourd fardeau dont elle se délestera le moment venu.

La douleur de Maxi, elle, fait partie de son corps. Il vivra ou mourra avec !

Scorpios, juillet 2010.

MOIRA ÉTAIT ENTIÈREMENT NUE devant Tim et le jeune homme revoyait, à travers elle, les dessins érotiques – pour ne pas dire pornographiques – de Klimt. Tellement osés pour l'époque, saisissants de réalisme et de précision dans le tracé. Le sexe de la femme y est « photographié » avec cette lascivité rampante qui transpire sous le crayon de l'artiste. Et malgré le choc, la beauté est là. Comme sur le corps de Moira.

- Je ne te plais pas ? s'étonna-t-elle.
- Si, si. Beaucoup plus que tu ne peux l'imaginer.
- Alors, déshabille-toi !
- Euh... oui.
- Tu veux que je le fasse pour toi ?
- Euh... oui.

Tim avait ingéré le concept d'adultère. À son bénéfice, cette fois. Sa femme l'avait trompé ? Alors, il s'autorisait à lui rendre la monnaie de sa pièce. Aujourd'hui, il était parvenu à accréditer cette idée. Reste qu'une idée a parfois du mal à se concrétiser et que le sexe est une sorte de gymnastique. Comme le cheval, le vélo ou la natation, ça ne s'oublie pas... mais il faut remettre la mémoire musculaire en marche. Tim avait oublié la dernière fois qu'il avait fait l'amour et cela le troublait. Il avait oublié avec qui, aussi. Sa femme probablement, mais il semblait que sa mémoire – sur ce point précis – eût été effacée.

Comme une bande magnétique.

Tandis que Moira desserrait sa ceinture, qu'elle faisait doucement glisser son pantalon sur ses cuisses, Tim se concentra sur les dessins de Klimt pour réveiller sa puissance virile.

À quelques mètres de là, sur un des écrans de la régie vidéo du Centre, Jean Freycinet et Wenceslas Wöring observaient la scène.

- Elle va lui faire une pipe, nota Pochette avec un brin d'inquiétude. Ça fonctionne avec une pipe ?

- Bien entendu, répondit le professeur, mais les chances de contamination sont moindres. Rien ne vaut une bonne vieille pénétration à la hussarde.

- Regarde, elle commence à lui lécher le gland ! Elle s'y prend bien, la garce. Il ne faudrait pas qu'elle le fasse éjaculer dans l'air et puis plus rien...

- Non, surtout pas. C'est le sperme qui est conducteur du virus.

- Mais qu'est-ce qu'elle fout, nom de Dieu ? Elle va tout faire foirer ! Regarde ce va-et-vient des lèvres sur sa tige... une vraie pro. Le mec ne va jamais pouvoir se retenir !

- Si ! lâcha le professeur. Ils changent de position. La fellation est terminée ; on passe aux choses sérieuses.

- Elle cambre son joli petit cul pour une levrette. Allez, bourre-lui le croupion à cette salope et qu'on en finisse !

Wöring lança un regard noir à son acolyte.

- Allons, mon ami, un peu de retenue ! C'est une opération scientifique, pas un film porno.

- Je suis désolé, dit Pochette en baissant les yeux.

Sur l'écran, on réalisait que Tim était proche de l'orgasme. Il n'avait pas touché une femme depuis des lustres et ne tiendrait plus longtemps. D'un coup, on entendit un râle grave et prolongé... le visage de la femme exprimant l'insatisfaction, voire la colère. Wöring éteignit l'écran.

- Elle n'a pas eu son compte, dit-il, mais il y a eu dépôt de sperme sur les muqueuses. Ils sont jeunes, ils vont remettre ça. Pour moi, l'opération est terminée.

- Terminée, je veux bien, mais concluante ?

- Ça, mon ami, nous le saurons après avoir interrogé le transpondeur. Mais je ne vois pas pourquoi ça n'aurait pas marché.

- Comment peux-tu en être si sûr, Wenceslas ?

- Je te l'ai déjà expliqué maintes et maintes fois. Toutes ces filles ont l'hépatite B dont le virus est infiniment plus contagieux, par voie sexuelle, que celui du sida, le VIH. On fait tout un plat du sida et personne ne se méfie de l'hépatite B. Erreur, mon ami, erreur ! Je ne dirai pas que c'est du cent pour cent, mais ça fait pratiquement mouche à tous les coups.

- Il n'existe pas de vaccin ?

- Si, mais ce n'est pas sans danger. Il faut vacciner à la naissance et beaucoup de mères refusent de le faire, à la suite de rumeurs infondées, certes, mais rumeurs quand même, concernant la responsabilité de ce vaccin dans la survenue de sclérose en plaque.

- Et si Nichollson avait été vacciné ?

- Il ne l'a pas été.

- Comment le sais-tu ?

- Je lui ai fait remplir un questionnaire médical et il me l'a confirmé verbalement. Sa mère n'a pas voulu.

Freycinet hocha la tête.

- Que vas-tu faire de la fille ?

- De deux choses l'une, expliqua le professeur. Soit elle prolonge son séjour après le départ de Nichollson, et je la réutiliserai, soit elle s'accroche au Sujet – ça arrive parfois – et je serai obligé de la détruire.

- Comment t'y prendras-tu ?

- En activant le virus, grâce à mon miroir de retournement temporel.

- Et alors ?

- Hépatite fulminante. Le (ou la) malade est balayé en quelques jours. Dans la vie courante, ce sont des cas relativement rares, mais avec l'aide de mon miroir, sous la forme des jumelles que tu connais, je puis accélérer le processus comme inverser les statistiques. Allons nous coucher, mon ami ! Nous n'avons plus rien à faire ici. Demain, je procéderai aux vérifications d'usage et, si elles sont conformes, nous pourrons entrer dans la phase ultime de l'Opération Lazarus.

Cisjordanie, août 2010.

COMME CHAQUE JOUR, le vieil Ali était assis devant le pas de sa porte. La porte d'un vieux cabanon qui faisait office de palace, au camp de réfugiés de Fawwar. On l'appelait le vieil Ali, mais il n'avait pas d'âge. Personne, en tout cas, n'était capable de lui en donner un. Simplement, on l'avait toujours vu là, chaque matin, sur le pas de sa porte, depuis que le camp existait.

Sa silhouette assise paraissait éternelle.

Le camp de Fawwar était adossé au petit village de Dura, à une dizaine de kilomètres au sud-ouest de Hébron. Ce matin-là, il faisait déjà très chaud. Les rigoles d'eaux usées, qui serpentaient sur la terre battue, étaient en train de sécher et les odeurs fétides remontaient, aussi épaisses que l'air. Au coin de sa ruelle, Ali vit arriver Ibrahim Boughrani. Un enfant du pays qui avait réussi. Émissaire de l'Autorité palestinienne… un titre qui ne voulait rien dire en soi, mais qui sonnait bien. Il induisait la puissance, le pouvoir de changer la vie des gens, de leur rendre leur pays.

Boughrani n'était pas en « visite officielle ». Il aimait se mélanger à la population et s'estimait plus utile à prendre le pouls du peuple, au cœur d'un camp de réfugiés, sans passeport, sans patrie, plutôt que de construire un monde idéal dans un bureau climatisé. Mais avant toute chose, l'émissaire de l'Autorité palestinienne adorait bavarder avec le vieil Ali, qui l'avait vu grandir. Grandir dès son plus jeune âge, mais aussi grandir politiquement. Boughrani éprouvait le besoin de se ressourcer auprès de cet homme sage, qui ne savait ni lire ni écrire mais dont l'avis était respecté de tous.

Ce matin-là, l'émissaire avait le sourire aux lèvres.

- Nous touchons au but, Ali.

Le vieil homme hocha la tête avec circonspection.

- Qu'est-ce qui te fait dire cela, Ibrahim ?

- Cet hiver, nous serons chez nous.

- Nous sommes déjà chez nous. Depuis 2 000 ans.

- Tu as très bien compris ce que je veux dire, Ali : nous aurons un État, des frontières et plus d'occupants étrangers.

- Plus de mur ?

- Si, mais ce sera le mur de notre maison.

- Libres ?

Le vieil homme haussa les sourcils. Il avait dans le regard cette ironie lointaine de celui qui ne croit plus en rien. Boughrani passa outre et poursuivit :

- Ali, il y a de l'or sous nos pieds et nous sommes les seuls à le savoir.

- De l'or ?

- Ne joue pas au vieux singe, tu sais fort bien de quoi je parle ! Dans quelques mois, nous serons riches.

- Ta langue a fourché, Ibrahim. Tu voulais probablement dire : nous serons un pays riche.

- Évidemment.

- Et comment comptes-tu extraire cet uranium ? Avec tes mains ?

Boughrani lança un regard apeuré autour de lui. La ruelle était vide. La chaleur écrasait le silence.

- Ne crains rien, Ibrahim, les murs du vieil Ali n'ont pas d'oreilles ! Tu peux parler librement, mon fils.

- Les Nord-Coréens sont d'accord pour nous aider.

Ali caressa sa barbe, les yeux mi-clos. Il esquissa un demi-sourire.

- Crois-tu qu'on peut faire confiance à ces gens-là ?

- Ils y trouvent leur propre intérêt.

- D'accord, mais je te parle de confiance. Après tout, ils ne sont guère plus riches que nous.

- Sur le plan technologique, si. Ils savent enrichir l'uranium et, d'après ce qu'on m'a dit, ils disposent même de centrifugeuses du dernier cri. Mieux encore que les Français, qui font référence en matière d'enrichissement d'uranium ! Quant à l'enrichissement tout court, nos amis pourront bientôt compter sur l'appui logistique et financier de leurs frères du Sud. Pourquoi crois-tu que Pyongyang fasse des appels du pied à Séoul pour entamer des pourparlers, dans l'éventualité d'une réunification ? Certes, nous en sommes encore loin, mais les frères ennemis commencent à comprendre que l'union fait la force. Toutefois, il leur manque la matière première. Nous sommes donc complémentaires.

- Es-tu vraiment sûr, Ibrahim, qu'ils aient la bombe atomique ? Certains prétendent que non.

- En tout cas, s'ils ne l'ont pas, ils vont l'avoir ! trancha Boughrani, qui haussait le ton sans s'en rendre compte.

Le vieil homme leva la main en signe d'apaisement.

- Je réitère ma question : peut-on leur faire confiance ?

- De toute façon, rétorqua Boughrani, nous n'avons pas le choix. Il n'y a pas trente-six pays qui soient capables de traiter l'uranium. Tu es d'accord avec moi pour exclure l'Iran et le Pakistan ?

Une lueur de cynisme traversa le regard du vieil homme.

- Tout autant que notre voisin occupant, répondit-il.

- Alors, il ne reste plus grand monde, conclut Boughrani, car les puissances occidentales n'ont pas besoin de nous. Nous avons beaucoup plus besoin d'elles pour gagner notre indépendance et d'ailleurs, si elles venaient à savoir que notre sous-sol regorge d'uranium, les Américains suspendraient *ipso facto* leur aide au processus d'indépendance... et nous resterions israéliens. Je veux dire : sous le joug d'Israël.

Le vieil Ali leva les yeux au ciel.

- Ah, les Américains ! Tu as trop de complaisance pour ces gens-là, Ibrahim. D'abord, ce ne sont plus les maîtres du monde, ensuite, ils ne nous ont jamais beaucoup aimés.

- Ce n'est plus vrai, Ali. Leur Président a changé.

Le regard du vieil homme se durcit.

- Tu me prends pour un vieillard sénile ? Après tout le tapage qu'on a fait autour cette élection, il faudrait être sourd et aveugle pour ne pas savoir que les Américains ont un président noir et démocrate.

- Il est de notre côté, Ali.

- Un Américain – et à plus forte raison leur Président – ne sera jamais de notre côté ! Disons plutôt que sur un plan géopolitique, il serait gratifiant pour son administration de ramener la paix au Proche-Orient. Cela crédibiliserait la première puissance économique du monde, qui en a bien besoin.

- Je te l'accorde, mais ce Président est un ancien musulman !

Le vieil Ali désigna du doigt son pavillon auriculaire.

- Ai-je bien entendu, Ibrahim, l'épithète « ancien » ?

- Oui, et alors ?

- C'est le mot qui fâche, dit Ali. Je préfère encore les infidèles aux traîtres. Les confessés sont pires que tout. Cet homme a renié sa foi par intérêt personnel ; pour se faire élire.

Ali cracha par terre, soulevant un petit nuage de poussière.

- Et c'est sur ce traître que reposent tous nos espoirs ?

- Je crains bien que oui.

Ali fit la moue.

- Alors, il faut souhaiter que nos frères soient aussi compréhensifs que moi.

- Je suis venu aussi te voir un peu pour ça, dit Boughrani.

- Tu me prêtes plus d'influence que je n'en ai réellement, Ibrahim !

- Tout le monde te respecte, Ali, même les terr...

- Les terroristes ? Tu ne devrais pas parler ainsi de nos frères, Ibrahim. Terroriste est un mot américain pour décrire tout ce qui s'oppose à l'hégémonie de l'Oncle Sam. Chez nous, on les appelle libérateurs !

- Je te croyais non violent.

- J'ai toujours dit que la violence n'était pas une solution mais il arrive que la souffrance ne puisse trouver d'autre issue.

- Si, il en existe une et j'en suis le guide. Nous sommes à deux doigts d'aboutir et il y a gros à gagner. Je parle pour notre peuple. Ce serait trop bête de tout foutre en l'air au dernier moment. Tu m'aideras, Ali ?

- *Inch'Allah !*

Akron, août 2010.

PLUS ENCORE QUE LE JEU EN LUI-MÊME, qui pourtant le passionnait, Lester Blum appréciait tout particulièrement les valeurs du golf, ainsi que son environnement. Cette obligation de se conformer à des règles draconiennes, cette culture de la tolérance zéro et de la sanction immédiate, cette exigence de la tenue (qu'elle fût vestimentaire ou comportementale), tout cela se fondait dans un environnement où la sensibilité esthétique de l'homme servait la nature sans la corrompre, l'apprivoisait sans l'étioler, la maquillait sans l'étouffer.

Lester avait été élevé dans une famille de Juifs américains, respectueux des lois. Même s'il avait très vite compris que le monde ne fonctionnait pas ainsi, cet esprit *law abiding* restait incrusté au plus profond de son être et le golf lui procurait cette hygiène intérieure régénératrice, quand la politique et la diplomatie internationale l'égaraient dans les sables mouvants de la compromission. Lester Blum pouvait être idéaliste, mais il n'était pas naïf. Face à une personne intègre, il savait retrouver l'intégrité de son éducation. Cependant, confronté à la rouerie de certains individus, il devenait le plus rusé des caméléons.

Le Président était du même tonneau. Leur amitié reposait sur ces valeurs sacrées qui sont le ciment de l'homme. Ensuite, il y avait eu la carrière, l'ascension sociale, la course au pouvoir et les règles du jeu avaient changé. Mais lorsqu'ils se retrouvaient, l'un et l'autre, paisibles insectes butinant sur ce camaïeu de verts bien ordonné, face à cette petite balle qui ne pardonnait aucune faute, ils prenaient un bain de jouvence.

C'est la raison pour laquelle les deux hommes appréciaient tant ces rencontres chroniques, loin des bureaux, des appareils, des lobbies et autres zones d'influence. En quatre heures d'isolement et de détente, ils avançaient plus vite qu'en un mois de réunionite intensive.

Ce matin-là, il faisait très beau, mais on annonçait des orages pour l'après-midi. Connaissant la violence de ceux-ci en été, dans un État – l'Ohio – dont il fut le sénateur, le Président avait voulu jouer tôt. Comme lors de toutes les joutes présidentielles, les 54 trous du Firestone Country Club avaient été fermés à tout bipède golfeur, simple promeneur ou membre distingué, le fidèle Sam Watergate et son équipe jouant les chiens de garde.

- Quel est le challenge aujourd'hui ? dit le Président avec un grand sourire, après avoir tapé un magnifique drive de près de 300 mètres, au départ du trou n° 1.

- Pas de challenge, rétorqua Blum. Je n'ai aucune tête innocente à sauver.

- *Fair enough*, tu vas donc pouvoir me dire où nous en sommes de cette histoire palestinienne.

- Laisse-moi d'abord entrer ce putt pour gagner le trou !

Lester Blum développait un jeu moins spectaculaire que celui de son ami, mais il était d'une précision diabolique. En l'occurrence, il venait de placer une approche « mortelle » à vingt centimètres du drapeau. Il conclut son birdie avec un large sourire et enchaîna :

- Comme tu m'as donné carte blanche, j'ai pris quelques libertés sur cette affaire. Avec Sarah et mon homologue palestinien, nous nous sommes tacitement mis d'accord sur une date qui pourrait être le 26 décembre.

- Le lendemain de Noël ? s'étonna le Président.

- Oui, c'est très symbolique. Le lendemain de la naissance du Christ qui, ne l'oublions pas, était juif... en terres bibliques, c'est un signal très fort. Ça plaît beaucoup aux Français.

- Et les musulmans ?

- Du moment que ce n'est pas un vendredi, ils s'en foutent royalement. Eux, ils veulent leurs terres, de vraies frontières, un État, une constitution, une reconnaissance mondiale et surtout, les colons dehors ! *Exeat* l'envahisseur... le reste, c'est peanuts.

- Tu crois vraiment que tous les colons accepteront de partir ? D'après ce qu'on m'a dit, certains d'entre eux ont un comportement terroriste, en mettant le feu à des mosquées, notamment !

- C'est dans le protocole, mon vieux. Il y aura forcément des récalcitrants ; c'est à Sarah de balayer devant sa porte. Si elle veut la paix, il faut en payer le prix.

- Crois-tu qu'elle l'aura vraiment, sa paix ?

- L'Autorité palestinienne la lui garantit.

- L'Autorité palestinienne ? Mais tu sais bien qu'ils n'ont plus de leader ; c'est devenu un bateau ivre !

- Plus de leader, peut-être, rétorqua Blum, mais Abbas n'est pas encore mort ! Et puis, ils ont un conseiller, une sorte de sage, un Gandhi arabe, qui rassemble toutes les factions : Ibrahim Boughrani. C'est mon interlocuteur. Il a l'oreille du Hamas, du Fatah et même du Hezbollah.

- Alors, c'est un magicien, ton type, car le Hamas et le Fatah, c'est comme le serpent et la mangouste ! Je ne t'apprendrai rien, Lester, en te disant que le Hamas est né de l'incapacité du Fatah à obtenir la paix par la négociation. Eux, ils tirent d'abord et ils discutent ensuite. On voit ça à Gaza !

- Je sais, convint Blum, mais sous une petite écorce, l'homme a une sacrée envergure. C'est un dompteur de lions ! En tout cas, c'est la seule interface. Si Sarah Ziegler doit réussir, ce sera avec lui ou pas du tout !

- Je l'espère sincèrement, Lester. Tu sais combien je souhaite ramener la paix dans cette région du monde ! Les Palestiniens doivent impérativement mettre leurs troupes au diapason. À la moindre bavure, tout s'écroule. Tu connais la théorie des dominos ?

Le Président planta son tee au départ du n° 2, puis se releva et déclara :

- Ça me plaît assez l'idée du 26 décembre. J'ai toujours rêvé de passer Noël à Paris et la Première dame trouvera cela très romantique.

- Pour un ancien musulman, c'est cocasse.

De rage, le Président voulut frapper trop fort et sa balle s'égara sous un massif d'arbustes où l'on avait peu de chances de la retrouver. Un rictus de colère barra son visage.

- Je suis catholique !

- Certes, ironisa Blum, mais les intégristes – il y en a aussi chez les cathos – n'aiment pas beaucoup les convertis et les Latinos ont bien pigé ta manœuvre. Pour être le président de la majorité des minorités, il fallait passer devant l'autel. Mais tu ne seras jamais un des leurs !

- Je n'appartiens à aucune religion, Lester. Tu sais très bien que je suis agnostique !

- Moi aussi, vieux, mais ce n'est pas bon à dire. Notre pays est curieusement fait : une mosaïque d'États, indépendants les uns des autres, et... une mosaïque de communautés, à l'une desquelles tu dois nécessairement t'identifier. Tu vois, on veut bien changer la couleur de la peau du Président, mais pas tout à la fois. Et la religion, c'est la force contre laquelle il est le plus difficile de lutter, ici. On tape sur les pays arabes et sur l'intransigeance des lois coraniques... en sommes-nous si éloignés ?

- Revenons à des considérations plus terre à terre ! ordonna le Président. Sarah est-elle toujours en danger ?

- Oui, mais je crois avoir cerclé le bonhomme. J'ai quelqu'un sur l'affaire. Pour l'instant, elle ne risque rien.

- En es-tu si sûr ?

- Aussi sûr que tu vas perdre cette partie, se gaussa Blum.

- Ce n'est pas un sujet de plaisanterie ! Je te trouve bien léger, parfois, Lester.

- Jamais dans le boulot. Si je te donne cette impression, c'est parce que je suis serein. Je contrôle la situation de A à Z. Le type n'a pas le profil d'un tueur ; ce serait plutôt une arme innocente. Je veux trouver celui qui est censé appuyer sur la gâchette !

- Fais en sorte de le trouver avant qu'il n'appuie dessus, ironisa le Président à son tour. Sinon, je ne fais pas grand cas de ton avancement.

- Et moi, je ne fais pas grand cas de ton prochain coup... en supposant que tu retrouves ta balle.

Aidé de son caddy et de ses gardes du corps, le Président fouillait dans les taillis, utilisant son club comme un coupe-coupe dans la jungle.

- Parlons d'autre chose ! dit-il, énervé.

- De la Corée, par exemple ?

- Par exemple. Où en est-on de cette histoire de missiles ?

- Ils seraient entre les mains des Talibans, d'après notre agent.

- Pourquoi l'emploi du conditionnel ?

- Parce que notre homme n'a pas complètement satisfait aux tests qu'on lui a fait passer à Langley.

- C'est-à-dire qu'il n'est pas fiable à cent pour cent ?

- Pas à cent pour cent, confirma Blum. Les Coréens ont des manipulateurs psychologiques de premier ordre. Ils sont très pointus dans le domaine de l'hypnose. Il est fort possible qu'à travers lui, on ait voulu nous aiguiller sur une fausse piste.

- Mais ce n'est que possible, corrigea le Président.

Et s'il était vrai que les Talibans ont piqué ces missiles, pour appeler les choses par leur nom ?

- Alors, nous serions en grand danger. Un 11 Septembre bis nous pendrait au nez... mais celui-là, puissance dix !

- Que peut-on faire ?

- Rien de plus que ce que nous faisons aujourd'hui en Afghanistan, un pays où nous n'aurions jamais dû mettre les pieds.

- Tu n'as pas répondu à ma question.

- J'y viens, dit Blum. La menace ne peut venir que de l'intérieur. On est toujours effrayé par ce qui nous entoure, mais les maladies les plus graves germent à l'intérieur de nous-mêmes.

New York, janvier 1911.

NOT GUILTY ! NON COUPABLE !

La une des principaux quotidiens de la « Grosse Pomme » ne comporte que ces neuf lettres, illustrées de quelques clichés représentant Maximilian Flemington en train de descendre les marches du tribunal, entouré de sa famille, de ses amis et de ses avocats.

Les pages intérieures relatent l'histoire du jeune héros américain, victime de son amour pour une femme pervertie par le socialisme. Puis résonnent les trompettes de la justice, dans un monde neuf où le regard de l'homme intègre peut embrasser le clair horizon.

Au milieu de ce bourdonnant tourbillon, Maxi est au bord de la syncope. Il ne répond ni aux félicitations ni aux interpellations, ni même aux injures de quelques anarchistes qui se sont glissés dans la foule... non, il ferme les yeux et se laisse glisser dans les eaux sombres du sommeil. Il revoit le président du jury annoncer solennellement le *not guilty* que toute la salle attendait, il revoit cette explosion de joie brisant le silence minéral qui précédait l'énoncé du jugement, il se sent étreint, soulevé par des bras énergiques, puis rouvre les yeux et reprend connaissance, avec le brouhaha ambiant qui redevient audible, les bruits de la rue, identifiables, l'air piquant d'une belle journée d'hiver... la vie, quoi !

La liberté.

Maximilian Flemington est libre !

Libre, mais non déculpabilisé. Du moins, à ses yeux. Maximilian a commis un homicide, et nul ne pourra effacer cet acte de sa mémoire. Aucune décision de justice n'a ce pouvoir. Les jours qui suivent sa remise en liberté, Maxi vit une sorte de spleen qui inquiète beaucoup sa famille. Il est pourtant très entouré, chacun s'empressant de satisfaire ses moindres désirs... ou plutôt ses moindres besoins car de désirs, il n'en manifeste aucun. Il vit et se déplace comme un zombie. Il ne sort pratiquement jamais de la propriété de ses parents et, bien sûr, la question de son réaménagement dans la vaste maison du Connecticut n'a même pas été abordée.

Trop grande, trop vide, trop chargée de souvenirs et de fantômes indésirables.

Maxi n'a même pas repris le piano. Il prétend qu'il a les doigts engourdis, se plaint de rhumatismes et n'ose soulever le couvercle du clavier. Il ne lit pas les journaux et n'a pratiquement aucun contact avec le monde extérieur. Jour après jour, il s'enfonce un peu plus dans cette langueur confortable. Il lui reste cependant assez d'énergie pour signer les quelques formulaires que lui présente sa mère. Elle lui explique qu'il s'agit d'une demande de divorce et Maxi hoche mécaniquement la tête en s'exécutant.

Même les amis fidèles et autres soutiens de la première heure sont *persona non grata*. Lorsque Vanderbilt, Oswald ou même quelques autres, peut-être moins intimes mais tout aussi concernés, se présentent à la maison de Long Island, Maxi leur fait dire qu'il est trop fatigué pour les recevoir. Au bout d'un certain temps, ils n'insistent même plus. Un jour, devant la lourde porte à double battant qui se referme sur une énième tentative infructueuse, Régis Oswald dit à Vanderbilt :

- Nous ne pouvons plus rien pour notre ami. Le temps est le meilleur médecin.

- J'espère que c'est un bon médecin, répond Van, toujours cynique.

Lorsque la nouvelle de l'acquittement arrive à Munich, Emma ressent un immense soulagement. Peu de temps après, parvient la demande de divorce. On ne peut guère dire que ce soit une énorme surprise ; toutefois, la douleur n'en est pas moins grande. Voici la conclusion d'un douloureux gâchis, d'une ruine gigantesque. Une sorte de gâteau raté avec, pourtant, des ingrédients de première valeur. Ce devait être un succulent dessert.

Mais tout a brûlé !

La mort dans l'âme, Emma entre en contact avec les avocats de sa famille, puis elle prend la plume et rédige cette lettre :

Mon tendre ami,

La nouvelle de ta libération m'a retiré un énorme poids sur la poitrine, sur le cœur. C'est moi qui aurait dû être jugée devant la Haute Cour de New York, mais je me suis enfuie. Lâcheté ou raison ? La raison eût été de fuir bien avant… avant de détruire ta vie. Ma lâcheté réside dans l'abandon que je t'ai fait subir, le refus d'affronter avec toi une situation dont je suis seule responsable. Tu es un être bon et magnanime, Maxi, tu m'as aimée, et m'aimes peut-être encore, d'un amour pur et je suis sûr qu'au fond de toi tu ne me juges pas coupable. Tu as tort, mon ami. Dans la mesure où tu ne pouvais te sevrer de la pression familiale et sociale, il était sûr qu'une femme comme moi finirait par te faire du mal. Ta famille l'avait compris et moi aussi je le savais. Simplement, avec l'égoïsme d'une petite fille gâtée, j'ai voulu vivre mon conte de fées jusqu'à sa tragique conclusion.

Je ne m'opposerai pas à notre divorce, Maxi, car je n'aurais jamais dû accepter de t'épouser. Et pourtant, je t'aimais. Non, je ne tomberai pas dans le cliché de l'amour impossible, car rien n'est impossible quand la volonté et l'intelligence s'associent. Nous nous y sommes mal pris, voilà tout ! Mais la seule chose que je te demande, Maxi, en souvenir de notre belle – mais hélas trop brève – histoire, c'est de ne pas mettre en doute la sincérité de mes sentiments.

La lettre est signée « Emma » et datée. En toute sobriété. Pas de formule tendre à déchirer les glandes lacrymales, juste une signature. Maxi pose la lettre et la regarde longuement. Ou plutôt, il y pose le regard, les yeux dans le vague. Il reste ainsi de longues minutes, peut-être même des heures, jusqu'à ce que sa mère entre dans la pièce, le prenne dans ses bras, lui caresse doucement les cheveux et, de l'autre main, s'empare subrepticement de la missive.

- Viens, mon chéri, c'est l'heure de prendre tes médicaments !

Cisjordanie, août 2010.

TAREK NICOLAS était d'une rare adresse avec ses mains. Dans l'appentis rabougri qui lui servait de refuge, en plein cœur du camp de Fawwar, il avait bricolé un système d'air conditionné naturel, canalisant les courants d'air vers des rigoles d'eau usées. Ensuite, grâce à un procédé ingénieux né de ses dix doigts, il filtrait les odeurs. Cela lui permettait de travailler normalement en pleine canicule quand, sous un couvercle de chaleur, le reste du camp était plongé dans l'inertie.

Tarek, lui, ne perdait ni son temps ni son énergie.

À l'ombre des regards, drapé dans le blanc silence des mi-journées estivales, il réparait, réassemblait, nettoyait, huilait et astiquait un vieux fusil-mitrailleur Uzi, abandonné dans un champ de pierrailles un peu plus loin. La rouille avait disparu, mais toutes les composantes ne s'imbriquaient pas les unes dans les autres comme il l'eût souhaité. Or, il se voyait mal commander les pièces de rechange dans un magasin spécialisé ! Il lui fallait donc continuer de limer, de scier et de souder. Sans posséder le matériel *ad hoc*.

Mais s'il n'avait les outils, Tarek était mû par une indéfectible volonté. De celles qui déplacent les montagnes.

Sa première montagne, le jeune Tarek l'avait pulvérisée en quittant la France sur ce que ses parents croyaient être un coup de tête. Fruit de l'union furtive (mais lourde de conséquences) d'un ingénieur français et d'une étudiante palestinienne, Sébastien Nicolas avait grandi dans un esprit de tolérance et d'intégration à la française. Après un brillant cursus universitaire, il semblait promis à un avenir confortable, lorsque, pour une raison indéterminée, il avait subitement viré à 180°. Voyant dans ses racines maternelles une sorte de Graal, il avait renoncé à l'aisance matérielle pour épouser l'idéal palestinien. Dans la foulée, il avait changé de prénom et s'était fait appeler Tarek.

Ce n'était pas une affaire de religion – Tarek était athée – mais plutôt la recherche d'une identité, syndrome fréquent chez les enfants de mariages mixtes. Aujourd'hui âgé de 25 ans, Tarek vivait ce syndrome à son paroxysme. Sa vie se réduisait à un seul et unique but : la libération de « son » peuple. Pour ce faire, il avait commencé par militer au Hamas, un mouvement qu'il sentait proche de son idéologie et le seul qui, selon lui, détenait les moyens matériels et humains de rendre la Palestine à ses propriétaires. Mais le Hamas l'avait déçu. Trop imbriqué dans un islamisme intégriste dont il se voulait le prosélyte. Trop proche des Frères musulmans, dont il n'épousait pas la cause. Il ne se reconnaissait pas dans cet axe, allant de la Mauritanie à l'Irak, qui se voulait un tsunami islamique. Lui, il voulait juste la liberté pour « son » peuple. Et puis, il s'était aperçu qu'à l'instar de nombreux partis politiques, le Hamas gaspillait son énergie dans une guerre des chefs qui nuisait à sa cause.

Dès lors, Tarek avait décidé d'agir en franc-tireur, sans pour autant couper les ponts car il avait besoin d'un appui logistique.

Ne serait-ce que pour exister.

New York, août 2010.

Le ciel était clair et l'édifice parallélépipédique des Nations unies donnait une image contrastée, comme sur les cartes postales. Avec ses drapeaux multicolores, flottant au gré du vent. En fait, il y avait peu de vent ; la chaleur empesait tout mouvement. Les étés new-yorkais étaient pénibles et les membres de la diplomatie internationale couraient vers l'intérieur comme des cloportes, pour profiter de la fraîcheur artificielle.

Ce jour, on débattait sur le désarmement.

Le président US jouait une carte importante dans ce débat, quant à sa crédibilité internationale et davantage encore vis-à-vis du peuple américain dont l'enthousiasme commençait à se fatiguer. L'effet « tout nouveau, tout beau » du début de son mandat s'estompait, et le Président réalisait peu à peu qu'il ne marchait pas sur l'eau... mais plutôt sur un champ de mines. Par ailleurs, aux grandes puissances militaires exportatrices d'armes qui l'attendaient au tournant, comme le frère ennemi russe, se joignaient les nations émergentes, nouvelles venues à la table des négociations, résolues à se faire entendre.

Alors que son ami était en train d'en découdre à la tribune, Lester Blum faisait les cent pas dans les couloirs, en compagnie d'Ibrahim Boughrani. Ils discutaient des dernières moutures du traité d'indépendance de la Palestine, qui devait prendre effet le 26 décembre.

La Palestine deviendrait alors un État, reconnu officiellement par l'ONU, puis accueilli en son sein, au cours d'une séance comme celle qui se déroulait de l'autre côté des murs. Israël s'engagerait à entamer le processus de décolonisation, le tout devant se dérouler dans le calme, même si tout un chacun savait que certains colons se feraient tirer l'oreille pour quitter les lieux, tout comme certains activistes palestiniens n'hésiteraient pas à fêter l'événement à leur manière. En se faisant exploser dans un bus de Jérusalem, à l'heure de pointe.

Par exemple.

De part et d'autre de la nouvelle frontière, il existerait forcément des tensions et des extrémistes pour dénoncer la « trahison » de leurs dirigeants. Pour certains, Israël devait disparaître et pour d'autres, la Palestine – toute la Palestine – était un État juif. Ces deux points de vue inconciliables seraient toujours la source d'affrontements, le but des hommes de paix étant de les canaliser – pour ne pas dire banaliser –, de les faire admettre comme un mal nécessaire au bien-être commun des deux peuples.

C'est arrivé à ce point de leur discussion que les deux hommes virent apparaître le général Ziegler. Les couloirs étaient pratiquement vides ; une rencontre s'imposait. Lester prit l'initiative de se diriger vers lui.

- Stefan, quelle surprise ! Je suppose que tu accompagnes Sarah ?

- Affirmatif. Je comprends ta surprise, les gens n'ont plus tellement l'occasion de nous voir ensemble.

- Sarah est une femme très occupée, dit Lester, et son agenda va encore s'alourdir d'ici la fin de l'année.

En prononçant ces mots, il se tourna vers Boughrani, légèrement en retrait, et l'attira vers lui.

- Tu connais forcément notre ami Ibrahim, qui travaille avec le président Abbas ?

Ziegler exécuta un salut militaire en claquant les talons.

- Bien entendu.

- Nous discutions des formidables perspectives qui attendent vos deux pays, expliqua Lester, grâce à l'opiniâtreté conjuguée de vos dirigeants. Quand la volonté s'unit à l'intelligence, la raison finit toujours par l'emporter.

Le regard bleu acier de Ziegler se durcit.

- À condition d'éradiquer les bandes de voyous dont les agissements nuisent à ce que tu appelles la raison, dit-il sèchement.

- Qu'entendez-vous par là ? demanda Boughrani.

- Vous m'avez fort bien compris.

- Exprimez-vous quand même !

- Tant que votre Président se laissera manipuler par le Hamas...

- Je vous arrête ! protesta Boughrani. Le Hamas...

- Allons, messieurs, coupa Lester, allons... ce n'est ni le lieu ni le moment d'un débat enflammé. Laissons cela à ceux qui nous représentent, de l'autre côté ! Nous savons, les uns et les autres, qu'il n'est pas simple de régler un problème vieux de plusieurs millénaires. Raison de plus pour unir les forces de paix et les mettre au service de ceux qui travaillent dans ce sens. Venez, je vous offre un verre ! Allons noyer votre différend qui, bientôt, n'en sera plus un !

- Je suis désolé, dit Ziegler, mais j'ai un rendez-vous dans dix minutes à l'extérieur.

Il fixa Boughrani droit dans les yeux avec un large sourire.

- Ce n'est que partie remise. Nous serons probablement appelés à nous revoir ?

- Très certainement, rétorqua l'émissaire de l'Autorité palestinienne, avec un zeste d'ironie.

Ce que Lester Blum et Ibrahim Boughrani avaient pris pour une excuse diplomatique n'en était pas une. De fait, le général Ziegler avait bel et bien rendez-vous, à quelques pas du bâtiment des Nations unies, sur les quais de l'Hudson River.

Assis sur un banc, toujours tiré à quatre épingles, fraîchement parfumé, Jean Freycinet regardait passer les joggers, haletants, dégoulinants de sueur. Du bout de ses doigts manucurés, Pochette s'assura que son brushing était bien en place et s'éventa avec le journal du jour. Ziegler vint s'asseoir à ses côtés.

- Vous avez fait bon voyage ? demanda-t-il.

- Aussi bon que possible sur « *Aéro Merdico* », répondit Pochette avec un ricanement plein de suffisance.

C'était le surnom que donnaient les Français à la compagnie Aéro Mexico, réputée pour ses retards et son confort rudimentaire. Freycinet revenait du Mexique, où il avait passé quelques jours chez Perea. Un miniséjour de travail, avec examen des comptes du recyclage de l'argent « sale » à travers l'organisation de Freycinet : chevaux de course, rachat de tickets gagnants et prise de paris en ligne, puis retour de l'argent « lessivé » vers des comptes numérotés, dans plusieurs banques des Caraïbes.

Rien que de la routine, mais de la routine nécessaire.

Le général Ziegler ayant appris que le passage de Pochette sur le continent américain coïncidait avec celui de sa femme à l'ONU, il s'était proposé d'accompagner celle-ci, à la grande surprise de l'intéressée. Pochette en serait quitte pour un crochet par New York, qui le retarderait de 24 heures.

- Bien, fit Ziegler en hochant la tête. Maintenant, débriefez-moi sur l'évolution de notre affaire !

- L'Opération Lazarus suit son cours. Le Sujet vient de sortir du Centre.

- A-t-il été « traité » ?

- Absolument. Le Sujet est opérationnel. Il ne reste plus qu'à organiser une rencontre avec madame le Premier ministre.

- Ça, c'est mon job. Ce ne sera pas facile, mais je m'en charge. De toute façon, dès que cette chienne en chaleur aura flairé le mâle, l'affaire sera dans le sac.

Ziegler se retourna vers Pochette.

- Ne me regardez pas comme ça, Freycinet ! Vous n'allez quand même pas me dire que je vous choque. Pas vous !

Pochette fit la moue, sans rien dire.

- Tenez-moi au courant, mon général ! Kubler a encore un peu de travail à faire sur le Sujet mais, ne vous en faites pas, nous serons fin prêts quand la rencontre sera programmée.

- À la bonne heure. Je vous recontacte pour vous dire où et quand.

Ziegler se leva et disparut. Pochette le regarda s'éloigner en pensant que les militaires de tous pays étaient semblables. Des machines à tuer sans aucune éducation. Il regarda sa montre. Son avion pour Paris décollait dans trois heures. Il lui restait un peu de temps à tuer ; il demeura sur son banc à rêvasser devant l'incessant va-et-vient des joggers, qui le regardaient comme un homme tombé d'une autre planète.

En rentrant à l'hôtel Pierre, où il avait réservé une suite, Stefan Ziegler s'offrit une petite sieste méditative. Sarah ne serait pas de retour avant plusieurs heures. Les assemblées générales de l'ONU tiraient toujours en longueur. Chaque président ou représentant gouvernemental disposait, en principe, de quinze minutes pour s'exprimer, mais il arrivait fréquemment que des illuminés, comme Kadhafi ou Ahmadinejad, dépassassent leur temps de parole, dans des discours-fleuve qu'ils transformaient en prédications.

Surtout quand il était question de désarmement ! Désarmement pour les uns… armement pour les autres. Avec, en filigrane, le spectre de l'arme nucléaire. Devait-on ou non laisser certains pays enrichir l'uranium en toute quiétude ? Les cinq membres du Conseil de sécurité devaient-ils se poser en autorité de régulation et si oui, avec quels moyens ?

Allongé sur son grand lit, les yeux ouverts, Ziegler regardait les gratte-ciels se découper sur la toile azur d'un ciel sans nuage. Vision unique, presque surannée. Le général avait toujours vu en New York une ville de bandes dessinées. Science-fiction du passé. Il ferma les yeux et pensa à Freycinet. Ziegler détestait Pochette comme il détestait tous les homosexuels. Cet air de vieux beau poudré, parangon d'une société décadente, le dégoûtait encore plus qu'un type comme Mendelssohn, mou comme du chewing-gum mais certainement moins pourri.

Il revit son géologue, baignant dans son sang, le petit automatique en main. Qu'est-ce qui avait bien pu le pousser au suicide ? Mendelssohn, au fond, n'était pas un mauvais bougre. Dans un premier temps, il l'avait cru capable d'assumer son homosexualité, mais c'était un complexé. Un torturé. Mal dans sa peau, mal dans sa vie. C'était aussi un technicien hors pair et cela ne laissait pas d'inquiéter le général, car le mélange n'était pas bon. En matière de sécurité, un homme se devait d'être aussi fiable dans sa vie privée que dans sa vie professionnelle ! Si tel n'était pas le cas, l'excellence s'avérait alors beaucoup plus néfaste que la médiocrité. Or, Mendelssohn était un faible, aussi poreux que du calcaire. Peut-être s'était-il suicidé pour n'avoir su garder un secret.

LE secret !

Mais alors, qui le lui aurait soutiré ? Un de ses amants, probablement. Certes, mais au bénéfice de qui ? Selon toute vraisemblance, Sarah n'était pas au courant des richesses que renfermait le sous-sol de la Palestine. Et les Américains non plus. Ziegler crachait sur sa femme en tant qu'épouse, mais il respectait son intelligence, sa finesse politique, ses idéaux – même s'il n'était pas d'accord avec elle – et saluait ses ambitions. Jamais elle n'aurait « donné » la Palestine, sachant ce qu'elle avait sous les pieds !

Alors qui ?

Les Coréens ? On avait vu Mendelssohn en compagnie d'un giton aux yeux bridés et, de nos jours, tout ce qui était bridé était Coréen. Avant, c'étaient les Chinois, aujourd'hui le péril jaune était nord-coréen ! L'angoisse vient toujours de l'inconnu. Parmi ceux que l'on appelait les « États voyous », on savait que le Pakistan possédait la bombe atomique, que l'Iran cherchait à l'avoir et... *quid* de la Corée du Nord ?

L'avait-elle ou ne l'avait-elle pas ?

Ziegler referma les yeux. Peut-être, en fin de compte, que le suicide de Mendelssohn n'avait rien à voir avec sa découverte. Peut-être n'était-ce qu'une sordide affaire de cul entre deux tantouzes ?

Peut-être n'était-ce pas un suicide...

Le général chassa ces pensées et se laissa gagner par une semi-torpeur. Sarah était invitée à dîner à la Maison Blanche. C'était un dîner informel auquel le protocole n'exigeait pas qu'il participât. Mais en tant que conjoint et en qualité de commandant en chef de Tsahal, l'armée de défense d'Israël, il se devait d'être présent.

Le décollage de leur jet privé était prévu aux alentours de 19 heures. Il avait tout son temps.

Paris, septembre 2010.

A DIX HEURES TRÈS PRÉCISES, Tim Nichollson se présenta au n° 10 de l'avenue de la République. Le docteur Kubler lui ouvrit la porte de son cabinet avec un grand sourire. Tim ne l'avait jamais vu aussi radieux.

- J'ai eu un excellent rapport de mon confrère, le professeur Wöring, dit Kubler en lui serrant la main.

- J'ai l'impression que ce séjour m'a fait le plus grand bien, confirma le jeune Américain.

Kubler s'effaça.

- Entrez ! Vous allez me raconter tout cela.

Tim s'allongea sur le divan, éprouvant derechef cette impression de malaise. Cela faisait plusieurs semaines qu'il n'avait subi une séance de psychothérapie, mais le ressenti était toujours le même. Les mots n'arrivaient pas à sortir de sa bouche. Son propre silence le pressurisait et la respiration régulière du docteur, derrière lui, donnait le tempo de cette oppressante atmosphère.

- J'ai connu une femme, finit-il par dire.

- Qu'entendez-vous par connaître ?

- J'ai couché avec une femme, corrigea Tim, sèchement.

- Et alors ? Quoi de plus banal ?

- Pas pour moi, docteur ! Cela faisait si longtemps...

- Combien de temps ?

- Je ne sais pas.
- Si, vous savez !
- Non, c'est trop loin.
- Cherchez !

Tim avait l'impression de vivre une séance de torture. Il parlait d'une voix larmoyante qui trahissait son envie de fuir, de retrouver le silence, la solitude, son gîte, sa prison. Il voulut se lever, prendre les cent euros et les jeter à la face du toubib, mais aucun de ses muscles ne répondit. Il demeurait inerte et muet.

- Alors ? lança Kubler.
- Je n'ai pas envie de parler de ça.
- De quoi voulez-vous parler ?
- De cette femme.
- Je vous écoute.

Un nouveau silence s'installa. Tim aurait volontiers parlé de Moira à son psy, s'il avait trouvé les mots pour le faire. Mais aucun son ne sortait de sa bouche. Plus exactement, il ne savait démêler l'écheveau de ses pensées. Trier l'important du superflu.

- Je vous écoute, insista Kubler.
- Je me suis vengé.
- Vengé de qui ?
- Vengé de ma femme ! pesta le jeune Américain. De qui voulez-vous que je me venge ? Vous connaissez mon histoire.
- Ce que je sais n'a aucune importance, rectifia Kubler. C'est ce que vous dites à l'instant T qui en a. Vous disiez donc vous être vengé de votre femme. Pouvez-vous être un peu plus explicite ?
- Je lui ai rendu la monnaie de sa pièce, je suis enfin parvenu à la tromper.
- Cette femme que vous avez connue sur l'île de Scorpios n'était donc que l'instrument de votre vengeance ?
- Oui et non, enfin... plutôt oui. Elle était tendre, douce, amoureuse. Elle m'a fait retrouver des sensations que je croyais perdues. J'aurais voulu l'aimer,

mais je n'ai pas pu. Lorsque j'ai joui en elle, je crois bien que le sentiment de justice était plus fort que le plaisir physique.

- Et pourtant, selon vos dires, vous n'aviez pas connu ce plaisir depuis longtemps ?

- Très longtemps.

- Qu'est-ce que cela vous a procuré ?

- Ça m'a donné envie de recommencer.

- Avec la jeune fille de Scorpios ?

- Non. Avec ma femme.

- Expliquez-vous !

- Si je couche avec cette truie après l'avoir moi-même trompée, je serai lavé de toute cette souillure. Je me viderai en elle de ce foutre impur ; je pourrai enfin revivre.

- Que ne le faites-vous, alors ?

- Mais je vais le faire, docteur. Faites-moi confiance !

Assis derrière son patient allongé, Kubler ne pouvait voir son regard. S'il avait pu le saisir, l'espace de quelques secondes, il aurait été effrayé. Tout psychiatre expérimenté qu'il fût ! En outre, c'était la première fois qu'il entendait le jeune Américain s'exprimer avec cette rare violence.

Nul doute que le Sujet était mûr.

Jérusalem, septembre 2010.

SARAH ZIEGLER N'ARRIVAIT PAS À DORMIR. Elle se tournait et retournait dans ses draps froissés, sans parvenir à trouver une position où son corps pût se détendre, puis l'entraîner dans une douce torpeur.

Le *jet lag*, probablement.

Ces courts séjours outre-Atlantique bousculaient son horloge interne. Et puis, si Sarah était une très jeune femme politique, elle était une moins jeune femme tout court. Son âge était celui de la prise de conscience du fait que le corps n'encaissait plus toutes les agressions.

Elle se leva, s'habilla en toute hâte puis alla réveiller ses gardes du corps.

- J'ai envie d'aller faire un tour dehors.

Ils la regardèrent comme si elle avait un entonnoir sur la tête.

- En voiture, madame ?

- Non, à pied. J'ai besoin de me détendre. Je n'arrive pas à dormir.

Les gorilles, eux, y parvenaient très bien. Ils s'habillèrent en maugréant, se sanglèrent de leurs holsters, s'emparèrent des talkies et oreillettes puis suivirent madame le Premier ministre dans ses lubies nocturnes.

Les lumières de la vieille ville scintillaient comme des étoiles. C'était vraiment là que TOUT s'était passé. Du haut de cette colline d'où Sarah adorait observer

SA ville, elle le ressentait très fort. Sarah Ziegler n'était pourtant pas une mystique ; on lui attribuait plutôt un grand pragmatisme, ainsi qu'un attachement à des valeurs très... terre à terre. Cependant, devant ce panorama – surtout la nuit – il lui arrivait de rêver à une union sacrée qu'aucun homme ne pourrait détruire.

L'Est et l'Ouest, entité indivisible... et pourtant divisée. Par ce mur. Comme à Berlin. Celui de Berlin était tombé, en même temps que tout un monde. Mais là, devant ses yeux, il ne s'agissait plus de faire tomber un monde. Il fallait en faire naître un.

Un nouveau !

Sarah devait toutefois se rendre à l'évidence. Cette ville, qui étalait ses ondulations lumineuses comme un manège géant, il faudrait nécessairement la partager ! Il faudrait partager l'histoire, le culte, la culture. Il faudrait couper en deux les hommes, les familles, les habitudes, les traditions. Bien sûr, il existait un plan qui avait été agréé par les deux parties : l'Autorité palestinienne et le gouvernement israélien. Il était hors de question de faire de Jérusalem un nouveau Berlin. Pas de mur, pas de frontière ! Juste un partage équitable. Mais l'équitable d'Isaac n'était pas nécessairement celui de Mohamed et Sarah ne se berçait guère d'illusions.

Une fois le traité d'indépendance signé, elle n'était pas certaine que la base en acceptât les modalités dans la vie quotidienne. Le Hamas venait de se réconcilier avec le Fatah, une réconciliation de circonstance car ils avaient chacun leur zone d'influence... et pas nécessairement là où l'on croyait les trouver ! De son côté, Sarah sentait les piques de la droite ultraconservatrice qui, à tout moment, pouvaient se transformer en coups de poignard. Tous ces gens savaient manipuler le peuple. Le peuple, cette poudrière qu'une seule petite étincelle pouvait faire exploser.

On verrait bien. Ou peut-être verrait-on mal !

Sarah sentit ses yeux la picoter et ses muscles se relâcher.

- Allez, on rentre ! ordonna-t-elle.

En regagnant sa chambre, Sarah découvrit par hasard que celle de Stefan était vide. Par la porte entrouverte, elle voyait que le lit n'avait même pas été défait. Pauvre Stefan ! pensa-t-elle, avec un soupçon de bienveillance maternelle. Une onde de culpabilité la traversa. Stefan n'était pas un mari volage et pourtant, nul n'aurait pu lui en faire le reproche. Il avait bien des défauts, mais pas celui-là. Trop rigide (d'esprit), trop cadré, trop militaire ! Stefan devait être à son bureau. Dieu sait ce qu'il y faisait des nuits entières, mais il y travaillait. Rien d'autre. Sarah émit un bâillement sonore, en enfilant sa chemise de nuit, et se retourna inquiète, comme si quelqu'un avait pu la surprendre. Elle se revit petite fille, quand sa maman lui répétait inlassablement qu'il fallait toujours mettre sa main devant la bouche lorsque l'on bâillait. Elle esquissa un sourire attendri et s'endormit.

Cela faisait plusieurs nuits que Stefan Ziegler fouillait dans les affaires de David Mendelssohn. Sans succès. Pourtant, le défunt avait laissé un accès libre à toutes ses archives : clés, dossiers, mots de passe, numéros de code, etc. Rien, dans les tiroirs de son bureau, dans ses papiers, sur le disque dur de son PC, ne mentionnait un quelconque gisement d'uranium à Hébron ou ailleurs. Et pourtant, il ne l'avait pas inventé, ce gisement ! Stefan fixa de ses yeux clairs l'écran lumineux de la console.

Et s'il l'avait inventé ? Purement et simplement inventé ?

Stefan chassa cette idée de son esprit. Ça n'avait pas de sens. Il se remit à chercher dans les fichiers, sous-fichiers, sites favoris ou boîtes e-mail, pour trouver ne serait-ce qu'un indice, mais revint bredouille, la fatigue ayant eu raison de son acharnement.

Avant de regagner son domicile, Stefan se souvint d'un adjoint de Mendelssohn, très proche de lui, qui avait quitté le ministère, peu de temps après son suicide, pour répondre à une proposition d'embauche de l'AIEA (Agence internationale de l'énergie atomique). Aujourd'hui, il habitait Vienne et il serait peut-être utile de lui rendre visite, lors d'un déplacement programmé dans la région.

Ça tombait bien, il devait se rendre à Budapest dans quinze jours.

Stefan s'endormit en pensant à la bonne marche de l'Opération Lazarus. Cette « chienne lubrique » qui ronflait dans la pièce voisine – Dieu, que c'est laid, une femme qui ronfle ! – ne l'emporterait pas au paradis. Sa double trahison, envers son peuple et son mari, allait lui être facturée.

Au prix fort.

Vienne, février 1911.

EMMA VIT TRÈS MAL SON DIVORCE, alors qu'elle en a été l'instigatrice. Involontaire peut-être, mais instigatrice quand même ! Elle se reproche d'avoir ruiné deux vies pour quelques secondes d'un plaisir interdit. Reproche habituel des conjoints adultères (éprouvant des sentiments sincères) qui, depuis des siècles, se battent la coulpe pour les mêmes raisons.

Emma sort beaucoup. Elle fréquente les salons artistiques et principalement l'atelier de Klimt qui, bien avant son mariage, a réalisé un très beau portrait d'elle, avec un boa de plumes. Le vieux peintre lui a montré ses dessins érotiques en lui faisant comprendre qu'il aurait beaucoup aimé l'avoir comme modèle, mais Emma s'y refuse formellement. Elle ne laisse planer aucune ambiguïté quant à ses rapports avec l'artiste. Ils resteront amicaux et son admiration ne sortira jamais du cadre culturel.

Emma mène donc une vie très active qui laisse peu de temps à la réflexion et encore moins aux remords, mais il y a les nuits (même si elles sont courtes) et quelques moments de solitude qui agissent avec la glaciale persistance d'un acide. En résumé, la jeune femme éprouve énormément de difficultés à chasser Maxi de sa mémoire.

Comme toute la société qui l'entoure, éprise de modernité, elle a entendu parler du docteur Freud. On dit qu'il soigne l'âme aussi bien que son écorce, qu'il l'épure des scories d'une vie tourmentée, pleine de questions inutiles. On dit qu'il n'y a rien d'autre à faire que s'allonger sur un divan et parler de soi, sans tabous. Emma, qui a perdu beaucoup de sa candeur (si tant est qu'elle en eût), trouve ces expériences – telles qu'elles lui sont relatées – mirifiques. Trop belles pour avoir un quelconque rapport avec la vie réelle. Toutefois, essayer ce docteur miracle ne coûte rien, si ce ne sont quelques espèces sonnantes et trébuchantes, matière qui ne lui fait pas défaut.

Les parents d'Emma possèdent un appartement à Vienne. La famille y compte des parents éloignés et de nombreuses relations. Emma ne s'y sentira pas seule ; elle pourra ainsi suivre la « cure » du docteur Freud, sans avoir à l'interrompre pour des raisons pratiques. En faisant jouer ses relations, Emma est parvenue à obtenir un rendez-vous qui ne soit pas trop éloigné dans le temps. Un beau matin, elle se présente donc à la porte de la petite maison de la Berggasse.

Le praticien l'introduit lui-même dans son cabinet. À travers la fenêtre, elle aperçoit un charmant jardinet. La pièce est sombre, comme la contenance du célèbre docteur. Emma n'est guère surprise ; elle a vu sa photo de nombreuses fois dans les journaux. L'homme est austère, mais l'austérité sied à sa fonction. Les zones qu'il explore sont aussi obscures que son regard. Ce regard, Emma n'a guère l'occasion de le sonder. Freud la fait allonger sur une longue méridienne et s'assoit derrière elle, sans rien dire.

- Qu'attendez-vous de moi ? demande Emma.

- Je vous retourne la question, chère madame.

- Je suis venu vous consulter sur le conseil de quelques amis.

- Cela ne me donne pas la raison de votre présence.

- On dit que vous soignez l'esprit, quand il est malade.

- Qu'est-ce qui vous détermine à croire que le vôtre l'est ?

Emma réfléchit avant de répondre. Freud se garde d'interrompre le silence qui se prolonge et s'alourdit. Soudain, la jeune femme parle :

- Je fais un horrible rêve, chaque nuit, un cauchemar dont je n'arrive pas à me défaire.

- Cela m'intéresse, dit Freud. Voulez-vous me le raconter ?

- Un énorme serpent noir se glisse dans mon lit, puis à travers mes voies génitales. Il remonte doucement, tout au long de mon corps. Ce n'est pas douloureux, mais je le ressens comme un fluide glacial qui traverse mes viscères, mes poumons, mon cou et finalement ma tête. Arrivé à l'intérieur de ma boîte crânienne, le serpent dévore mon cerveau et là, je hurle de douleur. Je me réveille face à un miroir reflétant une image effrayante, mon image : un crâne décharné avec les yeux du serpent, étincelant comme deux saphirs, à la place des miens !

Emma est prise de tremblements, les lèvres frémissantes.

- C'est tout ? demande le docteur.

- Vous trouvez que ce n'est pas suffisant ?

- Je n'ai pas dit cela... je veux juste savoir si vous m'avez raconté la totalité de votre rêve, sans omettre le moindre détail.

- Tout y est, docteur, vous pouvez me faire confiance. Ce rêve et moi-même sommes devenus les inséparables compagnons de la nuit.

Freud ne répond rien et un nouveau silence s'installe.

- Croyez-vous pouvoir me soigner, docteur ?

- Je ne m'exprimerai pas en ces termes, précise Freud. Nous allons commencer par analyser ce rêve. Pour ce faire, il va d'abord falloir que vous me racontiez votre vie, chère madame. Toute votre vie, sans rien omettre.

- Ça risque de prendre du temps.

- Vous habitez Vienne ?

- Non, mais je m'y suis installée à seule fin de suivre votre thérapie. Mes amis m'ont effectivement précisé qu'il faudrait compter plusieurs séances.

- Je ne raisonne pas en termes de séances, chère madame, mais de mois, voire d'années.

Emma entend Freud se lever de son fauteuil.

- Ce sera tout pour aujourd'hui, dit-il. Je vous verrai à raison de deux fois par semaine, selon votre convenance. Veuillez prendre rendez-vous avec mon secrétariat !

Il ouvre la porte d'un petit bureau, fait entrer Emma, la dirige de la main vers une jeune femme assise devant une machine à écrire, salue sa nouvelle patiente et referme la porte sur lui.

Cisjordanie, septembre 2010.

À CHAQUE FOIS qu'il croisait le vieil Ali, Tarek se remémorait le jour où il l'avait vu discuter avec cet affreux personnage, ce visqueux serpent nommé Ibrahim Boughrani. Cet homme n'agissait que par ambition personnelle. Il voulait devenir le premier président de la République palestinienne et se servait du peuple pour atteindre son but.

Quelle différence avec les autres hommes politiques ? se demanda le jeune Franco-Palestinien. Aucune. Sauf qu'ici, Tarek se sentait blessé dans sa chair. Il n'avait cure de toutes les magouilles géopolitiques sur l'échiquier international ; ça le faisait même plutôt rire. Mais il ne fallait pas toucher à la terre de ses ancêtres maternels. Cette terre qu'il prenait souvent à pleines mains et laissait filer entre ses doigts, à la manière d'un sablier, comme s'il se fût agi de son sang !

Alors qu'il était en train de nettoyer pour la énième fois son vieux fusil Uzi, la sonnerie de son téléphone cellulaire lui signala la réception d'un texto. Il l'ouvrit.

« Voici ton planning pour les semaines à venir. »

S'ensuivait une liste de dates et de lieux, parmi lesquelles une retint tout particulièrement l'attention de Tarek :

« 24 décembre, conférence de presse d'Ibrahim Boughrani. »

Diplômé de Sciences-Po, Tarek Nicolas parlait couramment quatre langues : le français, l'anglais, l'arabe et l'hébreu. Il était ponctuellement employé comme traducteur interprète par une agence de presse internationale et rémunéré à la pige. Enchantée de ses services, l'agence lui avait proposé un CDI que Tarek avait immédiatement refusé. Il préférait l'ombre de sa cahute à la clarté d'un bureau climatisé, au trentième étage d'une tour de verre. Il voulait vivre au sein de son peuple, non le regarder de haut ! Une ou deux piges mensuelles suffisaient à ses besoins.

Il répondit qu'il acceptait toutes les missions, puis redonna un coup de chiffon – sous forme de caresse – au canon de son Uzi. Le 24 décembre. C'est là qu'il lui faudrait agir.

Après, ce serait trop tard.

Vienne, septembre 2010.

Yasha Glazinsky était un petit bonhomme à l'œil torve et au regard fuyant. D'autant plus fuyant qu'il était déformé par les verres loupes d'une énorme monture en écaille. Ses cheveux aux boucles claires lui donnaient un air d'étudiant timide.

Stefan Ziegler avait fixé rendez-vous à Glazinsky au bar de l'hôtel Impérial, où il était descendu entre deux séjours éclairs à Budapest. Ziegler était amateur de whiskies *single malt*. Il commanda un Ardbeg « Supernova », proposa la même chose à Glazinsky, puis entra dans le vif du sujet :

- Le regretté Mendelssohn vous a-t-il parlé d'un gisement d'uranium dans la région de Hébron ?

Glazinsky fit la moue.

- Non, jamais.

- Vous étiez pourtant très proches ?

- De bons collègues, oui.

- Et à aucun moment, il n'a mentionné l'existence d'un tel gisement ?

Glazinsky avala une gorgée d'alcool et poussa un long soupir.

- Vous pensez bien, mon général, que si Mendelssohn m'avait fait une telle confidence, je ne l'aurais pas oubliée.

- Évidemment. Vous êtes marié, Glazinsky ?

- Je vous demande pardon, mon général ?

- Vous êtes marié ?

- Vous m'avez fait venir jusqu'ici pour m'interroger sur ma vie privée ? Je ne suis plus sous votre autorité, mon général.

- Je sais, je sais. C'était juste une question, comme ça en passant. Vous êtes libre de ne pas y répondre.

- Oh, je n'ai rien à cacher. Ma vie est un livre ouvert et, de toute façon, les renseignements que vous désirez, vous les obtiendrez sans difficulté ; autant vous les donner moi-même. Je suis célibataire.

- Pourquoi avez-vous quitté Israël ?

- Je n'ai pas quitté Israël, se récria Glazinsky. Je suis toujours citoyen israélien. Simplement, l'offre de l'AIEA était difficile à refuser. J'ai un âge où l'on pense encore à son plan de carrière, mon général. Étant célibataire et sans enfant, je n'ai pas hésité à m'expatrier. Et puis, si vous voulez tout savoir, Vienne me rappelle un peu mes origines polonaises.

- Très bien. Ne le prenez pas mal, vieux, c'était juste une question, comme ça.

- Puis-je me permettre d'en poser une à mon tour ? demanda Glazinsky.

- Bien sûr.

- Cette histoire d'uranium, c'est du sérieux ?

- C'est ce dont j'étais venu m'enquérir auprès de vous. L'info vient de Mendelssohn en personne mais, depuis sa mort, je n'arrive pas à en trouver la moindre trace. Je pensais que peut-être il vous en aurait touché un mot.

- Eh bien non. Désolé.

Ziegler hocha la tête en signe d'impuissance.

- Je ne sais toujours pas si c'est du lard ou du cochon. C'est bien fâcheux, à l'heure où l'on parle de la fondation prochaine d'un État palestinien.

- Je vous comprends.

- Bien entendu, Glazinsky, cette conversation reste strictement confidentielle.

- Bien entendu.

Ziegler ne retint pas Glazinsky. Sitôt le géologue sorti du bar, il saisit son téléphone cellulaire, composa un numéro et donna rendez-vous à son interlocuteur au Prater, après le dîner. Il voulut celui-ci rapide et frugal. Une heure et demie plus tard, le général rencontrait le chef du bureau du Mossad à Vienne. Un homme très important, dans une ville qui avait gardé son statut de capitale mondiale du renseignement depuis la Guerre froide.

Avec son chapeau mou et son imperméable, l'homme ressemblait à un agent secret de bandes dessinées. Ziegler le prit par le bras et l'attira à l'écart des lampions.

- Je veux que vous fassiez surveiller un certain Glazinsky. C'est un géologue de l'AIEA.

L'homme opina du chef. Ziegler répondit aux questions qu'il ne lui posait pas.

- À mon avis, c'est encore un de ces putains de pédés dont sont bourrées nos administrations, aujourd'hui. Je ne sais pourquoi, mais je les renifle comme de la vermine.

- Vous souhaitez faire une enquête de mœurs ? demanda l'agent avec un sourire ironique.

- Ne prenez pas cette chose à la légère, mon vieux ! Ce type a quitté le ministère de la Défense, à la suite du suicide de son supérieur hiérarchique. Une vieille folle, comme lui. Il avait trouvé un gisement d'uranium dans la région de Hébron, mais n'a laissé aucune trace de sa découverte. Rien ! J'ai passé au peigne fin son disque dur, ses documents, rien ! Le pompon, c'est que Glazinsky n'en a jamais entendu parler. Enfin... qu'il dit !

- En quoi son homosexualité est-elle en cause ?

- Les pédés se font des confidences sur l'oreiller. C'est impossible que Glazinsky ne soit pas au courant ! Le suicide de Mendelssohn, son départ précipité... ça sent mauvais. Je veux que vous me fassiez filer Glazinsky jour et nuit, je veux savoir avec qui il traite. C'est bien compris ?

L'homme au chapeau n'aimait guère les manières de ce général. Un butor, comme tous les hauts gradés de l'armée régulière ! Dans les services secrets, on était plus fin, plus subtil. Métier oblige. Mais l'agent du Mossad n'était pas en position de remettre à sa place un des plus importants personnages de l'État, de surcroît époux de madame le Premier ministre.

- Vous pouvez compter sur moi, dit-il. Je vais mettre plusieurs agents sur le coup. Dans une ou deux semaines maximum, vous saurez tout de ses fréquentations.

- Je crains de le savoir déjà, répondit Ziegler avec un sourire sarcastique, mais il faut absolument que je trouve une trace de ce maudit uranium. Ce n'est même plus une chasse au trésor, il y va de notre sécurité !

- Nous sommes là pour la préserver.

- J'espère bien.

Ziegler tourna les talons en esquissant un salut militaire. Il rentra à l'hôtel Impérial et regagna directement sa chambre. Le lendemain, il se levait aux aurores et trouvait regrettable de ne pas profiter davantage d'un nid aussi douillet.

New York, mars 1911.

MAXIMILIAN VA BEAUCOUP MIEUX.

C'est ainsi que madame Flemington donne des nouvelles de son fils à ses nombreuses amies qui, venant prendre le thé dans la maison de Long Island, ne manquent de s'enquérir de la santé du jeune pianiste. D'ailleurs, il arrive que ces dernières entendent le son du piano à travers les cloisons. Même si la maison est vaste, les notes de Chopin habillent agréablement le boudoir où la maîtresse de céans reçoit *at tea time*. Parfois, le jeune homme descend saluer les invitées de sa mère. Après qu'il s'est retiré, celles-ci regardent la puissance invitante d'un air entendu : votre fils remonte la pente. Maintenant qu'il a expurgé l'influence maléfique de cette disciple de Thoreau – un nom synonyme de Satan dans la bonne société new-yorkaise, qui regarde la « désobéissance civile » comme une peste noire – il faut lui trouver « une femme comme il faut » afin qu'il puisse enfin vivre la vie qu'il mérite.

De son côté, Maxi n'arrive pas à exclure l'idée que « la femme comme il faut » était précisément celle dont il vient de se séparer.

Celle dont ON l'a séparé !

Il pense à Emma tous les jours. Chaque heure, chaque minute, ce visage coiffé des flammes de l'enfer est présent dans son esprit. Un visage que le martèlement stakhanoviste des noires et des blanches n'arrive pas à éradiquer. Un visage gravé au fer rouge dans son âme. Dans sa vie.

Un visage qui ne partira qu'avec sa vie.

Dans les milieux artistiques de la « Grosse Pomme », on murmure que Maximilian Flemington pourrait renaître de ses cendres. Quelques impresarii et autres agents musicaux tournent autour de lui comme des rapaces ; madame Flemington entretient ce ballet macabre, sans connaître l'idée fixe qui germe dans l'esprit de son fils. Celle-ci consiste à retrouver le niveau qui était le sien – international – pour reprendre une tournée européenne dont le point de chute pourrait être… Munich ou Vienne. Dans cette optique, Maxi travaille d'arrache-pied (ou plutôt d'arrache-main) et finit par décrocher un contrat à Boston, ville où sa réputation était florissante avant le drame. Tous les critiques – ceux dont la plume peut avoir quelque influence sur les directeurs de théâtre – sont présents. Ils l'attendent au tournant.

Si sa vie prend un tournant, Maxi prie pour que ce soit un demi-tour !

Jérusalem, septembre 2010.

LESTER BLUM aimait se retrouver à Jérusalem. Non parce qu'il était juif, mais parce que cette ville représentait, à ses yeux, le centre spirituel du monde. Plutôt que se retrouver, il préférait le verbe – pourtant galvaudé – de se ressourcer. Car il s'agissait bien d'une source, celle que son imagination voyait couler du haut de ces collines, où confluaient trois religions. Trois belles légendes, trois beaux dogmes, trois beaux préceptes où l'on demandait à l'homme de respecter son semblable.

Et pourtant, trois bonnes raisons de s'entretuer.

Même si Blum était devenu lucide et un tantinet cynique en prenant de l'âge, il aimait laisser son esprit vagabonder sur ses idéaux de jeune homme. Le Conseiller spécial n'avait jamais cru en aucun dogme mais, durant ses études avec le futur président, il avait cru en l'Homme et y avait cru sincèrement. Chemin faisant, quand il avait dû faire un choix de carrière, réalisant qu'il ne souhaitait finir ses jours en ermite sur le mont Sinaï, Lester avait dû procéder à une gymnastique intellectuelle qui consistait à ne plus systématiquement voir un ami en son prochain.

Une gymnastique qui lui avait forgé des muscles de guerrier.

Ce soir-là, Lester Blum était invité à dîner chez les Ziegler. Dîner à caractère strictement privé, même s'il était implicitement prévu que l'on y parlât de ce pourquoi le Conseiller spécial était présent dans la capitale israélienne. Blum ressentait une affection filiale envers Sarah, même si la différence d'âge n'était pas énorme. Il appréciait beaucoup moins son mari, et ce dernier ne supportait l'Américain que parce qu'il ne voyait pas en lui un rival, mais il n'aimait guère ses idées et cette obsession de vouloir à tout prix réconcilier l'eau et le feu. Il lui reprochait d'avoir inoculé à sa femme le virus d'une paix illusoire et Blum connaissait parfaitement ses sentiments à son égard. Pour sa part, en bon diplomate, il ne pouvait estimer cet être monolithique, binaire, dépourvu de nuances. À ses yeux, Ziegler était une brute comme il en connaissait beaucoup dans l'armée américaine. Une sorte de mal nécessaire.

Les rares fois où les circonstances les réunissaient, les deux hommes ne ménageaient pas leurs efforts pour simuler des retrouvailles joyeuses. Cela ne manquait pas d'amuser Sarah qui, ce soir-là, paraissait d'humeur enjouée. Lester la trouva même très en beauté et le lui dit.

- Merci, monsieur le Conseiller spécial, roucoula la rousse pulpeuse, toujours sensible aux compliments masculins. La cour du roi nègre ne manque pourtant pas de jolies pouliches, et savoir que je supporte la comparaison est extrêmement flatteur.

- Allons, Sarah ! tonna Ziegler. Ne crois-tu pas que tu as un peu trop abusé du champagne, ce soir ?

- Si, mon chéri. Mais c'est si bon de se sentir un peu grisée, hors des dîners officiels où il faut toujours singer un rôle. Ici, je suis chez moi avec mon mari et un de mes plus vieux amis. Si je ne puis me laisser aller et être moi-même, alors, dis-moi... quand le pourrai-je ?

- N'oublie tout de même pas, rectifia le général, que ton... plus vieil ami est *aussi* en mission officielle.

Sarah pivota maladroitement sur ses talons aiguilles puis, voulant désigner Lester de sa coupe de champagne, perdit l'équilibre et se retrouva dans ses bras. Elle éclata de rire.

- Une mission officielle qui consiste à sauver les jolies pouliches de l'abattoir. *Am I right, Les ?*

Même en déséquilibre, Sarah dépassait Lester Blum d'une bonne tête. Elle se rétablit, remit sa coiffure en place et soutint crânement le regard chargé de dédain de son époux.

- À propos de jolies pouliches, dit Lester pour détendre l'atmosphère, avez-vous entendu parler du Prix de l'Arc de triomphe ?

- C'est une course de chevaux, répondit Ziegler.

- Exact. C'est au début du mois prochain et la date coïncide avec votre venue à Paris pour les préparatifs du traité. Ce ne serait pas une mauvaise idée que de vous y montrer, tous les deux.

- C'est un dimanche ? demanda Sarah.

- Oui, le premier d'octobre.

- Ce sera donc une sortie récréative ?

- Oui, en quelque sorte.

- Que veut dire ce « en quelque sorte », Lester ?

- Ça veut dire que, la course ayant pour parrain l'État du Qatar, beaucoup de nos amis arabes seront présents.

Ziegler serra si fort sa coupe de cristal qu'elle se broya dans sa main.

- Tu ne vas quand même pas aller lécher les bottes du Qatar, Sarah !

Ziegler avait la main en sang. Lester lui tendit son mouchoir et dit :

- Stefan, il ne faut pas voir les choses comme ça. Nous tendons vers une logique de cohabitation pacifique entre le monde arabe et l'État hébreux. Que cette cohabitation s'exerce sur un hippodrome avant de prendre place sur le terrain est un symbole fort.

- Un hippodrome… tu parles d'un symbole ! Si nous avons proscrit le jeu en Israël, ce n'est pas pour que la Première dame du pays aille se commettre dans cette fange subversive et rétrograde, avec les oligarques du Golfe !

Le visage de Sarah se crispa.

- Stefan, tu t'exprimes comme un intégriste !

- Dans intégriste, ma chère, il y a intègre. Oui, je suis un homme intègre et je le revendique. À ce titre, je refuserai toujours quelque compromission que ce soit avec ces anguilles de la diplomatie. Moi, je ne sais pas nager en eaux troubles !

Sarah et Lester se regardèrent. Faisant mine de n'avoir rien entendu, ce dernier répliqua :

- Allons, mes amis, il ne faut pas en faire une affaire d'État. Dans deux semaines, nous allons tous nous rassembler à Paris pour préparer la signature d'un traité qui marquera l'histoire du XXIe siècle. Or, les hasards du calendrier font que le premier dimanche d'octobre, juste avant le grand briefing, se disputera un événement sportif de dimension planétaire : une course de chevaux retransmise par des centaines de télévisions et suivie par un milliard de personnes. Il s'agit là d'une promotion gratuite et inespérée pour notre cause !

Le Conseiller spécial se racla la gorge, avala une gorgée de champagne et reprit :

- Tu sais, Stefan, les Arabes sont tout aussi réfractaires au jeu que vous l'êtes. Seulement, ils aiment le cheval et l'utilisent pour imposer leurs racines et leur culture à un monde qui les en croyait dépourvus. Ils ont compris que le cheval est un animal fédérateur. Après avoir été une machine de guerre, puis un moyen de transport, le cheval est devenu aujourd'hui une icône de la paix. On l'adule, on le protège ; c'est le nouvel ami de l'homme. Je voulais juste te dire qu'il ne faut pas les laisser en profiter tout seuls !

- Va pour le cheval, grogna Ziegler, mais le jeu, non. Jamais !

- Le jeu n'est qu'un véhicule financier qui fait vivre toute une filière, expliqua Blum de sa voix douce et convaincante. Les princes arabes ne s'y adonnent pas plus que toi – le Coran le leur interdit – mais ils savent que c'est une réalité économique dans des pays comme le mien, où naissent les plus grands champions. Plus de jeu, plus de chevaux !

- Et puis, ajouta Sarah, je n'y connais rien, mais j'ai entendu dire que le Prix de l'Arc de triomphe était un grand raout mondain où tous les « people » se battent pour se faire photographier. Ce ne serait pas forcément mauvais pour mon image.

- D'autant moins, précisa Blum, que le président français est annoncé. Il fait tellement de business avec l'émir du Qatar qu'il ne peut pas le laisser seul à Paris avec sa valise pleine de *gazodollars* !

Ziegler esquissa un sourire crispé.

- Évidemment, ça change la donne, dit-il. Dans ces circonstances, ma chérie, il vaudrait peut-être mieux, effectivement, que tu y sois. Que nous y soyons.

Lorsque Lester Blum sortit de la résidence privée des Ziegler, il poussa un grand soupir de soulagement. Il envoya un large sourire au garde qui le saluait, s'engouffra à l'intérieur de la limousine dont on lui tenait la porte ouverte et disparut dans un nuage de vapeur. Les nuits étoilées de Jérusalem commençaient à être froides.

Le lendemain matin, avant son vol retour pour Washington, le Conseiller spécial prit son petit déjeuner en compagnie d'Ibrahim Boughrani, auquel il tint le même discours.

- Paris est une bien jolie ville, dit l'émissaire de l'Autorité palestinienne, et la France un pays ami – enfin, sur le principe – mais je ne vois pas ce que cette course de chevaux peut avoir à faire avec le traité que nous nous apprêtons à signer.

- Rien du tout, répondit Blum. C'est juste un moment de distraction comme un autre, et nous profiterons de l'exposition médiatique pour mettre en scène la grande réconciliation.

- Quel besoin de se montrer davantage ? Tous les médias de la planète se focalisent déjà sur cette signature historique.

- Se montrer dans un autre contexte, Ibrahim. Autour d'une table de négociations, on ne voit toujours que des antagonistes qui se regardent en chiens de faïence, même s'il s'agit de signer pour la paix. Sur un hippodrome, comme dans un stade, règne une certaine fraternité. Toutes les races, les cultures et les religions y sont mélangées. C'est un très bon message envers les peuples d'Israël et de la nouvelle Palestine.

- Je ne sais pas comment mes frères réagiront.

- Cesse de te soucier perpétuellement de tes frères ! Ceux du Golfe adorent les chevaux, ils font partie de leur culture.

- Ce ne sont pas des frères, dit Ibrahim avec un sourire ambigu. Ce sont des oncles d'Amérique !

Pyongyang, septembre 2010.

Le bureau de Yang Choï était à l'image de son occupant, nu et austère. La nudité du chef de la SP (Section psychologique) s'entendait, évidemment, au sens figuré. Sa tunique unicolore ne comportait aucune décoration ni marque de distinction hiérarchique. Elle était lisse et continuellement fermée, comme son visage. Mais Choï n'avait besoin d'aucun signe extérieur de commandement. Tout le monde savait qui il était et son regard imposait au nouveau venu une autorité inflexible.

Yu était assis nonchalamment en face de son chef. C'était l'enfant terrible du service, l'électron libre impertinent et ingérable, mais terriblement doué, auquel on passait bien des caprices. Une diva dans un monde d'ascèse. Le féminin n'était d'ailleurs pas impropre, concernant ce jeune homme aux traits si fins et aux mœurs inverties. Mâles et femelles en étaient fous, ce qui le rendait précieux aux yeux de Choï.

- Comment s'est passé ton voyage à Vienne ? demanda ce dernier.

- Je n'ai pas appris grand-chose, répondit Yu.

Comme beaucoup, Yu était à la recherche d'une preuve formelle de l'existence d'un gisement d'uranium en Palestine. De cette preuve dépendait l'aide matérielle que la Corée du Nord était prête à fournir au nouvel État. Mais jusqu'alors, Yu n'avait pu apporter que les confidences d'un amant qui, depuis, s'était suicidé.

Certes, on ne se suicide pas pour rien ; ce n'était toutefois pas une preuve. Il s'était donc tourné vers l'adjoint du suicidé qui, depuis le drame, s'était expatrié à Vienne, répondant à une offre de l'AIEA. Glazinsky n'était d'ailleurs pas un inconnu pour Yu, qui l'avait côtoyé du temps de sa liaison avec Mendelssohn. Glazinsky était aussi un adepte de Sodome, atout majeur pour le jeune Coréen qui, cependant, n'avait rien pu en tirer.

Pour l'instant.

- Je ne lâche pas mon contact, je le travaille au corps, ajouta Yu avec un sourire entendu.

Le visage de Choï resta de cire. Le sens de l'humour n'entrait pas dans ses multiples fonctions.

- Bien, dit-il. Et que pars-tu faire en Amérique ?

- En apprendre davantage sur l'Opération Lazarus.

- L'Opération Lazarus ?

- Oui. C'est le nom de code d'une opération qui vise à éliminer le Premier ministre d'Israël. Cela vient de l'intérieur de l'État juif, c'est financé par l'argent de la drogue et diligenté par une mafia française dont je ne sais pas grand-chose.

- Il faut tout faire pour que ces gens échouent. Ce serait une très mauvaise opération pour nous si la Palestine restait sous occupation israélienne !

- Je suis d'accord avec toi.

- Il faudrait peut-être « réveiller » les Américains ?

Yu fit la moue.

- Nous les avons endormis avec cette histoire de Talibans, qui les préoccupe beaucoup, et ils continuent de se mobiliser contre le développement de l'industrie nucléaire en Iran. J'ai croisé leur délégation à Vienne, elle ressemblait plus à un bataillon de marines qu'à un aréopage de diplomates ! Ça va être très difficile de revenir en arrière. Je veux dire... en restant crédibles.

- Il faut pourtant que tu y parviennes. Bonne chance !

Yu sortit du bureau. Muni d'un blanc-seing et d'une totale confiance de sa hiérarchie, il pouvait agir à sa guise. Il se garda néanmoins de préciser à son supérieur qu'il travaillait aussi – en parallèle – pour une organisation qui projetait d'assassiner le président des États-Unis. Bien sûr, c'était l'ennemi n° 1 de l'État communiste mais, pour l'heure, aux yeux de Yang Choï, le président noir était plus utile à la Corée vivant que mort.

New Orleans, septembre 2010.

La raison pour laquelle l'agent coréen était si bien instruit de l'Opération Lazarus tenait à la relation privilégiée qu'il entretenait avec Aureliano Perea, le parrain mexicain. Cette fois, il ne s'agissait pas d'un rapport homosexuel, mais plutôt d'amour filial, le Mexicain ayant vu chez ce jeune homme tout ce qu'il aurait aimé trouver dans la descendance mâle qu'il n'avait pu avoir.

Et chez un Latino, l'absence de filiation mâle équivalait à un grave discrédit ! Il fallait que Perea fût riche et puissant pour que l'honneur et le respect comblassent un si féroce déficit. Le Mexicain aimait ses filles de tout son cœur, mais il les aimait comme des pierres précieuses, non comme une prolongation de soi-même. Quant à ses gendres, il les tenait pour des voleurs de dot ; des étalons, tout juste bons à lui donner des mâles.

Ce qu'il n'avait su faire lui-même.

Yu et Perea se retrouvèrent chez Le Dantec. En attendant le retour de ce dernier, le majordome – un colosse noir ganté de blanc – leur servit du bourbon. Le salon était très *cosy*, meublé dans le style colonial du Sud. Le jeune Asiatique était affalé sur son fauteuil ; à l'inverse, le vieil homme se tenait très droit.

- Le décalage horaire ? demanda-t-il en avalant une gorgée du liquide ambré.

- Probablement, soupira Yu. Que fait donc Mel ?

- Il termine ses cours, dit Perea. D'après Smith, il ne devrait plus tarder.

- Smith est là ?

- *Por supuesto.* Tu sais bien qu'on ne le voit jamais !

Les deux hommes entendirent une porte claquer. Melchior Le Dantec apparut, une serviette à la main, les bras chargés de dossiers. Ses longs cheveux grisâtres étaient ramenés en arrière ; il portait un catogan. Le prof déposa son fardeau sur la table basse et dit :

- Désolé de vous avoir fait attendre.

- *No problem,* répondirent en chœur ses invités.

Le Dantec se servit lui-même un bourbon, en avala une rasade, poussa un long soupir sonore et enchaîna :

- Bon, je vous ai réunis pour préparer, dans les moindres détails, notre séjour à Paris, un séjour qui s'avérera déterminant quant à la mise en place de notre plan. Avant le dîner, je souhaiterais que nous fassions le point sur la situation. « La cible » projetterait de passer le réveillon de Noël chez des amis français. Tu confirmes, Aury ?

- Je confirme. Une vieille amitié, tissée durant ses années d'étudiant à la Sorbonne. La francophilie d'*el Presidente* remonte à cette époque.

- Francophilie, cracha Le Dantec avec mépris. Moi, je suis d'origine française et je ne connais pas beaucoup de nègres francophiles. Je ne connais que des profiteurs. Bon, passons ! Avons-nous un contact avec cet ami français ?

- Affirmatif, dit Perea. Il se trouve que mon correspondant local est en affaires avec l'ami en question. Le business des jeux en ligne. Une bonne couverture pour la came, et même mieux qu'une couverture car c'est en train de devenir un marché très juteux.

- Nous ne sommes pas là pour faire une étude de marketing, coupa Le Dantec. Donc, si j'ai bien compris, le décor est cadré. Maintenant, avons-nous la possibilité de faire inviter un des nôtres à ce réveillon ?

- C'est là que le bât blesse, dit Perea. Un réveillon de Noël est, par définition, intime et familial. Je ne vois pas vraiment comment nous pourrions nous y introduire.

- Existe-t-il un autre moyen d'approcher « la cible » durant son séjour à Paris ?

- Je n'en vois pas.

- Alors, il faudra se débrouiller pour faire inviter l'un de nous, d'une manière ou d'une autre, à ce *goddamn Christmas eve* !

Les trois hommes se dévisagèrent en haussant les sourcils.

- S'il y a une solution, intervint Yu, ce n'est pas ici qu'il faut la chercher, mais à Paris.

- Yu a raison, dit Le Dantec. Pas une minute à perdre ! Nous allons mettre au point la logistique de notre plan durant le dîner. Êtes-vous d'accord pour que nous partions dès demain ?

- Rien ne s'y oppose, répondit Perea. Mes gendres sont des bons à rien, mais sur le court terme, ils sont capables de faire tourner la boutique.

- Il faudra que je fasse deux ou trois allers et retours à Pyongyang, pour rendre compte à ma hiérarchie, précisa Yu, mais en dehors de cela, je suis votre homme.

- Toujours sur cette histoire d'uranium ? demanda Le Dantec.

- C'est la mission que m'a confiée mon gouvernement, dit Yu. Officiellement, elle va à contre-courant de l'Opération Lazarus, puisque mon pays soutient la fondation d'un État palestinien.

- Et toi, Aureliano, quelle est ta position dans cette affaire ?

- Tu la connais. Un peu la même que notre ami Yu, mais en plus complexe. Je rencarde les Américains, par l'intermédiaire de mon ami Blum, j'organise et cofinance la résistance avec les Israéliens dissidents et, tout comme toi, voir un Noir, un ancien musulman, à la tête de notre surpuissant voisin égratigne mes convictions. Pis encore, cela ravive notre peur ancestrale du chaos. Tu me connais, Melchior, je suis un homme d'affaires rationnel et pragmatique. J'ai les pieds sur terre, je ne suis pas raciste comme tu peux l'être, et malgré tout... je ne puis m'empêcher de penser aux prédictions de Nostradamus : la venue d'un roi noir sera suivie du chaos. La fin du monde. Ça me glace le sang !

- À vrai dire, répondit Le Dantec, que l'uranium soit israélien ou palestinien m'indiffère au plus haut point. Tout ce que je vous demande – et l'organisation paye pour ça, avec ton aide, Aury ! – c'est l'ablation de cette tumeur noire. Que mon pays puisse retrouver la santé ! Sommes-nous sur la même longueur d'ondes ?

Perea et Yu firent chorus.

- Nous pouvons donc passer à table, ordonna Le Dantec.

- Et Smith, que pense-t-il de tout cela ? demanda Yu.

- Mr. Smith ne pense pas, il exécute.

Le Dantec se retourna. Mr. Smith était derrière lui, hochant la tête. Personne n'avait remarqué sa présence.

Torrey Pines, septembre 2010.

TU COMMENCES À FAIRE DES JALOUX, dit le Président.

- Des jaloux ? s'étonna Lester Blum.

- Oui, enfin... une jalouse. Ma secrétaire d'État me reproche, à mots à peine couverts, de la décharger des dossiers brûlants. À ton profit !

- Ce n'est pas faux. Je ne sais plus où donner de la tête.

- Tu sais où envoyer la balle, en tout cas.

Sur le premier Par 3 du parcours, Blum venait de placer sa balle à trente centimètres du drapeau.

Le Conseiller spécial connaissait par cœur les fairways et les greens du golf de Torrey Pines, en Californie du Sud. Un des plus beaux du monde. Sa résidence de La Jolla se situait en bordure, séparée par une minipalissade et une porte sans verrou.

Le Président regarda son ami « enquiller » son birdie et demanda :

- Pas de grâce présidentielle en jeu ?

- Non. À croire que les bonnes vieilles injections sont passées de mode. Mais c'est toi qui as suggéré cette partie, vieux ! Tu es même venu jusque chez moi. Tu te poses donc en solliciteur.

- *Right*. Mes amis Debucquois...

- Ton copain de fac ?

- Lui et sa femme. Ils ont appris que la signature du traité se ferait à Versailles, le 26 décembre. Toute la presse le claironne ! Ils souhaiteraient que je passe le réveillon de Noël avec eux.

- Le peux-tu ?

- Il suffit d'avancer ma visite de 24 heures. En période de fêtes, c'est faisable.

- Qu'attends-tu de moi ?

- J'aimerais que tu rencontres les Debucquois, pour préparer le terrain.

- C'est plutôt le job de Sam Watergate. Je ne voudrais pas qu'on m'accuse de marcher sur ses plates-bandes. Déjà une secrétaire d'État qui râle... si en plus, je me mets à dos le chef de la Sécurité !

- Sam est chargé de ma protection, *full stop*. J'attends de toi que tu fasses la liaison sur le plan relationnel, disons humain. Tu verras, ce sont des gens charmants. Typiquement français, dans le bon sens du terme.

- Pourquoi, il y a un bon sens chez les Français ?

Le Président rata un putt de 30 centimètres.

- Ne me fais pas rire, Les ! *It's not fair.*

- Je ne vois pas ce qui te fait rire. Je te signale que tu es *two down*[15] !

Le Président préféra changer de sujet.

- Où en sommes-nous avec les missiles ?

- Notre agent est en congé maladie longue durée. Dépression nerveuse.

- Et alors ?

- Je penche pour une info bidon, mais nous restons en état d'alerte.

- Je préfère ça, car j'ai déjà fort à faire avec les Iraniens. On a trouvé un accord pour qu'ils fassent enrichir leur uranium en Russie, mais je ne sais pas trop ce qui se magouille là-dessous. Ton amie Sarah est très inquiète ; je l'ai eue au téléphone hier, sa coalition la pressurise de tous côtés. Ça ne peut pas plus mal tom-

---

[15] « Tu es mené de deux. » Au golf, un *match-play* se joue trou par trou. Le gagnant est celui qui en remporte le plus.

ber dans le contexte actuel. Heureusement, c'est une femme très forte, difficilement influençable. Moi, j'avoue que je me décharge un peu sur l'AIEA mais, pour l'instant, il n'y a pas le feu au lac. Les Russes n'ont pas plus intérêt que personne à voir leur voisin se doter de l'arme atomique et l'AIEA fait bien son boulot ; techniquement parlant. J'espère que tout sera clarifié pour la fin décembre.

- Qui est au courant que tu comptes avancer la date de ta venue à Paris ?

- À peu près tout le monde à la Maison Blanche. Tu sais que je garde très mal les secrets.

- C'est pas très malin.

- Pourquoi ? Tu penses qu'il y a un risque ?

- Il y a toujours un risque quand un président des États-Unis se déplace.

Paris, septembre 2010.

Ce matin-là, Tim trouva le docteur Kubler très fatigué. Lui se sentait en pleine forme. Il s'allongea sur le divan et commença à parler. Tout de go. Sans chercher ses mots, sans même réfléchir à ce qu'il allait dire. Quel contraste avec les premières séances ! Quelque part, il en était effrayé. Le jeune Américain avait l'impression que quelqu'un d'autre parlait avec ses lèvres, qu'une fontaine de phonèmes se déversait par sa bouche.

Curieuse sensation.

- Vous savez, docteur, depuis que j'ai eu cette aventure en Grèce, j'ai constamment envie de faire l'amour.

- C'est normal, dit Kubler. L'appétit sexuel est comme l'appétit tout court. Si vous ne mangez plus, vous finissez par le perdre. Cette fille a réveillé votre libido !

- Cela me torture jour et nuit.

- Cela vous torture ? Expliquez-moi comment vous assimilez la sexualité à une torture !

- La tentation me nargue à chaque coin de rue. Tenez, par exemple, il y a une femme qui me suit partout. Un petit modèle, mais joliment roulée, si vous me passez l'expression. Je l'ai reconnue ! C'est la petite brune qui s'est produite en spectacle, au centre du professeur Wöring. La marionnettiste.

- Et alors ? C'est plutôt flatteur d'être suivi par une femme qui, de surcroît, est à votre goût. En quoi cela vous pose-t-il un problème ?

- Je ne veux faire l'amour qu'à ma femme.

- Vous ne désirez donc plus la tuer.

- Non. C'est son amant que je veux tuer.

- Son amant ?

- Le Noir qui couche avec elle.

- Avez-vous une preuve formelle de son infidélité ?

- J'en ai de multiples.

- Avec cet homme en particulier ?

Tim faillit se retourner pour fixer son psy droit dans les yeux, mais il décida de rester allongé, ferma les paupières et relâcha ses muscles.

- Allons, docteur, ne me faites pas plus naïf que je ne suis ! Vous savez très bien qui est cet homme. C'est mon patron... comme c'est le patron de nombreux Américains. On le voit constamment en photo dans les journaux, à côté du portrait de ma femme. Sous couvert de grands desseins politiques, je suis sûr qu'il y a quelque chose entre eux, je veux dire... quelque chose d'intime. Leur regard – même sur papier journal – trahit une complicité qui ne s'invente pas.

- Pourquoi ne pas éliminer cet homme par la reconquête de votre femme ?

- J'ai bien l'intention de faire les deux. Reconquérir ma femme dans un premier temps, puis guérir le monde de cette peste noire.

Quarante minutes plus tard, le docteur Kubler raccompagna son patient à la porte d'entrée. À peine l'eut-il refermée, qu'une autre s'ouvrit devant Jean Freycinet, *alias* Pochette.

- Bravo ! lança-t-il à Kubler. Le Sujet est à point.

- J'ai tenu compte du fait que « la cible » avait changé.

- Elle n'a pas changé, elle s'est dédoublée. Ziegler veut toujours la peau de sa femme et nos commanditaires veulent celle du Président. J'ai eu l'idée d'utiliser un seul et même homme pour ces deux missions.

- Du génie, dit Kubler qui n'en pensait pas un mot.

- Non, juste un peu de sens pratique, rectifia Freycinet, en caressant la soie de sa pochette.

- Il y a autre chose, reprit Kubler.

- Quoi donc ?

- Nichollson dit être suivi par la marionnettiste que Wöring soupçonne fortement d'avoir occis un de ses agents de la Sécurité, cet été à Scorpios.

- Merde, ça c'est une tuile ! J'espère que les Américains n'ont pas pigé le rôle que nous essayons de lui faire jouer.

- S'ils ont pigé, ça donne quoi ?

De l'index sur son cou, Pochette traça le sillon du mouton égorgé. Kubler écarquilla les yeux :

- Qu'est-ce qu'on peut faire ?

- Je vais mettre Mr. Smith sur le coup.

- Mr. Smith ?

- C'est l'homme de main de Le Dantec, un Anglais qui bosse avec notre ami Perea sur la seconde « cible ». Une sorte de tueur transparent qui prend la couleur de son environnement. Un vrai caméléon. Très efficace.

- J'espère qu'il l'est vraiment, dit Kubler, car Nichollson est notre seule cartouche !

Paris, octobre 2010.

Catherine et Pierre Debucquois s'apprêtaient à fêter leur 30e anniversaire de mariage. Noces de perle. Ils formaient un couple uni et davantage encore : inséparable. Pierre et Catherine entreprenaient tout en commun et le week-end, ils aimaient se retrouver seuls dans leur immense appartement de la place de Colombie, qui surplombait le parc de l'OCDE.

Les Debucquois n'avaient ni enfants ni famille proche. Toutefois, ils se suffisaient l'un à l'autre. Leurs amis étaient rares, mais fidèles et sincères. Pour la plupart très anciens, comme Jean Freycinet, avec lequel Pierre avait usé ses fonds de culotte sur les bancs du lycée Janson-de-Sailly, ou comme ce jeune garçon noir à l'esprit vif et au regard franc, qui allait devenir président des États-Unis. Il l'avait rencontré dans un amphi, à la Sorbonne, et les deux hommes avaient immédiatement fraternisé.

Concernant Freycinet, Pierre savait à quoi s'en tenir. Du plus loin qu'il s'en souvienne, Jean avait toujours eu l'esprit voyou. Au lycée, il truquait les interros, pompait ses voisins de pupitre. C'était le roi des antisèches. Sortis de Janson, les deux copains avaient emprunté des voies divergentes. Ils s'étaient revus longtemps après, quand Debucquois avait accepté la présidence de l'ARJEL[16]. Ce dernier avait alors trouvé un Freycinet prospère, roulant carrosse, avec une importante écurie de courses. Le cancre de son adolescence avait fait fortune dans l'exploitation de sites de paris sur Internet et Debucquois se doutait bien qu'une majorité d'entre eux, domiciliés off-shore, étaient illégaux. Des bookmakers, sans aucun doute ! Il soupçonnait également les nombreux succès de son écurie de ne pas être uniquement dus à des prouesses gymniques. Mais aucun test prélevé sur ses chevaux ne s'était jamais révélé positif. Pierre Debucquois avait donc pris le parti de fermer les yeux, expliquant à Catherine :

- Tu comprends, il a toujours été un peu truand. Ce n'est pas aujourd'hui qu'on va le changer ! Je connais l'origine de ses revenus officiels, puisque c'est moi qui lui ai donné sa licence, mais ce n'est pas avec ça qu'il peut entretenir une centaine de chevaux à Chantilly. D'où vient tout cet argent, cette débauche de luxe ? Je ne veux pas le savoir. Pour moi, l'amitié est la plus forte.

Catherine se contenta de hausser les épaules. Elle n'éprouvait guère d'affection pour Freycinet, mais traitait les rares amis de son mari comme des membres de la famille qu'elle n'avait pas. Catherine Debucquois était une catholique pratiquante, respectueuse de la loi et de la morale chrétienne. Le côté beau parleur, playboy défraîchi ou gentilhomme pommadé de Pochette, ajouté à son homosexualité provocante, muselait sa bienveillance. Mais Catherine se contentait de garder ses distances ; jamais elle ne se serait permise d'émettre le moindre jugement sur un ami de Pierre.

- Tu as raison, mon chéri, l'amitié est plus forte que tout.

- Je sais que tu ne l'aimes pas beaucoup, ma perle, mais je l'ai invité au réveillon de Noël.

- Tu as bien fait. Ce n'est pas que je ne l'aime pas, mais on raconte tellement de choses. Enfin, j'espère

[16] Autorité de régulation des jeux en ligne.

qu'il s'entendra bien avec nos autres invités.

- Pour ça, je n'ai pas une once de doute. Jean a de l'éducation, de l'entregent, il parle plusieurs langues – dont l'anglais couramment – et a toujours de très drôles anecdotes à raconter. C'est un vrai boute-en-train !

- Un peu trop, oui, fit remarquer Catherine avec un voile d'ironie dans le regard.

Pierre répondit par un sourire complice, puis s'installa sous l'immense verrière, peuplée de terrifiantes plantes exotiques, qui tenait lieu de jardin d'hiver. Il dominait les toits de Paris. La vue était imprenable, comme on dit sur les catalogues d'agences immobilières. Sous cette verrière, qui occupait un petit quart de sa terrasse, aurait lieu, pour la première fois, le réveillon de Noël. Une innovation qui avait nécessité quelques aménagements. Pierre remercia le ciel de lui avoir donné les moyens matériels de s'offrir un si bel appartement sur le toit des immeubles Walter, porte de la Muette.

Il s'assit sur un canapé balançoire, saisit *Le Monde* du jour et se mit à lire. Grand, élancé, très distingué, Pierre Debucquois était connu pour ses bonnes manières et son esprit modéré. Il avait le visage policé des intellectuels de l'establishment judéo-chrétien. Politiquement, il se réclamait de la gauche libérale ou de la droite humaniste, selon ses interlocuteurs. Mais la plupart du temps, il évitait de parler politique. Il évitait de parler tout court.

Pierre Debucquois n'était pas un grand bavard et Catherine se nourrissait de son silence.

- Mon chéri, cria-t-elle en faisant irruption dans le jardin d'hiver, ton rendez-vous est arrivé !

- Ah.

Debucquois se porta à la rencontre de Sam Watergate, la main tendue.

- Je suis ravi de faire la connaissance d'un des meilleurs amis du Président, dit le chef de la Sécurité. J'ai souvent entendu parler de vous.

- Et moi, répondit Pierre, je suis heureux que nous puissions enfin passer un moment ensemble. Croyez-moi, ce n'est pas facile d'avoir un ami président des États-Unis !

Watergate acquiesça en souriant.

- Ce n'est pas facile non plus d'avoir un patron président, mais nous aimons notre job.

Le « nous » s'adressait à la demi-douzaine d'agents de sécurité qui accompagnaient Watergate et que ce dernier présenta à son hôte. Ensuite, il sollicita la permission de « commencer le travail » et l'équipe de la Maison Blanche se mit à inspecter minutieusement les lieux. Plusieurs heures durant, ils furetèrent dans tous les recoins de l'appartement, imaginant toutes les cachettes possibles en vue d'un attentat. C'est la terrasse qui retint évidemment leur attention. Un homme agile pouvait y accéder, soit en escaladant les murs, soit en passant par un autre appartement. Or, Watergate savait – c'était son métier – que la plupart des appartements des immeubles Walter étaient loués par des délégations étrangères. En période de fêtes, ils étaient pratiquement toujours vides, les diplomates rentrant dans leur pays. Watergate et ses hommes définirent les endroits où il leur faudrait poster des gardes du corps, puis revinrent devant Pierre Debucquois.

- C'est fini pour aujourd'hui, dit le chef de la Sécurité, nous n'allons pas vous déranger plus longtemps.

- Oh, vous ne me dérangez pas, vous ne faites que votre travail. J'ai déjà reçu le Conseiller spécial du Président. Un homme très affable. Au fait, puis-je vous offrir un verre ?

Watergate secoua la tête.

- Il est tard et nous avons suffisamment abusé de votre patience. Nous reviendrons le jour du réveillon fouiller les endroits « sensibles ».

Pierre retourna s'asseoir auprès de sa femme, qui l'attendait religieusement sur le canapé balançoire.

New York, avril 1911.

Le timbre grave de la sirène retentit longuement dans le port. Du pont des premières classes, Maxi fait un signe discret à sa mère. Restée sur le quai, elle le regarde partir, avec un voile de tristesse, mêlée d'appréhension. La lourde masse du *Queen Mary* se met en branle. Bientôt, ce n'est plus qu'une traînée noire sur l'horizon.

Maxi n'a pas quitté le pont. Le temps est nuageux, l'air est frais, mais il aime sentir le vent du large fouetter son visage. Ça le revigore, tant mentalement que physiquement. Il sent ses joues se colorer. Lorsque la « Grosse Pomme » n'est plus qu'un grain de raisin sur fond gris, il s'empare d'un transat et demande qu'on lui apporte une couverture. Allongé, bercé par le bruit des machines et des vagues, il pense aux jours qui ont précédé ce voyage.

Notamment à ce télégramme, suivi d'une longue conversation téléphonique avec son ami Bruno Walter, qu'il a rencontré par l'intermédiaire de Mahler durant son séjour new-yorkais. Le chef viennois a appris que Maxi avait repris le piano.

- Je voudrais que tu viennes jouer « L'Empereur » avec l'orchestre du Musikverein.

- Mais Bruno, répond Maxi au bord de la panique, ça demande des mois de travail !

- Pas pour toi.

- Encore plus pour moi ! Je viens tout juste de m'y remettre, mes doigts sont rouillés.

- Débrouille-toi ! Tu as six semaines, voyage compris.

Les yeux fermés, Maxi esquisse un sourire.

En raccrochant, il se souvient d'avoir regardé sa mère, terrorisé. Elle riait de bon cœur et cela voulait dire : « J'ai confiance en toi, mon fils, tu vas réussir. » Madame Flemington était heureuse de voir Maxi remonter la pente. Elle l'était beaucoup moins de savoir qu'il se rendait à Vienne, « la ville du diable », ayant appris par des amis communs que l'ex-madame Flemington fille s'y était installée pour une durée indéterminée.

Maxi croit de nouveau en la vie. Sur le bateau, il a repéré quelques jolies jeunes femmes et les regarde avec appétit. Le pianiste sait rester gentleman et nul ne s'en rend compte (encore moins les intéressées), mais ces picotements d'ordre charnel sont nouveaux pour lui. Même durant son court mariage, il n'en a jamais ressenti de tels. Il se souvient de son amour comme d'un corset qui l'empêchait de respirer... mais certainement pas avec le souvenir d'un frémissement de bonheur.

Le bonheur. A-t-il jamais compris la signification de ce mot ?

Maxi ne peut s'empêcher de penser à Emma, évidemment. Il appréhende un peu les retrouvailles avec son ex-femme, mais pas plus que cela. Il se demande s'il en est toujours amoureux, ou bien s'il la désire comme il désire les autres femmes aujourd'hui. Sur ce bateau ou ailleurs.

À force d'égrener des pensées agréables, les yeux fermés, Maxi finit par s'endormir.

Saint-Denis, octobre 2010.

Comme tous les soirs, Kamel Swari traversait la place de la Basilique pour rentrer chez lui.

Chez lui…

Un F2 qu'il squattait avec sa femme et ses quatre enfants. Enfin, squatter n'était pas le terme approprié, puisque Kamel avait longtemps payé son loyer, avec l'exactitude d'un notaire.

Tant qu'il avait pu.

Aujourd'hui, Kamel était aux abois et le loyer était passé à la trappe. Pour que ses enfants puissent manger. L'hiver approchait et s'il devait être expulsé, ce ne serait pas avant six mois.

Il fallait gagner du temps.

Tout du moins pour sa famille car, en ce qui le concernait… il ne lui en restait guère.

Kamel Swari était vacataire dans la restauration. Tour à tour, il servait, plongeait et parfois, cuisinait, son activité favorite. Zélé, émerveillé. Presque le regard d'un enfant devant la brigade au grand complet et son vénéré chef !

Cette accumulation de petits boulots lui avait cependant fait franchir le plancher fatidique donnant droit à la CMU (couverture médicale universelle) et à l'AME (aide médicale d'État), tant et si bien que Kamel se retrouvait dans une situation dont la précarité dépassait largement celle qu'il subissait quand il ne percevait aucun revenu. En outre, il ne pouvait même pas prétendre au chômage, étant dépourvu de papiers officiels. Au début, il pensait les obtenir facilement, soutenu par des associations dont il s'était vite rendu compte que les promesses avaient des visées plus démagogiques que sociales. Au bénéfice de leaders charismatiques qui fleurissaient sur le terreau de la misère humaine.

Kamel, lui, chétif, tremblant de fièvre et de peur, se blottissait dans les bras de sa dernière et unique amie : la fatalité.

Cette fatalité à la sauce orientale avait une sœur jumelle : la spiritualité. Enfin, celle que d'aucuns inoculaient dans la tête des esprits faibles, en proie à l'adversité. Kamel s'était donc rapproché de l'imam de son quartier qui, faute de lui fournir un réconfort matériel, lui avait appris à prendre ses distances avec le monde des vivants.

Des morts vivants.

Sur la place de la Basilique, il toisa avec mépris un groupe de dealers. Le plus vieux devait avoir 17 ans ; ils étaient aussi cool que dans une cour de récréation... sauf qu'à l'entrée, ce n'était pas des mobylettes mais des BM qui étaient parquées, en épi ! Kamel s'était saigné à blanc pour que ses fils fussent scolarisés. Aujourd'hui, il ne pouvait plus suivre et redoutait le jour où, traversant cette place, il reconnaîtrait un des siens dans le groupe. Les jeunes dealaient de la blanche du Mexique. La meilleure, disait-on. Kamel en avait la nausée.

Il ne voyait plus l'intérêt de poursuivre sa route dans ce monde-là !

D'autant qu'il connaissait maintenant une alternative. Quelques jours auparavant, l'imam lui avait expliqué que la vie dans l'autre monde était beaucoup plus juste. Du moins, pour les VRAIS croyants. Il lui avait dit qu'un seul fait héroïque, ici-bas, lui ouvrirait les portes du paradis. Dans la tête embrumée de Kamel, le mot *paradis* était synonyme de plénitude. Il s'agissait bien sûr d'un concept assez flou, mais que pourrait-il trouver de pire que le monde sur lequel il avait les pieds ?

- Que devrai-je faire pour entrer au paradis ? avait naïvement demandé Kamel.

- Pour entrer dans l'autre vie, avait répondu l'imam, il faut d'abord quitter celle-là.

- Ça veut dire mourir.

- Oui, mais mourir en héros !

- Ça veut dire quoi : mourir en héros ?

- Cela veut dire : tuer les oppresseurs de notre race, ceux qui ont fait que toi et tes frères êtes acculés au point de non-retour. Les tuer, au prix de ta vie. Sachant que cette vie-là ne vaut rien, comparée à celle qui t'attend là-haut.

L'imam avait levé le regard vers le plafond de la mosquée. Il parlait bien, cet imam, et Kamel le regardait avec respect, mais il ne comprenait pas pourquoi il n'appliquait à lui-même ses préceptes.

- Parce que, avait rétorqué le religieux, Allah m'a donné une mission à accomplir dans ce monde. Pour aider les frères comme toi à passer. Quand j'aurai fini, je viendrai vous rejoindre.

- Si je meurs, avait objecté Kamel, je vais laisser une famille dans le besoin.

- Elle l'est déjà, avait dit l'imam, mais à ta mort, elle touchera une grosse somme qui lui permettra de mieux vivre l'attente de te retrouver dans un monde plus juste.

- Une grosse somme ? Versée par qui ?

- Par notre communauté. En mourant, tu aides tes frères qui restent. N'est-il pas normal que ceux-ci aident ta famille ?

Kamel n'avait même pas cherché à s'informer sur le montant de la « grosse somme ». Il avait compris que sa famille lui survivrait dans une aisance qu'il était incapable de lui procurer. Il avait compris qu'en disparaissant, disparaîtraient avec lui tous les soucis. Peu importait alors de mettre un chiffre sur une promesse de bonheur !

- Que dois-je faire ? avait demandé Kamel.
- Tu le sauras très vite.
- Quand dois-je mourir ?
- Dimanche.

Vienne, avril 1911.

EMMA A EU BEAUCOUP DE MAL à obtenir une place pour le concert exceptionnel de ce soir au Musikverein. « Complet depuis un mois ! », lui a-t-on dit au guichet, en levant les bras au ciel. Grâce à Régis Oswald, qui triomphe dans *Turandot* au Hofoper, elle a pu finalement se procurer une place d'orchestre. Le ténor a fait jouer la direction de l'Opéra, qui lui doit beaucoup. Salle comble depuis des semaines ! Ce soir, c'est relâche et le Musikverein prend le relais.

La raison de cet engouement ? Le retour du prodigieux pianiste américain qui avait enflammé Vienne, l'an passé.

Maximilian Flemington.

La capitale mondiale de la musique ne l'a pas oublié. Entretemps, Maxi a régulièrement alimenté la rubrique des faits divers... et il n'y a pas que des mélomanes dans la salle ! Pour une tranche conservatrice de la société viennoise, l'Américain est une curiosité, une sorte de John Merrick[17], plus intéressant à voir qu'à entendre.

Au dixième rang, Emma n'est pas mal placée. Régis n'a pas réussi à lui obtenir une place contiguë à la sienne, mais quelques fauteuils seulement les séparent et ils se lancent des regards complices. À l'idée de voir

[17] Elephant man.

surgir son ancien mari sous les projecteurs, Emma n'en mène pas large. Son trouble est assez difficile à percevoir, mais Régis la connaît suffisamment pour mesurer la force de ses affres.

Ami fidèle et sincère, le ténor s'est bien gardé de juger Emma. Depuis son retour à Vienne, les jeunes gens se sont revus plusieurs fois et leur conversation n'a jamais effleuré le drame. Lorsqu'ils ont parlé de Maxi, c'était juste pour saluer son retour à la scène et la redécouverte de son admirable talent. Comme s'il sortait d'une très longue maladie.

Ce qui est le cas.

Les premiers applaudissements saluent l'arrivée du chef d'orchestre, le tout jeune Bruno Walter. Les seconds accompagnent Maxi quand, d'un pas hésitant, il pénètre sous les faisceaux. Emma se retourne vers Régis, avec un sourire gauche. Elle est écarlate. Maxi n'a pas changé. Leur séparation est encore fraîche, comme le ciment d'un mur qui vient d'être bâti. Son génie non plus n'a pas changé. Les premières notes du concerto n° 5 de Beethoven, dit « L'Empereur », en témoignent. Au fil de la partition, on sent toutefois que l'enfant prodige a perdu cette virtuosité bouillonnante, au bénéfice d'une interprétation plus maîtrisée, plus mature, ainsi que l'était devenu Beethoven quand il a écrit cet ultime concerto. Cela ne l'empêche pas de porter le final comme un étendard sur un champ de bataille napoléonien, soutenu par le feu nourri de l'orchestre. L'ovation qui suit l'est encore davantage, entremêlée de bravos et de hourrahs qui semblent devoir ne plus finir. Emma se retourne derechef vers Régis ; elle est en larmes. Le ténor reste statique, mais très pâle. De toute évidence, secoué par un maelström intérieur. S'ensuivent une douzaine de rappels – Emma prétend en avoir compté quinze – jusqu'au départ de l'orchestre et à l'extinction des feux de la rampe. Emma se retrouve alors seule avec Régis, au milieu de l'immense salle vide et de ses dorures.

- Si nous allions féliciter Maxi ? suggère Régis.

- Je ne suis pas sûre de le vouloir, dit Emma.

Régis la prend par le bras et l'entraîne.

- Moi, je suis sûr que vous êtes venue pour cela.

Les loges fourmillent de monde. Un jeune garçon très brun s'approche du ténor.

- C'est toi, Régis Oswald ?

- Oui.

- Je t'ai reconnu. Tu es vraiment très bien dans le rôle de Calaf.

- Merci, jeune homme. Puis-je savoir à qui j'ai l'honneur ?

Dans le dos de Régis, c'est une voix familière qui répond.

- Je te présente mon ami Erich Korngold. Il a 13 ans et vient d'écrire un ballet, *Der Schneermann*, qui va être joué à l'Opéra.

Régis fait une moue admirative.

- Effectivement, ce nom me dit quelque chose. J'ai dû le voir dans la programmation. Félicitations, jeune homme !

- Un jour, rétorque le jeune Erich, j'écrirai un opéra pour toi. Je l'appellerai « La Ville morte ».

- « La Ville morte » ? Quel titre morbide dans la bouche d'un si jeune garçon ! Pourquoi « La Ville morte » ?

- Parce que c'est ce que Vienne est en train de devenir : la capitale d'un monde qui se meurt.

Maxi passe la main dans la tignasse noire du gamin et lui donne une gentille tape sur les fesses.

- Allons, garnement, tu ferais mieux d'aller jouer avec tes copains, plutôt que de raconter des idioties pareilles !

- C'est vous, mes copains.

- Après tout, intervient Emma, s'il a écrit ce ballet que la critique semble encenser, vous ne pouvez le repousser comme un vulgaire morpion ! Il est des vôtres, messieurs.

À cet instant, le regard de la jeune femme croise celui de Maxi.

- Bonjour, Emma, dit-il. Tu es resplendissante.

- Merci. Et toi, je t'ai trouvé époustouflant, comme à l'accoutumée... non, en fait, j'estime que tu as mûri, que ton style s'est affirmé, que...

- Si nous allions prendre un verre, tous les quatre ?

- Tous les quatre ? s'étonne Régis.

- Eh oui. Comme l'a dit Emma, le jeune Erich fait partie du groupe !

Paris, octobre 2010.

En une soirée, le palais Garnier retrouvait son lustre d'antan. Les hommes portaient tous un smoking et les dames se pavanaient en robe longue. Opéra ou tour de Babel ? On y parlait toutes les langues, ce soir-là, avec une prédominance de l'anglais, espéranto du XXIe siècle.

Chaque premier samedi d'octobre – autrement dit, la veille du Prix de l'Arc de triomphe – se déroulait un dîner de gala, rassemblant tous les dirigeants hippiques de la planète. Pour la puissance invitante, France Galop, c'était l'occasion de mettre en exergue la prospérité des courses françaises, à travers une vitrine culturelle et gastronomique. Rien n'était trop beau ! Ni les vins, ni la vaisselle, ni même le lieu, souvent un vestige prestigieux du passé.

Pour beaucoup d'étrangers, les Français étaient devenus des gardiens de musées... mais ils les gardaient bien !

En cet an de grâce 2010, le dîner de l'Arc revêtait cependant un caractère exceptionnel avec la présence conjointe de l'émir du Qatar, le sponsor, et de madame le Premier ministre d'Israël. Dans son allocution, le président de France Galop n'avait d'ailleurs pas manqué de souligner la « grande réconciliation » autour du cheval. Daniel Barenboïm apportait sa pierre à l'édifice par l'entremise du West Eastern Divan Orchestra, formation composée, à parité, de musiciens israéliens et palestiniens. Durant ses dix ans d'existence, elle avait aussi démontré que la musique, comme le cheval, était un agent réconciliateur. Car le WEDO n'occultait aucune musique, de la plus romantique à la plus martiale (il interprétait notamment Wagner, interdit en Israël). L'allocutaire termina son discours par une allégorie. Le WEDO était né un an après la chute du mur de la honte pour faire tomber cet autre mur, qui tranche la chair d'un peuple, en Cisjordanie. Enfin, il fit remarquer que l'acronyme WEDO… *we do*, était à juxtaposer au slogan *yes we can* de la campagne élective du président des États-Unis. Au *we can* présidentiel, Barenboïm répondait *we do*… et il le faisait !

L'éloquence fut très applaudie.

Entre l'apéritif et le dîner, Barenboïm dirigea le concerto n° 5 de Beethoven, « L'Empereur », de son piano. Avant de s'y asseoir, il avait rendu hommage à Goethe dont « Le Divan occidental et oriental » avait donné son nom à l'orchestre, avant de remercier France Galop qui s'était engagé à lui reverser une partie de ses bénéfices. Car cette soirée avait aussi une finalité caritative, montrant que le cheval, après avoir été un instrument de guerre, pouvait devenir un ange de la paix.

Sarah Ziegler, son époux et sa garde prétorienne occupaient une partie du dixième rang d'orchestre, aux côtés de l'émir du Qatar et de sa nombreuse suite. D'après les spécialistes, l'acoustique y était la meilleure, en dehors des balcons. Tim Nichollson avait été placé cinq rangs plus loin, en diagonale par rapport à Sarah. Si bien qu'il distinguait très bien son élégant profil et que cette dernière pouvait, en se retournant discrètement, croiser le regard du jeune homme.

Lors du cocktail, elle l'avait reconnu. L'homme à tout faire de l'ambassadeur US, croisé au Crillon, durant le raout de l'association France-Israël, il y a presque un an. Ce beau blond dont le visage aux traits fins avait longtemps perturbé ses nuits. À en croire l'insistance de ses regards, il l'avait reconnue, lui aussi. Sarah aurait donné n'importe quoi pour se détacher de ces encombrants flagorneurs qui caquetaient autour d'elle. Mais sa fonction, son statut, le protocole... le lui interdisaient.

Et encore moins pour aller à l'encontre d'un bel inconnu !

Elle laissait donc parler ses yeux et recueillait le message que lui envoyaient ceux de Tim. L'un et l'autre figés et muets, au centre de la basse-cour diplomatique.

Pendant le concert, la salle n'étant éclairée que par les lumières de la scène, Sarah se retourna à plusieurs reprises. Chaque fois, elle vit le regard du jeune homme aux cheveux d'or fin posé sur elle. Elle crut même deviner un sourire. Mais ne l'avait-elle pas imaginé dans les rêves qui avaient suivi cette première rencontre ?

Un an déjà.

Paris, octobre 2010.

Ce même soir, Marion Hennette, *alias* « Marionnette », reçut un texto : « *Tonton Paul fête son anniversaire au Grand Hôtel, à 20h30.* »

À quelques octaves seulement de l'Opéra où le gala du Prix de l'Arc de triomphe battait son plein, une jeune femme menue, vêtue de noir, fit son entrée à l'heure dite dans le bar du célèbre palace, racheté par la firme Intercontinental. Lester Blum l'attendait dans un coin, sur une banquette Chesterfield, en train de siroter un bloody mary.

- Je crois que nous allons entrer dans la phase active, annonça-t-il sans même laisser à son invitée le temps de s'installer et de passer commande.

- Pas de souci, dit Marionnette. Où et quand ?

- Demain à Longchamp.

- Vous ne pensez pas qu'il y aura un peu trop de témoins ?

- Je pense surtout qu'il y a urgence, dit Blum. Je ne sais comment il compte s'y prendre, mais je pressens que Nichollson va profiter de la grande foule pour passer à l'action.

Le Conseiller spécial sortit une pile de documents d'une serviette et les étala sur la table.

- L'homme est gravement perturbé, d'après toutes les informations que j'ai pu collecter à son sujet. Il souffrirait d'une forme de schizophrénie aiguë, de celles qui font les plus redoutables prédateurs. D'autant que le type ne doit même pas s'imaginer une fraction de seconde qu'il est manipulé. Il est dans sa bulle et il avance. De toute façon, je m'en tape ! Je ne connais rien de son *modus operandi* et je vous emploie en mission préventive. Il faut frapper avant qu'il ne frappe.

- Très bien.

- De votre côté, reprit Blum, qu'a donné la filature ?

- D'abord, je crois que je me suis fait repérer et cela va dans le sens de l'urgence que vous me décriviez. Ensuite, pour tout dire, je n'ai pas appris grand-chose, si ce n'est qu'il rend visite à un psy régulièrement. S'il roule pour la partie adverse, il faudra peut-être d'ailleurs songer à régler son cas.

- Certes, mais ce n'est pas une priorité.

Blum fouilla derechef dans sa serviette et en sortit une enveloppe.

- Voici toutes vos accréditations pour la journée de demain à Longchamp. Vous avez même accès aux *restricted areas*, comme les écuries, qui sont très surveillées ce jour-là. Vous serez propriétaire, ma chère ! Je compte sur une tenue idoine.

- Si c'est à une capeline avec un jardin suspendu sur la tête que vous pensez... bonjour la discrétion !

- Vous devriez pourtant savoir qu'au carnaval, c'est en n'étant pas déguisé qu'on se fait repérer.

Longchamp, octobre 2010.

Lorsque Jean Freycinet se présenta au parking des propriétaires, il était déjà plein. Agacé, il lança au voiturier les clés de la Bentley, enroulées dans un billet de vingt euros, puis disparut. Pochette avait mis une heure pour traverser le bois de Boulogne et le confort douillet de la Bentley, comme sa clim' parfumée, n'avait pas réussi à le détendre. De surcroît, sa redingote était froissée ; cela le mettait de méchante humeur.

On attendait, ce jour, près de 60 000 personnes et la voiture était le meilleur, pour ne pas dire l'unique, moyen de se rendre à Longchamp. Dès midi, on n'avançait plus depuis la porte Maillot.

Quelques minutes plus tard, Aureliano Perea, Melchior Le Dantec et Yu débarquèrent au parking du Comité, dans la Jaguar que le Mexicain avait louée durant son séjour parisien. Superstitieux, ce dernier conduisait exclusivement des Jaguar, qu'il surnommait toutes *Cocijo*, nom d'un dieu zapotèque à tête éponyme. Pour la circonstance, Perea s'était rendu acquéreur d'un huit-reflets défraîchi, ainsi que d'un *morning dress* coupé à la va-vite, qui mettait en valeur son embonpoint et achevait de le rendre ridicule. Côté ostentatoire, Le Dantec n'avait rien à lui envier. Avec son Stetson, ses *bolo ties* à tête de cheval et ses santiags, on l'aurait cru sorti d'une vieille pellicule aux couleurs délavées, de la série « Dallas ». Seul le jeune Coréen donnait dans la sobriété, vêtu d'un costume uni bleu électrique, taillé dans la meilleure étoffe. Tous trois se rendirent à la loge, louée à l'année par Freycinet, où ils se feraient servir un snack et du champagne.

Pour sa part, Ibrahim Boughrani avait opté pour la discrétion. À bord d'une Laguna qu'il conduisait lui-même, il s'était garé au parking public et avait payé sa place comme n'importe quel turfiste. L'émissaire de l'Autorité palestinienne s'était déplacé, à contrecœur, pour poser aux côtés de madame Ziegler. Plus il se frayait un chemin dans la foule, plus il se disait que les retombées seraient mal perçues. Par son peuple, en tout cas. L'idée était de Lester Blum, un fin diplomate dont il respectait l'intelligence, mais nul n'était infaillible, pas même les plus brillants esprits !

Où était Blum, d'ailleurs ? Personne ne l'avait vu. Se cachait-il dans la foule ou s'était-il décommandé au dernier moment, comme le président de la République que la grippe clouait au lit ? Comme si un simple virus pouvait ralentir la danse endiablée de celui que les Français surnommaient « l'Omniprésident » !

Deux heures avant le départ de la première course, l'hippodrome était déjà très animé. Des orchestres de jazz « New Orleans » jouaient dans les travées. Le Dantec sautillait aux cadences du pays. Des effluves de cacahuètes grillées, de nougatine et de pop-corn agaçaient les narines. Des enfants couraient dans tous les sens avec des ballons de baudruche, d'autres, plus calmes, effectuaient leur baptême de poney sous l'œil inquiet des parents. Devant la statue de Gladiateur[18], drapé de leur dignité et de l'*Union Jack*, les *Welsh Guards* interprétaient une marche solennelle d'Elgar.

C'est devant cette même statue que Pochette avait donné rendez-vous à Tune, son rabatteur de gros gagnants. Le visage à moitié caché par un vieux chapeau

[18] Premier vainqueur français du derby d'Epsom en 1865, Gladiateur fut surnommé « le vengeur de Waterloo ».

melon élimé, il ne le reconnut pas immédiatement. Puis il éclata de rire :

- Ma mère avait une expression pour décrire ce genre d'accoutrement : ça te va comme un tablier à une vache !

Tune ne pipa mot, regardant Freycinet de ses yeux globuleux et attendant ses instructions.

- Tu vas te glisser aux écuries et te démerder pour m'obtenir le code du transpondeur du favori de l'Arc. Fais-toi passer pour un employé du service vétérinaire – aujourd'hui, ils sont en surnombre – et procure-toi le lecteur de la puce électronique, ou bien vérifie sur le livret signalétique du cheval, mais ramène-moi ce putain de code, que je l'entre dans la mémoire des jumelles. Ensuite – mais seulement après ! – tu t'occuperas des parieurs gagnants, si les rapports sont suffisamment élevés et si tu en trouves pour négocier leur ticket !

- OK, patron.

- Je ne bougerai pas de ma loge.

- Bien, patron.

- Au fait, vire-moi ce chapeau de clown, si tu ne veux pas te faire repérer ! T'as pas la gueule d'un proprio, mon pauvre vieux.

Tune disparut en trottinant. Le regardant s'éloigner, Pochette pensa : « Ce type est une mine d'or, tant qu'il reste un robot téléguidé. Mais s'il se met à penser, c'est un coup à foirer la mécanique. » Puis il fit la moue, en se disant qu'il en était de même pour bon nombre de ses semblables. Tune avait au moins un avantage : il ne cherchait pas à sortir de la masse. C'était ce qui le rendait précieux aux yeux d'un Freycinet.

Si Jean Freycinet, *alias* Pochette, avait obtenu de l'ARJEL des licences lui permettant d'exploiter légalement des sites de paris en ligne, il gérait aussi – toujours pour le compte de Perea – des sites off-shore de bookmakers et de *betting exchange* parfaitement illicites. Les sites en question proposaient des paris à cote fixe, ce qu'interdisait formellement la loi française, celle-ci ne reconnaissant que le principe du pari mutuel. En effet, le pari à cote fixe engage le collecteur qui, en matière de pari mutuel, n'est qu'un répartiteur, indifférent au résultat de la course. En d'autres termes, l'opérateur de pari mutuel effectue les prélèvements légaux puis redistribue l'argent aux gagnants, tandis que le bookmaker joue avec ses billes. Si le favori gagne, il perd de l'argent et dans le cas contraire, il engrange de substantiels bénéfices.

Grâce à ses *wave bins* (jumelles dotées d'un algorithme intégrant le principe du retournement temporel) dont il avait brillamment démontré l'efficacité à Chantilly, Pochette allait donc faire en sorte que le favori du Prix de l'Arc de triomphe connût une défaillance, au moment du sprint.

- Tu comprends, expliqua-t-il à Perea, le cheval que nous avons dans la course n'est pas assez bon pour gagner l'Arc, même en lui envoyant ces, comment dire... ondes énergétiques.

Le Mexicain ne comprenait rien au principe du retournement temporel, mais il croyait Freycinet sur parole. Tant que l'argent de la coke sortait « plus blanc que blanc » du compte de France Galop, par l'entremise des dotations allouées aux propriétaires des gagnants.

- En revanche, poursuivit Pochette, si je ne puis aider le nôtre à gagner, je peux m'arranger pour que le grand favori soit dans un jour sans. Ce cheval a une telle classe que j'aurai du mal à l'empêcher de finir à l'arrivée, mais pour « la gagne », je vais sérieusement lui compliquer la tâche. Et nous, Tenente, c'est sur les paris gagnants que nous gagnons notre vie !

Perea opina du bonnet sans rien dire et Le Dantec enveloppa Pochette du regard. L'air de dire : « Il est vraiment bien, ton copain ! » En retrait, Yu observait une neutralité typiquement asiatique. Il demandait à voir.

- Vous m'aviez annoncé un quatrième homme, dit Pochette. Où est-il ?

Le Dantec répondit :

- Vous devez parler de Smith. Mr. Smith n'est jamais là où on l'attend, mais il exécute toujours ses missions avec zèle. Je l'ai chargé de la surveillance du « sujet » et, le cas échéant, de sa protection. Si d'aventure quelqu'un voulait l'empêcher de réaliser ce pour quoi il a été programmé.

- Je crois effectivement que les Américains se doutent de quelque chose, dit Pochette, mais ils ne savent pas tout.

- Suffisamment, en tout cas, pour appliquer le sacro-saint principe de précaution, rétorqua Le Dantec.

- C'est la raison pour laquelle il ne faut rien laisser au hasard.

- Mr. Smith s'y emploie.

Kamel Swari était arrivé à Longchamp tôt dans la matinée. Il s'était directement rendu à la tribune présidentielle pour prendre ses instructions. On lui avait confié l'approvisionnement en champagne et son service en extra, au cas où la demande excéderait la disponibilité du personnel. Lors de journées comme celles-là, la consommation du vin pétillant et festif pouvait atteindre des pics, si les favoris avaient la bonne idée de tenir leurs promesses !

Kamel avait été engagé à la vacation par la société qui gérait la brasserie et la restauration sur l'hippodrome. Ladite société n'en louait la concession que pour une seule et unique journée : celle du Qatar Prix de l'Arc de triomphe. Elle y réalisait son chiffre d'affaires de l'année. Toutes les autres – même les dimanches – étaient déficitaires !

Lorsqu'il eut fini de dégrafer les caisses de champagne, d'empiler les bouteilles et de préparer les seaux à glace, Kamel réalisa qu'il était l'heure de se changer. Il pénétra dans le vestiaire du personnel, observant que la plupart de ses collègues avaient eu la même idée au même moment. Il prit alors son sac, sa veste blanche et se dirigea vers les toilettes. Il se mit torse nu et enroula autour de sa taille une ceinture de dynamite qu'il venait d'extraire du sac. Ensuite, il enfila sa chemise et la rentra dans le pantalon, par-dessus la ceinture. Quoi que peu volumineuse – les chimistes d'Al-Qaïda Maghreb (basés en Algérie) avaient réalisé de gros progrès quant au rapport taille/puissance des explosifs – celle-ci donnait au porteur une silhouette de bouteille de Perrier. Petit et très maigre, Kamel ne reconnaissait pas son image dans le miroir des toilettes, avec cet air de Bibendum et ses poignées d'amour... pneumatiques. Qu'à cela ne tienne ! N'étant qu'un vacataire très occasionnel, personne ne connaissait sa morphologie. Ça passerait.

Il fallait que ça passe !

Kamel tira un coup sec sur sa veste pour lui donner une forme plus rectiligne, sans trop insister cependant. On ne chahutait pas impunément la dynamite ! Il s'assura que le détonateur était bien en place, tâta la bosse que faisait la télécommande dans sa poche, puis il sortit la tête haute et alla rejoindre ses collègues au bar.

L'immense Cadillac noire de l'ambassadeur des États-Unis, sur le capot de laquelle flottait le *Stars and stripes*, s'arrêta devant la grille d'honneur à 12 h 30 très précises. Son Excellence en descendit avec sa femme et son secrétaire particulier, accueilli par le président de France Galop qui l'accompagna jusqu'à la tribune présidentielle. De nombreux Qataris, enveloppés de dishdashas immaculées et coiffés du traditionnel keffieh pied-de-poule, rouge et blanc, étaient déjà installés au bar, consommant jus de fruits, sodas ou Coca-Cola. À l'arrivée du diplomate américain, ils se levèrent respectueusement et le brouhaha cessa.

À peine eurent-ils le temps de se rasseoir que la délégation israélienne fit son entrée, menée par madame le Premier ministre, suivie de son époux. Cette fois, le silence fut plus chargé d'angoisse que de respect. Puis les conversations reprirent, comme si de rien n'était, et le président de France Galop accompagna le couple Ziegler jusqu'à la tribune officielle où l'on servait un apéritif, en attendant le déjeuner. Sarah passa très près de Tim, le frôlant presque. Une fraction de seconde, leurs regards se fondirent dans une fixité qui exclut le monde extérieur. Puis les traits de la rousse se relâchèrent, elle esquissa un vague sourire et se rendit à la place qu'on lui indiquait.

La joie de Stefan Ziegler, elle, était intérieure. Son plan se mettait en place. Le jeune éphèbe, préparé psychologiquement par Pochette et son équipe, remplissait à merveille son rôle d'appât, et cette « chienne en chaleur » qui lui tenait lieu d'épouse était sous l'influence de ses phéromones. Le talon d'Achille de cette femme à l'intelligence froide et méthodique, que ses ennemis politiques qualifiaient souvent de « Mitterrand en jupons ». Le matin même, en pénétrant dans la chambre de Sarah pour savoir si elle était prête, Stefan s'était aperçu qu'elle avait laissé sa petite culotte en dentelle rouge sur le lit. Nul doute qu'elle envisageait un rapport sexuel avec l'homme aux cheveux blond paille, aujourd'hui même, et Stefan était curieux de savoir comment elle allait s'y prendre, avec ces agents du Mossad qui bourdonnaient tous azimuts, comme de vilains frelons autour d'une jolie fleur.

Car madame le Premier ministre était très en beauté, en ce jour de fête et de réconciliation autour du dieu cheval ! Dans un tailleur Chanel vert émeraude, mettant en valeur les proportions idéales d'un corps que la quarantaine n'avait nullement alourdi, elle avait fière allure. Laissant toute liberté à sa crinière orange, tombant comme une cascade sur ses épaules, elle n'avait pas voulu de ces capelines qui ressemblent à des soucoupes volantes et masquent les trois quarts du visage. Si bien qu'un petit bonnet vert à plumes – style Robin des Bois – lui faisait office de couvre-chef, un jour où il était impensable que les élégantes de l'Enclosure allassent tête nue.

Durant le déjeuner, Sarah et Tim ne se quittèrent pas des yeux. Ils ne s'étaient jamais dit un mot, mais on avait l'impression qu'ils se connaissaient depuis toujours. Chez le jeune Américain, il s'agissait plus que d'une impression. Il partait à la reconquête de sa femme, le seul et unique amour de sa vie. Sa voisine de table, l'épouse d'un préfet, essayait vainement d'engager la conversation. Tim lui répondait par monosyllabes, parfois d'un simple hochement de tête. Très vite, elle avait compris le sens des échanges de regards et s'était tournée vers son voisin de gauche. Autre témoin privilégié de la scène, Stefan Ziegler savourait sa future vengeance, bien davantage que le nougat glacé de chez Lenôtre servi en dessert.

Lester Blum avait finalement renoncé à Longchamp, préférant se tenir en observateur. À l'extérieur de l'arène. Toutefois, il avait fait jouer ses relations pour que Marionnette fût invitée à ce même déjeuner. Ce petit bout de femme si frêle... et cependant plus dangereux qu'une mygale ! Toujours vêtue de noir et chapeautée à l'avenant, elle était installée à trois tables de là, avec une vue dégagée sur sa proie. Bien entendu, son arme favorite – la marionnette indonésienne – était restée au râtelier. Par souci de discrétion, la petite Marion avait juste bricolé une griffe, sous forme de faux ongle, alimentée par un petit réservoir à venin, aussi gros qu'un dé à coudre. Le tout au fond d'un minisac de chez Dior, en vernis noir. Très élégant. Très sobre.

Catherine et Pierre Debucquois retrouvèrent Jean Freycinet au rond de présentation, vingt minutes avant l'heure H. Il y avait un monde fou ! Entre les photographes, les journalistes, les cadreurs et preneurs de son, les câbles de télé qui traînaient par terre, les inévitables « pipoles » venus se montrer, les propriétaires, leurs amis et les amis de leurs amis, ainsi bien sûr que les acteurs : jockeys et entraîneurs... il était difficile de se frayer un chemin. Pochette s'inclina pour effleurer des lèvres la main de Catherine, puis il bavarda avec son vieil ami en attendant son jockey.

- Ton cheval est magnifique, dit Pierre en voyant passer devant eux un sculptural alezan aux muscles bien dessinés.

- Peut-être, répondit Pochette, mais il n'a qu'une chance secondaire. Je l'ai engagé pour faire plaisir à mon associé mexicain, qui est de passage à Paris. Pour moi, le favori est imbattable.

- Ça risque de te coûter cher s'il gagne.

Pochette prit un air offusqué.

- Je ne suis pas bookmaker, Pierre !

- En France, sûrement pas... sinon, je ne t'aurais jamais accordé une licence.

- Ni en France, ni ailleurs !

Pierre Debucquois ne voulut pas mettre en péril une amitié vieille de quarante ans. Il fit semblant de croire Freycinet et s'apprêtait à changer de sujet lorsque l'arrivée du jockey mit fin à la conversation. Il venait « aux ordres », c'est-à-dire écouter les recommandations de l'entraîneur, et les Debucquois s'éclipsèrent discrètement.

La speakerine de l'hippodrome annonça d'une voix suave : « *Les chevaux sortent sur la piste pour le défilé.* »

Il était temps pour tout le monde de regagner les tribunes. Les cheikhs arabes et leurs innombrables factotums, les femmes flamants roses, perchées sur leurs talons aiguilles, les politiques en démonstration, les propriétaires stressés par l'enjeu, les entraîneurs minés par l'angoisse d'avoir oublié un détail dans la préparation de leur champion, les joueurs doutant d'avoir fait le bon choix... et madame le Premier ministre d'Israël, suivie par sa garde prétorienne.

Et suivie des yeux par un jeune homme blond dont le regard agissait tel un missile téléguidé.

Soudain, elle vit un petit homme très mince, aux cheveux crépus, vêtu d'un imperméable froissé, s'avancer vers elle.

- Bonjour, monsieur l'émissaire.

- Bonjour, madame le Premier ministre.

Le Palestinien tendit la main à Sarah, qui la garda dans la sienne, le temps de se tourner vers une haie de photographes. Pendant que les flashes crépitaient, elle se pencha à l'oreille du petit homme :

- Je suis heureuse de voir que la passion du cheval nous rassemble aussi.

Elle insista sur le « aussi ». Puis Sarah relâcha la main de Boughrani, lui décerna un large sourire et se dirigea d'un pas énergique vers les tribunes.

À chaque fois qu'elle se retournait de trois quarts, Sarah surprenait le regard de Tim. Lorsqu'elle marchait droit devant, elle le sentait dans son dos. Comme l'œil qui vous épie, au-dessus des nuages. Empruntant l'escalator qui menait à la terrasse, elle se retourna et vit Tim lui sourire. Elle lui rendit gauchement son sourire puis, arrivée en haut, fit volte-face.

Vienne, avril 1911.

En sortant du café, Maxi salue ses amis et supporters, donne une tape sur les fesses du jeune Erich, puis se retrouve seul à seul avec son ex-femme. Les yeux dans les yeux.

- Bon, dit-il en faisant une grimace.
- Que fais-tu ? demande Emma.
- Euh, rien.
- Alors, raccompagne-moi !
- Comment ?
- En tram, pardi. Allez, saute !

Un tramway vient de s'arrêter. Emma pousse Maxi à l'intérieur. Il est presque vide. Les jeunes gens font quasiment le tour du Ring et soudain, Emma se lève en s'écriant :

- J'habite là.
- Tu veux que je descende ?
- Non, mais on se voit demain. Passe me prendre à 10 heures ! J'ai une surprise pour toi.

Le lendemain, à 10 heures tapantes, Maxi fait les cent pas devant le porche qu'Emma lui a désigné comme étant celui de son immeuble. Cette fois, il s'est procuré une automobile. Le nouveau modèle de Mercedes, une marque qui se développe en Allemagne. Le double battant de la lourde porte s'ouvre sur Emma, qui apparaît en tenue de cavalière. Devant la surprise de Maxi, la jeune fille rit de bon cœur. Elle passe ses doigts dans sa longue crinière fauve. Maxi adore ce geste récurrent. Il y voit beaucoup de grâce et de fraîcheur.

- Où vas-tu comme ça ? demande-t-il.

- À la Spanische Hofreitschule, l'École espagnole. C'est là que je prends mes cours d'équitation. Tu m'accompagnes ?

- Banco.

- Tu seras mon cavalier.

Emma éclate de rire. Maxi se dit qu'il a toujours aimé ce rire. Il en a la chair de poule.

Au premier balcon du grand et majestueux manège, Maxi assiste seul à la reprise de 10 heures. En selle sur un lipizzan de 10 ans, Emma se joue de la Haute École avec une étonnante aisance. Passage, appuyé au trot puis au galop, pirouette, piaffer, pas espagnol... on croirait qu'elle a fait ça toute sa vie ! Maxi n'en revient pas. Il ne comprend rien à l'allemand, mais à lire les expressions du visage de l'instructeur, il semblerait que l'homme au bicorne soit satisfait de son élève. Il caresse longuement la robe gris clair du lipizzan, lisse le toupet blanc, adresse un salut militaire à Emma, puis disparaît. Les autres cavaliers se dirigent vers les écuries en file indienne, mais Emma reste seule au milieu du manège. Elle attend Maxi qui dévale, quatre à quatre, les marches du grand escalier. Il court sur la terre battue et arrive, haletant, devant Emma. Elle le toise, du haut de sa monture.

- Alors ?

- Je ne sais que dire.

- Alors, ne dis rien !

- Si. Je croyais que les femmes montaient en amazone ?

- Les femmes qui acceptent leur condition. Celles qui n'ouvrent les jambes que pour enfanter, oui !

- Emma !

- Quoi, Emma ? Tu ne vas pas recommencer. On croirait entendre ta mère !

La jeune rousse saute à terre puis, tenant son

cheval par la bride, le ramène à son box, suivi à distance par Maxi, trottinant. À l'intérieur du box règne une suave tiédeur. Emma dégarnit son cheval, qui n'attendait que ça pour se rouler dans la paille.

- Écarte-toi ! ordonne-t-elle à Maxi.

Le pianiste sort du box. L'animal s'agenouille, renifle le sol, renâcle, se laisse tomber lourdement sur sa profonde litière et s'y étire langoureusement. Puis il se relève, secoue l'encolure et s'ébroue dans un nuage de poussière, constellé de brins de paille. Emma lui flatte l'encolure et Maxi pénètre derechef dans le box dont l'occupant permanent s'est dirigé vers la mangeoire. Emma et Maxi se regardent longuement. La jeune femme soupire, encombrée par la selle volumineuse, la cravache et la bride, dont on entend le cliquetis du mors sur les étriers. Elle s'en déleste et déboutonne son corsage. Il fait très chaud. Pour la première fois, Maxi ressent un désir animal, bestial envers Emma. Celui qui déchire le bas-ventre et vous pousse à commettre un acte irréfléchi. Serait-ce la tenue de cavalière, union suggestive de finesse et de brutalité, cette situation incongrue près d'une bête aux instincts primaires, ou tout simplement le regard désinhibé d'un fauve convoitant une femelle ? Maxi s'approche doucement d'Emma, sans la quitter des yeux, arrache son corsage comme une affiche sur un mur, la pousse contre la paroi et la prend violemment, sans baiser ni caresse, sous le regard indifférent du hongre qui poursuit son repas.

- Si tu m'avais prise comme cela, ne serait-ce qu'une seule fois, jamais je ne t'aurais trompé, dit Emma en se rhabillant.

Maxi ne répond rien. Il ramasse la selle et la bride, prend Emma par la main et la traîne, à moitié nue, vers la sellerie.

Longchamp, octobre 2010.

KAMEL SE SOUVINT des paroles de l'imam : « Surtout, ne fais rien avant la grande course ! Ils seront tous là et penseront à autre chose qu'à te surveiller. Attends le départ ! Tous les regards seront tournés vers la piste. Alors – mais seulement alors – approche-toi de la table des Juifs et fais-moi exploser tout ça ! Bon voyage, mon frère ! Sache que je t'envie, que nous t'envions tous. Allah t'a choisi pour une importante mission ; il saura te récompenser. »

Les Ziegler et leur suite avaient regagné la tribune présidentielle. Ils s'y installèrent durant le défilé. Le personnel veillait à ce qu'ils ne manquassent de rien et le jeune Beur faisait du zèle. Sarah était trop occupée à chercher le regard de Tim pour s'apercevoir de son manège. En outre, elle aimait le champagne et refusait rarement une coupe. C'était une chance pour Kamel, dont l'assiduité s'avérait naturelle.

Le commentateur annonça : « *Les chevaux sont sous les ordres !* »

Kamel sentit une main se poser sur son épaule. Il se retourna et fit face à un homme en noir, équipé d'une oreillette et d'un micro. Il se présenta :

- Service de sécurité. On voudrait vous fouiller.

Kamel eut un mouvement de recul.

- Ne vous inquiétez pas, dit l'homme. Simple formalité.

Kamel fut secoué de convulsions. Pris de panique, il s'écarta de trois pas et cria :

- N'approchez pas, sinon je fais tout exploser !

Ce faisant, il sortit de sa poche une télécommande qui ressemblait à des clés de voiture et la brandit nerveusement devant l'agent du Mossad, pour se rendre crédible. Les convives se levèrent de leur siège, terrorisés, courant dans tous les sens. Bientôt, ce fut la confusion la plus totale. Ensuite, tout se passa très vite. Une tache rouge apparut sur le front du Beur, qui s'écroula aux pieds du vigile.

Israël était un État en guerre et ses dirigeants ne se déplaçaient jamais sans un bouclier de tireurs d'élite.

Sarah s'était levée en même temps que tout le monde. Se précipitant vers la sortie, elle avait croisé Tim dont le regard demeurait serein. Elle y trouva du réconfort et se reprit. De l'autre côté de la tribune, on entendit une immense clameur, relayée par la voix grave du commentateur. La course venait de partir. Tim était à dix mètres de Sarah ; ses yeux ne la quittaient pas. Profitant de la confusion générale, elle lui fit un signe de tête, l'invitant à la suivre. Tout Longchamp avait les yeux rivés sur « la plus grande course du monde » et les gardes du corps de la Première dame israélienne s'affairaient à dégager le cadavre du terroriste et à rassurer les invités de la présidence.

Une course comme le Prix de l'Arc de triomphe se dispute sur 2 400 mètres et dure environ deux minutes et demie. C'est à la fois très court et très long car, en deux minutes trente, d'un côté comme de l'autre des tribunes, il peut s'en passer des choses !

Ainsi, Timothy Erasmus Nichollson emboîta-t-il le pas de la Première dame israélienne, lui même flanqué d'une ombre noire dont il ne remarqua pas la présence. Marionnette se disait qu'il ne lui restait guère de temps pour agir, car le « projectile » allait bientôt impacter la « cible » ; il fallait donc le détruire.

Avant !

Le paddock et les écuries étaient entièrement vides. Tout le monde s'était pressé dans les tribunes et ceux que leur tâche retenait en bas – lads, garçons de voyage, etc. – avaient les yeux scotchés sur les récepteurs de télévision accrochés aux parois murales. La litanie monocorde du commentateur tranchait un silence de plomb avec la régularité d'une scie. Au rythme de sa voix, on devinait que l'action n'avait pas encore commencé.

Sarah entra dans un box inoccupé. Avant de refermer la porte, elle se retourna pour vérifier que le blond l'avait bien vu entrer. Elle lui lança une œillade envoûtante et disparut. Sous la domination totale de ses sens, elle n'avait pas remarqué que son suiveur était lui-même suivi et le galant, dans un semblable état de dépendance, ne s'en était pas davantage aperçu.

Il restait à Marionnette quelques secondes pour agir. Du bout des lèvres, à peine audible, presque mentalement, elle sifflota l'air de Gounod (fa-fa-mi-ré-mi-fa-sol), prit son élan, leva le bras au bout duquel se dressait la griffe mortelle quand, soudain, elle sentit son poignet pris dans l'étau d'une main d'acier.

- Pas de ça, ma mignonne, murmura une voix dans son oreille. Mon nom est Smith et mon arme, dont tu sens le canon sur tes côtes, s'appelle Smith, elle aussi.

Comme si de rien n'était, inconscient de ce qui se tramait derrière lui, Tim pénétra dans le box et referma la porte à son tour.

- Tu vas gentiment lâcher ta griffe et la laisser glisser par terre, poursuivit Smith, sinon je perce un tunnel dans tes jolies collines.

Mr. Smith écrasa du pied le faux ongle et sa capsule de venin sur le sol, puis relâcha Marionnette, qui se retourna. Elle avait devant elle un homme trapu, insignifiant, sorti de nulle part. En professionnelle avisée, elle devinait l'arme qui la menaçait sous la veste de l'homme. Les deux tueurs – le vainqueur et le vaincu – se dévisageaient, les yeux dans les yeux, tandis qu'à côté, de l'intérieur du box à la porte close, parvenaient râles et gémissements dont le tempo et le niveau sonore allaient crescendo. Scène ridicule et même risible, qui ne fit rire ni sourire aucun des deux antagonistes.

- Ne restons pas là ! dit Smith. Les chevaux vont bientôt revenir. Allons vers le parking des vans, c'est là que je suis garé !

Contre son gré, Marionnette se mit en mouvement, serrée de près par cet homme qui ne ressemblait à rien. Avec beaucoup d'imagination, on aurait pu les prendre pour un couple d'amoureux.

- Tu voulais peut-être voir la course suivante, ma chérie ? Vraiment, je suis désolé.

En sortant du box, Sarah se recoiffa, ajusta son tailleur, ignora le partenaire d'une aussi courte mais intense étreinte, puis se dirigea d'un pas énergique vers le paddock. Les chevaux battus regagnaient déjà les écuries. Soufflant, l'encolure basse, couverts d'écume. Sarah fit son entrée dans le *winner's circle* juste au moment où le gagnant revenait sous les acclamations du public. Le pur-sang marchait la tête haute, les oreilles dressées. Ses yeux sortaient de leurs orbites et sa cage thoracique ressemblait au soufflet d'un accordéon. Le jockey s'éjecta de sa selle, exécutant, sous les hourrahs de la foule, un saut d'ange qui le fit atterrir aux pieds de madame le Premier ministre. Sarah s'empressa de le féliciter, précédant les officiels, l'entraîneur et les propriétaires du cheval, puis les journalistes, avides de questions « à chaud ».

- Mais où étiez-vous donc passée, madame ? Nous vous avons cherchée partout !

Sarah pivota et reconnut un de ses gardes du corps.

- J'étais dans les tribunes publiques, mentit Sarah. J'aime sentir battre le pouls de la foule, j'aime vivre ainsi les grands événements sportifs.

- Vous auriez dû nous prévenir.

- Vous m'en auriez empêchée.

- Exact. Sauf votre respect, madame, ce n'est vraiment pas raisonnable. Surtout après ce qui vient de se produire.

- Bien au contraire, jeune homme ! lança Sarah avec une once de condescendance. Vu ce qui vient de se produire, j'étais davantage en sécurité dans l'anonymat le plus complet, plutôt qu'à une place réservée où tout le monde savait me trouver.

Sarah ne laissa pas au gorille le temps de répondre et enchaîna :

- A-t-on neutralisé ce terroriste ?

- Plus que neutralisé, madame. Il est en route pour la morgue. Vos tireurs d'élite sont très réactifs.

- Je les paye assez cher pour cela !

Confortablement installé dans sa loge, Jean Freycinet sirotait une coupe de Krug. La dernière venait de se courir. Les yeux dans le vague, il regardait le parking de la Pelouse se vider.

- Ce fut une bonne journée, dit Aureliano Perea. Grâce à ton système de – je ne sais plus comment tu appelles ça – tu as réussi à faire battre le favori et à m'épargner de très grosses pertes sur nos sites offshore ! En outre, le cheval de l'écurie a obtenu une quatrième place totalement inespérée.

- Là, je n'y suis pour rien, coupa Freycinet. Il faut féliciter l'entraîneur et louer l'inspiration du jockey. Le plus important, Tenente, c'est d'avoir réussi notre mission. L'avant-dernier acte de l'Opération Lazarus. Le contact a été établi et « la cible » touchée.

- La vôtre est peut-être terminée, intervint Le Dantec, pas la mienne !

- La nôtre, corrigea Perea. Je me suis associé à ton entreprise et je tiendrai parole. D'ailleurs, Pochette n'a jamais dit que notre mission était terminée, il a dit qu'il avait réussi la sienne, celle pour laquelle je l'avais mandaté initialement. Je ne sais si tu saisis la nuance.

Le Dantec opina du bonnet. Il afficha un texto sur l'écran de son téléphone cellulaire.

- Si j'en crois le rapport de Mr. Smith, dit-il, l'arme de l'adversaire est neutralisée.

- Que fait Mr. Smith de ses captures ?

- Nul ne le sait. Mais quand il emploie le mot « neutralisée », cela signifie que l'arme ne peut plus nuire.

- Il est temps de nous séparer, déclara Pochette en se levant. L'hippodrome va fermer. Que fait-on ce soir ?

- Melchior et moi avons un engagement, répondit Perea.

- Yu, tu es libre à dîner ? demanda Pochette.

Le jeune Asiatique secoua la tête.

- J'ai un avion pour Pyongyang *via* Beijing, dans la soirée. Il faut que j'aille rendre compte.

Perea lut une grande déception dans le regard de Pochette. Il fit un clin d'œil à Le Dantec, amusé par les déboires amoureux de son associé. Comme tous les Latinos, le Mexicain appréciait très modérément les *maricones*. S'agissant de Pochette, cependant, il regardait ce travers d'un regard ironique, si ce n'est compatissant.

En allant récupérer sa Bentley au parking du Comité, Pochette vit le général Ziegler qui l'attendait.

- Vous n'êtes pas reparti avec votre femme ? s'étonna-t-il.

- Non, je l'ai laissée avec sa garde prétorienne. Je lui ai dit que je rentrerais par mes propres moyens.

- Dois-je en déduire que vos propres moyens... c'est moi ?

- Si vous avez la gentillesse de me raccompagner. Il faut que nous fassions le point.

- Alors, montez !

Ziegler s'installa sur le cuir moelleux de la grosse cylindrée, dont on percevait à peine le ronronnement du moteur. La nuque sur l'appuie-tête, le général essayait de se relaxer.

- Si j'ai bien compris, dit-il, le... contact a été établi.

- Pour un contact, c'en fut un. Je dirai même que ça ressemblait plus à une collision !

- Ne plaisantez pas, Freycinet, le sujet est grave. Cette chienne est-elle contaminée ?

- Selon toute vraisemblance, oui.

- Qu'attendez-vous pour le vérifier ?

- Pas si vite. Vous êtes pressé d'être veuf ?

- Israël est pressé d'en finir avec cette mascarade.

- Le traité qui scellera la fondation de l'État palestinien est annoncé le 26 décembre. Cela nous laisse pratiquement trois mois.

- Pourquoi attendre ?

- Parce que mes associés et moi-même avons d'autres projets.

- Je n'ai que faire de vos projets ! rugit Ziegler. Je vous ai payé pour que vous meniez à son terme l'Opération Lazarus et, jusqu'à présent, je n'ai eu qu'à me féliciter de vos services. Reste la touche finale pour conclure définitivement l'opération, et j'entends que vous la boucliez sans plus attendre.

Freycinet profita d'un feu rouge pour tourner la tête et fixer Ziegler droit dans les yeux.

- Si mes associés n'étaient pas intervenus, le contact n'aurait jamais pu avoir lieu, car le « sujet » serait mort. En d'autres termes, nous n'aurions plus d'arme, mon général, et l'Opération Lazarus serait morte dans l'œuf. Si nous sommes aujourd'hui en mesure d'effacer votre femme, vous en êtes redevables à mes associés.

- Ils veulent de l'argent, eux aussi ?

- Non. Ils en ont plus que vous et moi réunis. Ils souhaitent juste que vous n'entraviez pas leurs plans.

- Leurs plans ?

- Ils sont complémentaires, mon général. C'est en quelque sorte, comment dire... une espèce de prolongation. Mais ce n'est ni le lieu ni le moment de vous en instruire.

- Qui sont ces gens ?

- Écoutez, suggéra Pochette, nous allons tous prendre quelques jours de vacances à Scorpios. Pourquoi ne pas vous y arrêter et profiter de cette île paradisiaque pour faire plus ample connaissance ? Ce n'est qu'un petit détour sur le chemin de la Terre promise.

- Je ne vous trouve pas drôle, Freycinet. Nous rentrons demain ; je vais voir comment je peux faire.

- Je vous dépose où ? demanda Pochette.

- Au Bristol. C'est à deux pas de l'ambassade.

Jérusalem, octobre 2010.

Le soleil se couchait sur le mont des Oliviers. Sarah n'avait aucune peine à imaginer comment une religion avait pu naître ici. Sa promenade nocturne était plus longue que d'habitude. Coiffée d'un foulard qui lui masquait les trois quarts du visage, la Première dame d'Israël errait au gré de ses pensées, de ce rêve insensé qu'elle s'était jurée de propulser dans le monde du réel, le jour de son élection à la tête du parti.

Sarah était au pied du mur. Au sens propre comme au figuré. Ce mur de 700 kilomètres et de huit mètres de haut, qui coupait un peuple en deux, comme une scie ampute un corps malade. Pourquoi le corps était-il malade, et pourquoi les deux bras d'un même corps ne pouvaient-ils s'unir ? Sarah n'avait pas oublié le petit village de Ram, non loin d'ici, où des familles avaient été écartelées par le mur. Elle en avait fait un symbole. Ce serait son Berlin à elle ! Elle n'avait pas davantage oublié ce tag montrant une petite fille s'élevant vers l'azur avec un ballon de baudruche.

Et si c'était elle, la petite fille ?

Sarah sursauta. Un craquement de brindilles capta son attention. Elle vit une silhouette ronde s'approcher. Elle se retourna et aperçut ses gorilles qui ne bougeaient pas. C'était donc un ami.

- Lester !

Le Conseiller spécial sortit de l'ombre.

- Que fais-tu là à cette heure ? demanda-t-elle.

- Tu sais, ma chérie, je n'ai plus d'heure.

- Pourquoi n'es-tu pas venu à la maison ? Stefan s'est arrêté en Grèce. Pour décompresser, a-t-il dit.

- Je suis passé. On m'a dit que tu étais sortie.

Ils s'embrassèrent.

- Quel bon vent t'amène ?

- Je ne sais si c'est un vent ou un cyclone.

- Allons bon. Parle !

Lester Blum se gratta le front. La question était délicate.

- J'irai droit au but, dit-il. As-tu eu un rapport sexuel avec ce jeune Américain de l'ambassade à Paris, celui pour lequel tu avais un *crush* ?

- Il s'agit de ma vie privée, Lester !

- Quand la vie privée devient une affaire d'État, elle n'est plus privée.

- Je ne vois pas le rapport.

- Le rapport est que si madame Judith Cohen tombe malade, c'est une affaire privée. En revanche, si madame Sarah Ziegler tousse, c'est la nation qui s'enrhume. Tu connais la formule. Cela devient alors une affaire d'État. Donc publique.

- Mais je me porte comme un charme !

- Je l'espère de tout mon cœur. À quand remonte ton dernier check-up ?

- Au mois dernier.

- Bon. Dès demain, tu en repasses un autre. Avec analyse de sang et tout le tintouin.

Le visage de Sarah se crispa. Ses traits se creusèrent.

- Tu crois que le jeune blond avait, euh... la chtouille ?

- Ça ou autre chose, je ne sais pas. Je crois qu'on voulait qu'il te refile un truc. Un méchant truc. À Longchamp, le jour de l'Arc, je l'ai fait suivre par un de mes meilleurs agents qui, le cas échéant, avait pour mission de le supprimer. Depuis, plus de nouvelles. Mais il y a pire.

Lester sortit son iPhone de la poche et en plaça l'écran sous les yeux de Sarah.

- Quelqu'un a téléchargé sur ce portable, poursuivit-il, la « Marche funèbre d'une marionnette » de Gounod, en utilisant mon nom de code : « Tonton Paul ».

- Et alors ?

- La fille – mon agent – utilisait une marionnette pour tuer ses victimes et elle fredonnait toujours cet air, avant de passer à l'acte.

- Cela signifie que ton agent est entre les mains de personnes qui cherchent à me nuire.

Lester leva les yeux vers le mont des Oliviers.

- Ou entre celles du Tout-Puissant.

Sarah baissa le regard. D'un coup, le foulard aidant, elle semblait avoir vieilli de vingt ans.

- Je suis d'une rare stupidité, dit-elle.

- À chacun ses faiblesses.

Lester la prit par le bras. Sa tête dépassait à peine son épaule. Ils firent le chemin du retour ensemble.

- Tu vois, ma belle, tu as autant d'ennemis d'un côté comme de l'autre de ce mur.

Vienne, avril 1911.

Devant le courrier de ce matin, le visage d'Emma s'illumine. Une enveloppe postée de New York, sur laquelle elle reconnaît l'écriture de Vanderbilt.

Ce vieux, ce cher Van !

Elle jette le reste du courrier sur son lit et décachète incontinent la missive de l'ami fidèle. Celui-ci espère la trouver en bonne santé et s'enquiert de ses retrouvailles avec Maxi (sous-entendu : en bonne intelligence ?). Il a lu des papiers dithyrambiques sur son concert avec Bruno Walter dans la presse new-yorkaise et lui demande si la critique viennoise l'a aussi bien accueilli. Ensuite, le ton devient plus sombre :

« *La santé de Maestro Mahler s'est brusquement aggravée. Il ne reçoit pratiquement plus de visites et j'ai même été prié de ne plus me présenter à l'hôtel Savoy, sauf pour y rencontrer subrepticement Alma qui me donne des nouvelles guère rassurantes. D'après le docteur Fraenkel, son neurologue, Gustav serait atteint d'endocardite. Ne me demande pas ce que c'est exactement, mes connaissances sont très limitées en matière médicale ! Alma m'a expliqué qu'une bactérie nommée «streptocoque viridan» se serait introduite dans le cœur dont elle perturbe le mécanisme. Au quotidien, cela donne des fluctuations spectaculaires. Il paraît que Gustav se lève, chaque matin, en grande forme. Très fringant, il s'apprête à reprendre le travail avec l'énergie qu'on lui connaît, et puis, l'après-midi, la fièvre revient, suivie de violentes transpirations. Le soir, le pauvre homme tombe dans la dépression la plus noire, pour ne pas dire une totale apathie. Tu t'en doutes, son moral est au plus bas. Jamais le Maestro n'a manqué un concert pour raison de santé ! Aujourd'hui, il les annule les uns après les autres. Heureusement, il est très entouré. Les visites lui sont interdites, mais sa famille ne le quitte pas. Alma est admirable et sa mère, Frau Moll, encore plus. Elle est venue spécialement de Vienne au chevet de son gendre, qui la vénère. Les deux s'entendent comme larrons en foire, souvent aux dépens d'Alma, et cela remonte un peu le moral du Maestro, comme d'ailleurs les témoignages d'amitié et de soutien, qui viennent d'un peu partout. Alma m'a déclaré – et cela a ravivé mon orgueil patriotique – qu'elle ne connaissait pas de peuple aussi généreux, aussi sincèrement humain, que le peuple américain ! Gustav croit toujours qu'il va retrouver le pupitre et cela le rend frénétique… mais chaque soir, quand la fièvre reprend possession de son pauvre corps, il se replonge davantage dans la plus noire dépression. Alma le veille toute la nuit ; il a congédié ses infirmiers, dont il ne pouvait plus supporter la présence. Quel drame, quelle misère, chère Emma, j'en ai les larmes aux yeux ! Tout comme le portier du Savoy, quand il a vu partir les Mahler avec leurs innombrables malles. Parce que, je ne te l'ai pas dit, Maestro Mahler a quitté New York, le 8 de ce mois. Il devrait arriver à Cherbourg en même temps que tu recevras cette lettre. Toute l'Amérique le pleure. Je ne sais si c'est un réconfort pour lui, mais il a vraiment soulevé une vague de chaleur. Quel contraste avec la banquise viennoise ! Excuse-moi de parler ainsi, chère Emma ! Même si tu n'es pas viennoise, tu pourrais mal le prendre. Cependant, nul n'est prophète en son pays. Il est sûr que Maestro Mahler a eu du mal à s'imposer chez lui où de nombreuses barrières se sont dressées devant son talent. C'est malgré tout à Vienne qu'il a décidé de rentrer… et je crains que ce ne soit pour y être enterré. Je crains tout autant que le*

Maestro ne sache qu'il est perdu. Sur le quai, à New York, il y avait foule. S'appuyant avec peine sur le bastingage du SS Amerika, *Mahler a crié : «À bientôt, mes amis !» Sa voix était si faible que je ne suis pas sûr que quiconque l'ait entendu. Cependant, tout le monde a joué le jeu, la plupart d'entre nous devinant qu'on ne le reverrait plus. Durant la traversée, il pourra compter sur Alma et Frau Moll. Il y aura aussi Busoni pour le distraire. Même le cœur en larmes, il est capable de jouer la comédie, celui-là... aussi bien que le piano ! Je suis peiné, chère Emma, d'être un oiseau d'aussi mauvais augure. J'eusse préféré être le messager de perspectives joyeuses, mais la vie rattrape toujours le rêve et, etc.* »

Emma replie la lettre, les yeux humides. Ce ne sont pas les nouvelles qu'elle attend. Ce n'est pas le correspondant qu'elle souhaite lire. Van est un cher et tendre ami, mais ce n'est qu'un ami. Elle est sans nouvelles de Maxi, exception faite des journaux qui relatent sa tournée triomphale en Europe. La maladie de Mahler l'attriste profondément. D'autant plus que sa santé, à elle, lui procure bien des tourments. Depuis un certain temps – des jours, des semaines, elle ne sait plus – Emma tousse. Elle tousse beaucoup et chaque jour un peu plus. Un matin, entre la fine dentelle de son mouchoir, elle découvre un petit filet rouge. Elle a un mouvement de recul. Les expressions de son visage trahissent une grande frayeur.

Emma a honte. Honte et peur.

Peur d'en parler à qui que ce soit. Et surtout pas à un médecin, qui pourrait lui dire ce qu'elle ne veut pas entendre. Freud est le seul à en être averti. Il l'a renvoyée face à elle-même.

Et Emma est bien la dernière personne en face de laquelle elle a envie de se trouver.

Scorpios, octobre 2010.

Melchior Le Dantec était un solitaire. Au bout d'un certain temps, il supportait mal la promiscuité, même s'il s'agissait d'une promiscuité de luxe, sur une île privée de la mer Ionienne. Il s'était donc isolé au milieu d'une terrasse (orientation nord) boudée par les occupants du Centre, à cette époque de l'année où l'air marin commençait à se rafraîchir.

Allongé sur un transat, une couverture sur les cuisses, ses longs cheveux dansant avec le vent, Le Dantec relisait « Le Procès ». L'histoire d'un accusé qui cherchait à savoir ce dont on l'accusait. En vain ! L'absurdité humaine le faisait sourire. Les coupables se croyant innocents pullulaient en ce bas monde. Et Le Dantec était là pour « remettre un peu d'ordre ». Il adorait Kafka. D'abord en tant que prof de lettres, mais aussi à titre personnel. Les gens ne comprenaient rien à Kafka. Mais pourquoi toujours s'obstiner à vouloir tout comprendre ? Pourquoi ne pas entrer dans le livre sur un tapis roulant et se laisser glisser au gré des pages ? Un voyage souvent enrichissant, même si l'on ne savait pas pourquoi.

À l'inverse, Aureliano Perea recherchait perpétuellement la compagnie. À l'intérieur de son ranch, au fin fond du Chiapas, les *niños* couraient dans tous les sens, poussant des cris stridents qui irritaient les parents mais qui, lui, le rassuraient.

Les enfants, les cris, le bruit.

La vie.

Perea méprisait ses gendres. Cependant, il ne tolérait pas qu'ils le quittassent, ne serait-ce qu'une seconde. Pour lui, la bêtise était préférable à la solitude. Et la famille, dans le monde latino, ça voulait dire du monde, beaucoup de monde autour du patriarche.

À la recherche de Le Dantec, il le trouva enfin sur la terrasse nord.

- Que fais-tu ici, Mel ? Tu vas attraper froid.

- T'inquiète ! grogna Le Dantec, le nez dans son livre, faisant comprendre qu'on le dérangeait.

- Le général Ziegler vient d'arriver. Tu veux le voir ?

Le Dantec consulta sa vieille Rolex.

- C'est bientôt le dîner. Nous aurons tout le temps de lui expliquer alors nos projets.

- À ta guise. Je vais rejoindre les autres.

- Ton ami Pochette s'occupe des RP ?

Perea opina du bonnet.

- Il fait ça très bien, ce vieux pédé, ricana Le Dantec. Et le professeur Tournesol, où est-il ?

- Tu veux dire Wöring ?

- Oui, ce vieux fou. Oh, ne le prends pas mal, Aury, c'est ton ami, je sais ! Tous les génies sont complètement cinglés, c'est bien connu. Regarde... lui !

Le Dantec brandit « Le Procès » à la face de Perea, qui n'avait jamais entendu parler de Kafka.

La mer était couleur d'encre. À l'heure du dîner, en octobre, on ne pouvait plus voir grand-chose. Le Dantec fut le dernier arrivé. De sa démarche nonchalante, en traînant des pieds, il s'approcha de la seule chaise inoccupée et s'y installa, sans que l'on ne l'y invite.

- Dites donc, y a de jolis petits lots dans cette clinique ! lança-t-il à la cantonade.

- Surtout, n'y touchez pas ! s'écria le professeur Wöring.

Il se pencha à l'oreille de Le Dantec et chuchota :

- Certaines de ces demoiselles sont atteintes de l'hépatite B. Je ne sais pas lesquelles exactement... mais la petite rousse, j'en suis sûr, car je m'en suis servi pour contaminer le Sujet. Dans le doute, il vaut mieux s'abstenir, n'est-ce pas ?

Le Dantec avait envie de rire, car Wöring s'exprimait avec un accent « à couper au couteau ».

- Mon général, intervint Freycinet en s'adressant à Ziegler, je vous présente Melchior Le Dantec, qui travaille avec nous sur la prolongation de l'Opération Lazarus, autrement dit l'Opération Lazarus B.

- L'hépatite B, ça suffit comme ça, railla Le Dantec. Pas besoin de Lazarus B !

Les commensaux se regardèrent, puis interrogèrent du regard le général qui, d'un geste de la main, demanda à ce que l'on entrât dans le vif du sujet. Il ne fallait pas être un grand psychologue pour en déduire que le Cajun ne lui plaisait guère. Ziegler détestait ce genre de bobos dégingandés, mous comme du chewing-gum et continuellement débraillés, qui cherchaient à se rendre spirituels. Au début, on ne les trouvait qu'à Paris mais, une fois encore, la France avait déteint sur le monde, dans ce qu'elle avait de plus rebutant.

Le Dantec n'était pas sale, mais il « faisait » sale, avec ses cheveux gris-jaune, ramenés en un catogan improbable, sa chemise ouverte jusqu'au plexus et cet air de se foutre perpétuellement de la gueule du monde. Dès le départ, le climat fut tendu. Pochette s'en aperçut et appela le maître d'hôtel.

- Allez-y, messieurs, ne vous privez pas, clama Wöring, vous êtes mes invités !

Avec mon argent, pensa Perea. Si fort que les autres se tournèrent vers lui.

- Je n'ai rien dit, avança-t-il timidement.

- Bon, messieurs, un peu de discipline, s'il vous plaît ! trancha Ziegler. Vous m'avez fait venir pour me faire une proposition. Je l'attends.

- Ce n'est pas une proposition, dit Le Dantec, mais une explication sur la suite que nous comptons donner à l'Opération Lazarus.

- Je vous écoute.

- Qui veut parler ? demanda Le Dantec.

- Vas-y, Mel, répondit Perea. C'est TON projet.

Le Dantec but une gorgée de Montrachet pour s'éclaircir la voix, puis expliqua son plan. Ziegler l'écouta, sans l'interrompre, pendant une dizaine de minutes puis, quand le Cajun se tut, dit simplement :

- En somme, vous voulez assassiner le président des États-Unis, rien que ça ?

Les autres le dévisagèrent, suspendus à ses lèvres.

- Personnellement, je n'y vois pas d'inconvénient, dit Ziegler en haussant les épaules. Cet homme a lâchement abandonné mon pays ; son prédécesseur n'aurait jamais fait ça ! Cela ne mérite peut-être pas la mort mais j'avoue que, s'il lui arrive malheur, je ne le pleurerai pas. Moi, vous savez, du moment que vous vous occupez de ma femme...

- Justement, précisa Le Dantec, nous allons être obligés de retarder la, comment dire ?... l'exécution de votre épouse.

- Comment ça ?

- Si le Premier ministre d'Israël venait à décéder d'une maladie fulgurante, il n'y aurait plus de traité.

- Mais c'est ce que nous voulons ! s'écria Ziegler.

- Laissez-moi continuer, insista Le Dantec de sa voix la plus douce. Si donc il n'y a plus de traité, le Président n'a plus aucune raison de venir à Paris et s'il ne vient pas à Paris, notre plan s'écroule.

Les yeux du général Ziegler trahissaient une suspicion mêlée de colère.

- Vous voulez dire que vous allez attendre le dernier moment !

Aureliano Perea intervint sèchement. Son visage de gentil grand-père était devenu dur. On retrouvait celui du chef de cartel.

- Écoutez bien ce que je vais dire, mon général, et pardonnez ma franchise. Si vous mettez de côté vos griefs personnels et votre impatience à régler vos comptes avec votre épouse, vous avez intérêt – comme nous – à différer l'opération. Ce Président, vous le sentez bien, ne sera jamais du côté d'Israël. Tant qu'il vivra, votre pays sera en péril. Je ne dis pas que vous n'êtes pas capables de vous défendre tout seuls, vous l'avez déjà fait ! Cependant, le soutien des États-Unis entraînait jusqu'alors celui de la communauté internationale et plaçait le monde arabe en stand-by, exception faite de quelques électrons libres comme l'Iran dont les gesticulations médiatiques ne sont pas vraiment crédibles. Nous avons tout lieu de croire que le vice-président, catholique pratiquant, mènera une politique différente, même s'il appartient au même parti. Tout le monde sera gagnant, y compris vous... si vous pouvez encore patienter un peu. Pour devenir veuf.

Cette dernière phrase fut soulignée par une lueur d'ironie dans le regard du vieux Mexicain, qui sentait son argumentaire peser. De toute manière, Ziegler n'avait pas le choix. Il était placé devant le fait accompli. S'il voulait exprimer son désaccord, il lui fallait dénoncer le complot et s'il dénonçait le complot, il se dénonçait lui-même !

- Admettons, fit Ziegler en hochant la tête. Pouvez-vous garantir que ma femme est bien porteuse de l'hépatite B ? Elle m'a téléphoné, cet après-midi, pour me dire qu'elle avait passé un check-up à l'hôpital militaire. Eh bien, messieurs, ses analyses sanguines sont parfaites. Aucune trace d'un virus quelconque !

- Normal, dit Wöring. Il faut attendre deux ou trois mois, après le rapport sexuel, pour en détecter les premières traces.

- Est-elle porteuse du virus, oui ou non ?

- Ce virus est extrêmement contagieux. C'est du 90 %.

- Vous m'aviez garanti du 100 %.

- Si ça ne marche pas, dit Wöring, nous recommencerons. Mais franchement, je ne vois pas comment nous pourrions échouer.

Il tourna discrètement la tête vers une table, distante d'une dizaine de mètres, où trois jeunes filles menaient une discussion animée, entrecoupée de rires.

- Nous avons réalisé plusieurs expériences sur des jeunes personnes de ce type. Aucune n'a échoué. Une fois qu'elles sont porteuses du virus, il ne reste plus qu'à attendre le moment propice. Si nous n'intervenons pas, elles peuvent très bien vivre avec, *ad vitam aeternam*, sans même le savoir. Toutefois, lorsque nous déclenchons l'hépatite fulminante, avec les jumelles de Jean, elles commencent à ressentir de fortes fièvres et décèdent au bout de quatre jours. À moins de procéder à une greffe du foie en urgence... mais je doute que votre femme, tout Premier ministre qu'elle soit, parvienne à trouver un donneur compatible en quatre jours !

- C'est vraiment fiable, cette histoire de jumelles ?

- À condition de se trouver dans un rayon de 300 mètres maximum autour de la cible, oui. Voulez-vous que nous vous le démontrions sur une de ces jeunes femmes ?

Ziegler regarda longuement Moira, la rousse écossaise, pierre angulaire – bien involontaire – de l'Opération Lazarus. Il voulait la mort de sa femme, mais pas DES femmes. Quelque part, il trouvait même injuste, voire cruel, le sacrifice d'innocents. Même si la logique militaire le lui imposait parfois.

- Ce ne sera pas nécessaire, dit-il.

Pyongyang, octobre 2010.

Arrivé au QG de la Section psychologique, Yu fut aussitôt convoqué dans le bureau de Yang Choï.

- On ne t'a pas beaucoup vu, ces temps-ci.

- Je suis de près l'affaire palestinienne, répondit l'agent coréen.

- Je vois ça à tes notes de frais, dit Choï en feuilletant diverses factures. Palaces, grands restaurants... tu profites bien du monde capitaliste qui affame notre peuple ! Remarque, si tu obtiens des résultats, ce n'est pas moi qui t'en ferai le reproche. Je veux cet uranium, Yu, c'est bien entendu ?

- S'il devient palestinien, il sera pour nous.

- Est-on bien sûr qu'il existe ?

- Non.

Choï se rembrunit. Il avait l'air contrarié.

- Comment peut-on le savoir ?

- Je travaille dessus.

- En attendant, Yu, je vais te confier une autre mission.

- À vos ordres !

- Je veux que tu prennes sous ta responsabilité la protection de mon ami Ibrahim Boughrani. J'ai quelques inquiétudes à son égard.

- Lesquelles ?

- Tous les Palestiniens ne veulent pas la paix avec Israël. Pour beaucoup d'entre eux, Boughrani est un traître. Sais-tu ce que les Arabes font aux traîtres ?

- La même chose que nous ?

- Tout juste. Abbas a perdu son influence. Il est revenu aux affaires sur la pression internationale mais, aujourd'hui, c'est Ibrahim qui est en première ligne.

- Je croyais, dit Yu, que toutes les factions s'étaient rangées derrière lui ?

- Toutes les factions officielles, oui, ou tout du moins la plupart. Notre bien-aimé président a fait le nécessaire auprès de son ami Afar al-Assad. La Syrie manipule le Hamas, et si les ordres viennent d'en haut, le Fatah n'ira pas contre. Je crains surtout les francs-tireurs. Ceux-là, ils sont incontrôlables. C'est contre ce type d'individus que je veux que tu protèges Ibrahim. S'il venait à être assassiné, ce serait une catastrophe !

- J'ai bien compris.

- À propos, s'informa Choï avant de congédier son agent, tu ne sais toujours pas qui nous a volé les petites perles de gaz PHZ 500 ?

Yu secoua la tête.

- Tout cela est bien étrange, dit Choï en faisant la moue, tout cela est bien étrange. Je la sens mal, cette affaire palestinienne, je la sens mal ! Tu es mon meilleur agent, Yu. Je compte sur toi.

Le jeune Coréen s'inclina, puis s'évapora.

Jérusalem, novembre 2010.

DEUX FOIS PAR MOIS, Sarah Ziegler était reçue par le professeur Zerbib, un haut gradé de la médecine militaire, afin d'effectuer un check-up. C'était un exercice de routine qui durait à peine une demi-heure, car madame le Premier ministre affichait une santé florissante. Seulement, l'emploi du temps de ceux que l'on appelait les *rulers* était tel qu'à l'instar des mécaniques les plus sollicitées, il fallait effectuer de fréquentes « révisions ».

- Je vais procéder à une injection à l'aide de cette seringue-pistolet, dit Zerbib en montrant l'objet. N'ayez crainte, madame, vous ne souffrirez pas.

- Une injection de quoi ? demanda Sarah avec un mouvement de recul.

- De vaccin contre la grippe aviaire.

- La grippe aviaire ?

- Oui, l'OMS nous met en garde contre la recrudescence de la grippe aviaire en Europe, cet hiver. Comme vous allez vous y rendre très souvent, dans les semaines à venir, nous ne pouvons courir le moindre risque.

- Allez-y, professeur, dit Sarah en présentant son épaule dénudée.

- Ne vous inquiétez pas, vous ne sentirez rien. Voilà, c'est fait !

Pendant que Sarah se rhabillait, le médecin ajouta :

- Il est possible que vous voyiez apparaître une petite boursouflure à l'endroit de la piqûre. Ce n'est qu'une réaction épidermique indolore, sans conséquences.

- Merci, professeur.

Sarah sortit et Zerbib la raccompagna jusqu'à sa voiture. En rentrant à son bureau, il saisit un téléphone et composa un numéro. À la troisième sonnerie, son correspondant décrocha.

- Mission accomplie, mon général, dit-il simplement.

- Très bien, répondit Ziegler.

- Euh, je... vous penserez à la, euh... petite faveur que je vous ai demandée ?

- C'est comme si c'était fait.

Cisjordanie, décembre 2010.

ENTRE DIVERS DÉPLACEMENTS pour servir d'interprète à des équipes de télé, Tarek Nicolas n'avait pas eu beaucoup de loisirs dernièrement. Le peu de temps libre dont il avait disposé, néanmoins, il l'avait consacré à son vieux fusil Uzi, pratiquement refait à neuf. Tarek était très fier de son travail.

Il était encore plus fier de ses conséquences.

Car au hasard d'une rencontre, il avait pu l'échanger contre un petit pistolet Beretta, qui tirait des balles de calibre 9 millimètres. Extra-plate et peu encombrante, l'arme était facile à cacher sous un blouson. Avec sa carte de journaliste nominative et la réputation internationale de l'agence qui l'employait, Tarek pourrait obtenir une place au premier rang, lors de la conférence de presse du 24.

Il jubilait.

C'est vrai qu'avec un Uzi entre les mains, Tarek aurait eu quelques difficultés à s'approcher du traître Boughrani !

Paris, décembre 2010.

POUR LA PREMIÈRE FOIS depuis qu'il était en analyse, Tim Nichollson se sentait détendu. L'esprit reposé, les muscles relâchés. S'il n'avait tourné le dos au docteur Kubler, on aurait pu le croire sous hypnose. Il avait des yeux énormes et un regard étrange.

- J'ai atteint la première partie de mon objectif, annonça-t-il.

- Quelle était-elle ?

- Je vous l'ai déjà dit, docteur.

- Eh bien, rappelez-le-moi ! ordonna Kubler d'un ton sec.

- J'ai retrouvé ma dignité. Cette femme qui me narguait a plié sous ma virilité. Elle s'est fait prendre comme une truie sur la paille !

- Soyez plus précis !

- J'ai fait l'amour avec ma femme, docteur. Comment faut-il vous le dire ?

- Exactement comme cela. Et ensuite ?

- Et ensuite ?

- Oui. Poursuivez donc !

- Ah, vous l'auriez entendu feuler à perdre tout contrôle... à perdre la raison, cette chatte inondée de désir ! Je l'ai inondée de mon foutre, oui, et me voici lavé.

- Lavé de quoi ?

- De l'affront qu'elle m'a fait en me trompant, en me ridiculisant.

- Et cela vous suffit ?

- Bien sûr que non !

- Vous voulez toujours la tuer ?

- Non.

- Pourquoi ?

- Parce que morte, elle échapperait à ma domination.

- Très bien, dit Kubler posément. Alors, quelle est donc la seconde partie de votre objectif ?

- Je veux tuer son amant. Mais je vous ai déjà dit tout cela, docteur !

- Répétez-le !

- Je veux tuer son amant.

- Comment comptez-vous vous y prendre ?

- Je n'ai pas de plan, mais rien ne presse.

- Le croyez-vous vraiment ? L'amant de votre femme, si j'ai bonne mémoire, est un homme très puissant. Vous n'aurez pas souvent l'occasion de le rencontrer.

- Pourquoi dites-vous cela, docteur ? Avez-vous une raison de penser que cette occasion pourrait se produire dans un futur proche ?

Kubler ne répondit pas immédiatement. Il se dit qu'il devait la « jouer fine », qu'il était au carrefour de l'Opération Lazarus bis et qu'une seule parole maladroite, un seul mot, pouvait « tout faire foirer ». Il mit en ordre ses arguments, inspira profondément et dit :

- Monsieur Nichollson, je vous ai comme patient depuis un peu plus d'un an, je commence à bien vous connaître et surtout, je suis en mesure d'apprécier vos progrès. J'en suis très fier, car j'ai la faiblesse de croire que j'y ai un peu contribué. C'est la raison pour laquelle j'aimerais vous aider dans le suivi de cette thérapie, même s'il s'agit d'en sortir. D'en dépasser les barrières. Je ne devrais pas vous parler ainsi, monsieur Nichollson – un psychanalyste ne doit jamais laisser s'infiltrer un quelconque sentiment entre son patient et lui-même – mais je suis aussi un homme, après tout, et vous êtes devenu un ami. Dans le cas d'une implication affective avec son patient, la déontologie de mon métier m'oblige à le diriger vers un confrère. C'est donc ce que je vais faire, avec votre accord, bien sûr. Cela me dédouane et me permet ensuite de vous aider à titre personnel.

- Vous voulez vraiment m'aider à tuer le président des États-Unis ?

- À l'exécuter. Je pense que, dans votre esprit, il s'agit plus d'une exécution que d'un meurtre.

- Certes, mais vous serez alors complice d'un homicide.

- Je l'assume.

- Avez-vous des griefs personnels contre cet homme ?

Kubler réalisa que les rôles étaient inversés. Ce n'était plus lui qui posait les questions, mais l'homme allongé sous ses yeux.

- Non, répondit le psychiatre. Néanmoins, je pense que c'est un fléau pour l'humanité.

- Je ne pense rien de tout cela, dit Tim. Je n'ai aucune opinion politique le concernant. Je veux simplement me venger.

- Alors, nos buts sont convergents, observa Kubler. Avez-vous une idée de la manière dont vous vous y prendrez pour parvenir à vos desseins ?

- Absolument aucune.

- J'ai peut-être la possibilité de vous fournir un mode opératoire.

- Ah bon ! Lequel ?

- Levez-vous, la séance est terminée ! Je vais vous expliquer.

Tim s'éjecta lestement du divan et voulut sortir son portefeuille. D'un geste de la main, Kubler l'en dissuada.

- Laissez cela, vous n'êtes plus mon patient ! Vous avez perdu un psy, mais vous avez gagné un ami.

Il lui tendit la main, que Tim serra chaleureusement.

Jérusalem, décembre 2010.

- QUE REGARDES-TU AVEC CES JUMELLES ?

C'était une journée claire et le soleil d'hiver, valorisant les contrastes, donnait un éclat particulier aux collines. Elles s'incrustaient dans le bleu tendre du levant. Stefan Ziegler lâcha sa paire de jumelles, se retourna et vit sa femme dans l'encadrement de la baie vitrée qui donnait accès à leur immense terrasse.

- Je regarde une dernière fois ce pays que tu es en train de vendre, répondit-il avec un sourire plein de morgue.

- Je ne vends rien, Stefan, j'achète. J'achète la paix pour mon peuple, le droit de sortir de chez soi sans avoir les tripes nouées par la crainte d'être déchiqueté, j'achète l'accès à la tranquillité, donc à la liberté, au bonheur... à la vie. Tout cela a un prix, Stefan. Le moment est venu de payer. Sinon, plus tard, l'addition sera beaucoup plus lourde !

- Parce que tu t'imagines que tes amis arabes ont la même vision que toi de la paix ?

- Les Arabes ne sont pas des amis. Ce sont des partenaires.

- Leur vision de la paix, réitéra Stefan, c'est l'éradication d'Israël !

- Peut-être, mais alors cela signifierait : eux ou nous.

- Je crois effectivement que cela finira comme ça.

Sarah secoua la tête, provoquant l'ondulation d'une longue mèche rousse qui vint se coller sur sa joue.

- Je ne suis pas d'accord. J'ai toujours cru en l'homme, en son intelligence, en sa raison. Je suis persuadée que les mots seront plus forts que les obus. Il suffit juste de dépasser nos instincts primaires.

- Es-tu certaine que tes... partenaires en soient capables ?

- Je pense avoir trouvé les interlocuteurs qui le sont, oui.

- Prends garde, Sarah ! Si tu te trompes, les conséquences seront dramatiques.

- J'en suis consciente.

- Israël sera considérablement affaibli.

- Je suis prête à courir le risque.

- Et à engager ton peuple dans ta folie ?

Le regard de Sarah se durcit.

- Oui, Stefan, je suis prête à jouer gros pour gagner la paix. Ce que tu appelles ma folie. Mais peut-être que, dans l'esprit d'un militaire, les deux mots sont synonymes !

Stefan chaussa ses jumelles et les ajusta sur le buste de sa femme, puis il appuya discrètement sur un petit bouton, que l'on pouvait confondre avec la molette de réglage.

- Tu es belle, dit-il simplement.

Sarah haussa les épaules et tourna les talons.

Vienne, mai 1911.

Emma vit l'agonie de Mahler, jour après jour. En même temps que la dégradation de son état général. Elle tousse de plus en plus et cache ses mouchoirs maculés de sang, les lavant elle-même de peur que l'on ne découvre la vérité.

La vérité. Quelle vérité ?

Elle-même ne la connaît pas puisque, précisément, elle la fuit.

Maxi n'a pas donné signe de vie depuis longtemps. En revanche, Régis Oswald, de passage à Vienne, lui rend visite chaque jour. Il est très inquiet. Le ténor fait la navette entre la Mariannengasse (adresse du sanatorium Loewe où le Maestro est hospitalisé), l'Opéra où il répète le rôle de Pinkerton, dans *Madame Butterfly*, et le Ring où se situe le domicile d'Emma.

Il vient y prendre le thé en fin d'après-midi et la jeune femme interdit que l'on parle d'elle. D'ailleurs, elle fait diversion en posant d'incessantes questions sur Mahler. Entre deux quintes de toux. Les yeux embués, le ténor informe son amie :

- Maestro Mahler est rentré de Paris dans un état effroyable, au terme d'un voyage très éprouvant. Il était pourtant très entouré, notamment par Chvostek, aux petits soins.

- Chvostek ?

- Oui, un grand ponte, ami de la famille. Arrivé à la gare, il a fallu déplacer le pauvre Mahler en civière et les brancards ne passaient pas dans les couloirs du train. Il a été envisagé de le faire sortir par la fenêtre, mais Chvostek s'y est opposé. Quelle horreur ! Et pour couronner le tout, devant une flopée de journalistes et de photographes.

- Je sais, dit Emma, j'ai vu ça dans la presse. Le Maestro va-t-il mieux, maintenant qu'il est rentré chez lui ?

- Hélas non. Il se sent proche de la fin. Il a demandé à être enterré à Grindzing, aux côtés de sa petite Putzi. La présence de son autre fille, Gucki, lui est d'un grand réconfort, mais il délire un peu plus chaque jour. D'après Chvostek, le foyer infectieux a atteint les poumons ! On lui donne de la morphine, de la digitaline, des compresses au radium contre les enflures de la jambe. Cela ne fait toutefois que repousser l'échéance fatale. Alma est désespérée de le voir ainsi diminué, mais elle m'a dit : « Je le préfère encore grabataire que pas du tout. Je ne puis envisager de vivre sans lui ! » Je crois, hélas, qu'elle va devoir s'y résoudre.

Soudain, Emma se met à tousser violemment. Elle tourne la tête pour ne pas s'exposer au regard du ténor et, ne pouvant s'arrêter, s'enfuit dans une pièce voisine. Régis ne sait que faire. Se lever, violer son intimité, sa pudeur qui exclut la compassion, ou rester assis sur cette chaise, les bras ballants, statique, inutile ? Au bout de quelques minutes, le silence revient et Emma réapparaît. Un sourire embarrassé accroché aux lèvres. Régis s'apprête à parler, elle met le doigt sur ses lèvres :

- Ne dites rien ! Continuez à me parler de Mahler !

- Dans votre état, ce n'est guère conseillé.

- Alors, parlez-moi d'autre chose !

- D'accord. J'ai rencontré un jeune écrivain. Son nom est Sweig, Stefan Sweig. Il est venu me féliciter dans ma loge, après une représentation de *Rigoletto*. Nous avons sympathisé et il m'a invité à prendre un verre, en sortant du Hofoper. Je crois qu'il est, enfin... qu'il n'aime pas les femmes.

Emma éclate de rire, un rire qui vire à la toux. Très vite, elle se reprend et lance sur un ton enjoué :

- Et vous, Régis, vous aimez les femmes.

- Je n'aime pas les femmes, j'aime UNE femme.

- Tiens donc, en voilà une nouvelle ! Je la connais ?

- Ne jouez pas avec moi, Emma... couvrez-vous, prenez ce châle ! L'air est doux pour un mois de décembre, mais très humide. L'humidité s'infiltre dans les os, sans qu'on la sente venir.

- Comme la mort.

- Non, comme l'humidité. On s'en protège et tout va bien.

- Vous avez raison. On ne se protège pas de la mort !

Emma saisit le châle et en couvre ses maigres épaules.

- Vous êtes une vraie nounou, Régis. Parlez-moi encore de votre nouvel ami ! Qu'a-t-il écrit ?

- Je ne sais trop... si ! Il a écrit une très belle page sur Maestro Mahler.

- Lisez-la moi !

- Ce n'est pas gai.

- La vie n'est pas gaie... et on l'aime quand même. Regardez comme ce cher Gustav s'y accroche !

Régis sort une feuille de sa poche. Il la déplie et lit :

« *Il gisait là, d'une pâleur de mourant, immobile et les paupières closes. Le vent avait rejeté sur le côté ses cheveux grisonnants. Le front bombé, fier et dégagé, saillait et, en dessous, le dur menton exprimait toute la vigueur de sa volonté (...). Cette silhouette inoubliable se dessinait sur le gris infini de la mer. Il y avait une tristesse sans limite dans ce spectacle, mais aussi quelque chose de grand et de transfiguré, quelque chose qui se terminait dans la noblesse, comme une musique.* »

Régis poursuit sa lecture. Les yeux fermés, Emma l'écoute. La croyant assoupie, Régis s'interrompt.

- Poursuivez, mon ami ! dit Emma, les yeux clos.

- Pardon, je vous croyais endormie.

- Endormie ? Certainement pas. Votre ami a du talent.

- Je le crois aussi.

Régis conclut et, sitôt le dernier mot prononcé, Emma demande :

- Avez-vous entendu sa neuvième symphonie ?

- Bien sûr. Il l'a écrite il y a un peu plus d'un an.

- Je trouve qu'elle sent la mort.

- Vous dites cela, Emma, parce qu'aucun grand compositeur n'est parvenu à dépasser le chiffre 9 !

- Non, puisqu'il en a écrit une dixième.

- Inachevée, précise Régis. Ce n'est qu'un adagio.

- Croyez-moi, cette symphonie sent la mort. J'en sais quelque chose car je la sens, moi aussi. Je crois qu'elle m'a reconnue. Elle est venue me chercher.

Régis prend la main d'Emma, pâle et émaciée.

- Cessez de dire des bêtises, Emma, vous vous répétez ! Je ne veux plus entendre un mot ; agissez ! Allez voir un médecin de mes amis ! Il adore l'opéra et c'est un des meilleurs spécialistes de Vienne.

Le ténor griffonne une adresse sur un papier et le tend à Emma.

- Vous êtes bon, Régis. C'est vous que j'aurais dû épouser.

- Allons, vous dites encore des bêtises ! Je suis sûr que Maxi serait très fâché d'entendre cela et encore plus sûr que vous n'en pensez pas un mot.

- Je ne sais même plus ce que je pense, mon ami.

Paris, décembre 2010.

TIM NICHOLLSON croyait en la première impression et celle que lui fit Jean Freycinet fut bonne. Cet homme distingué, un tantinet efféminé, qui caressait sans cesse sa pochette de soie, lui plaisait. De son côté, Pochette éprouvait une forte attirance envers ce jeune homme au physique sain et sportif... mais ce n'était pas le même genre d'attirance. Il fit en sorte que Tim ne s'en aperçût pas. L'enjeu était énorme. Tout reposait sur la docilité du jeune diplomate.

Comme promis, Rodolphe Kubler les avait présentés l'un à l'autre, dans un salon de thé de la rue de Rivoli. Le psychiatre avait immédiatement remarqué que le courant était passé. À son grand soulagement. Ensuite, prétextant une consultation, il s'était éclipsé, laissant les deux hommes face à face.

- Je vais vous expliquer comment nous allons procéder, dit Pochette.

- Je suis tout ouïe.

- Je suis invité à passer le réveillon de Noël chez un couple d'amis parisiens qui a également convié le Président.

- Il a accepté ? s'étonna Tim.

- Ils se connaissent depuis très longtemps.

- Son emploi du temps le lui permet ?

- Oui car, le lendemain de Noël, il doit participer au traité ratifiant la création de l'État palestinien.

Toutes les signatures se feront au château de Versailles. Le Président a donc avancé sa visite de 24 heures pour passer le réveillon en compagnie de ses vieux amis.

- Très bien. Mais en quoi cela va-t-il me permettre de l'approcher ?

- Parce que vous m'accompagnerez à ce réveillon.

Tim haussa les sourcils.

- Vous n'y allez pas avec votre épouse ?

- Euh... je n'ai pas de femme.

- Divorcé ?

- Non.

- Veuf ?

- Pas davantage. Il faut que je vous dise : je...

Tim écarquilla les yeux.

- Vous n'êtes pas de...

- Si.

- Non ?...

Freycinet baissa les paupières.

- Si !

Tim éclata de rire.

- Cela vous gêne ? demanda timidement Pochette.

- Pas le moins du monde, mais je ne m'y attendais pas. Et vos amis sont, comment dire... habitués ?

- Ils savent.

- Donc, si je comprends bien, dit Tim, amusé, je devrai jouer le rôle de... madame ?

- Je vous rassure, précisa Pochette, ce sera seulement pour la crédibilité de votre présence à mes côtés. Mes amis sont habitués à me voir en compagnie de jeunes et jolis garçons.

- Merci pour le compliment, mais je préfère quand ça vient d'une femme !

- Évidemment.

- Bien. Ceci étant posé, comment allons-nous – comment vais-je – procéder au déroulement de la... mission ?

- C'est très simple, dit Freycinet.

D'une poche de son gilet, il sortit une petite boîte

en argent sculpté du XVIIIe siècle, et l'ouvrit sous les yeux de l'Américain. Elle contenait trois perles incolores et transparentes.

- Ces petites perles renferment un gaz très nocif, le PHZ 500, qui peut tuer plusieurs personnes dans une pièce comme celle où nous réveillonnerons, le 24 décembre.

- Très bien, dit Tim, mais je suppose qu'il faut la laisser tomber par terre pour qu'elle se brise ?

- Tout juste.

- Je suppose également que la pièce sera très surveillée.

Pochette hocha la tête, l'air grave.

- Les agents chargés de la sécurité du Président seront plus nombreux que les invités eux-mêmes. Ils n'auront rien d'autre à faire que de vous regarder, surveiller vos moindres faits et gestes.

- Comment vais-je faire alors ? demanda Tim, légèrement paniqué.

- Agir avec le plus parfait naturel. Règle n °1.

- Et règle n° 2 ?

- Trouver le moment propice, dit Pochette. Ce ne sera pas difficile. Comme vous pouvez le constater, ces perles sont minuscules. Je ne sais pas... laissez tomber un couvert par terre et, en même temps, une petite perle de verre qui se brisera automatiquement.

- Sauf si elle tombe sur la moquette.

- Excellente observation, jeune homme ! Les Debucquois n'ont pas de moquette mais un très joli parquet, en marqueterie de bois précieux. Cela dit, il me souvient qu'ils ont aussi des tapis de valeur, des Goums ou des Chiraz, je crois.

- Et alors ?

- Si votre perle tombe dessus, vous n'aurez qu'à l'écraser avec le talon.

- À condition de la voir, objecta Tim.

Freycinet opina du chef.

- Certes. Écoutez, nous verrons bien sur place !

Ce ne doit pas être bien difficile de briser une perle de trois millimètres de diamètre sans se faire remarquer.

- Et une fois qu'elle est brisée ? demanda Tim.

- Nous disposons de trois minutes pour déguerpir. Pas une seconde de plus. Bien entendu, il ne s'agit pas de quitter la table dès la première minute. Les hommes du Président sont hyperréactifs. Ils dégageraient « la cible » *ipso facto,* sans même chercher à détecter la source du danger. Il ne s'agit pas non plus de mesurer le temps en regardant une montre ou un chronomètre. Tout comportement ostensible, qui n'entre pas dans la routine d'un repas familial, serait suspect.

- Que faire alors ?

- Il y a un truc.

Pochette fit un clin d'œil à son vis-à-vis, comme un magicien fier d'avoir réussi un tour, puis expliqua :

- De la terrasse des Debucquois, à travers la verrière, on aperçoit très bien le rayon lumineux du phare de la tour Eiffel. En fait, il s'agit d'un double faisceau, les projecteurs du phare étant placés dos à dos. La rotation d'un faisceau, à 180°, dure exactement trente secondes. Il en faut donc six pour faire trois minutes. Au bout de cinq rotations, nous compterons mentalement jusqu'à trente et arrivé à vingt-cinq, nous quitterons la pièce.

- On risque de se faire prendre.

- Non, car l'effet de surprise jouera en notre faveur. Les gardes du corps n'auront pas le temps de protéger le Président ; le gaz aura déjà produit son effet. Mes amis l'ont expérimenté et je peux vous certifier que l'effet est saisissant !

- C'est bien compliqué, votre système, dit Tim en faisant la moue.

- Vous avez mieux ?

- Pourquoi ne pas me donner une arme à feu, tout simplement ?

Pochette éclata de rire. Un rire plein de morgue.

- Parce que vous imaginez qu'on va vous laisser

dîner avec le président des États-Unis, sans vous fouiller de la tête aux pieds ?

- Et les perles de gaz ?

- Ça ressemble à un médicament. Vous direz que vous prenez des comprimés pour la digestion ou je ne sais quoi. Les soirs de réveillon, on a le droit d'aider son estomac !

Tim vida sa tasse de chocolat, un chocolat noir, amer et très épais, qui commençait à peser lourd sur son estomac.

Était-ce le chocolat, ou l'épilogue de sa vengeance, dont il apercevait les contours temporels ?

Vienne, Juin 1911.

Yasha Glazinsky roulait des yeux ronds comme des calots. Il avait devant lui l'homme au corps de dieu grec. Cet homme qu'il avait si souvent vu en compagnie de son ex-collègue, David Mendelssohn. Ce qui l'avait rendu atrocement jaloux. Au point de raconter n'importe quoi. Une info bidon qui mènerait Mendelssohn à sa perte et qui, lui, l'obligerait à s'expatrier.

Il n'y avait pas plus d'uranium en Palestine qu'il n'y avait de pétrole, d'or ou de platine sous cette poussière aride. Glazinsky avait tout inventé et Mendelssohn l'avait gobé.

Cul sec !

L'expression le fit sourire. Avec cet homme à la plastique admirable, intégralement nu, devant lui.

Un fainéant doublé d'un imbécile, ce Mendelssohn. Aussi mou que ses couilles, pensa Glazinsky. Il se reposait entièrement sur lui, faisant croire à Ziegler qu'il était le patron. Il lui avait montré, lui, Yasha Glazinsky, qui était le vrai patron ! Mais cette histoire d'uranium avait pris des proportions imprévues, aux conséquences dramatiques. Dans un premier temps, Glazinsky s'était senti coupable. Mendelssohn avait été un mauvais amant, mais un amant quand même. Il ne méritait pas de finir ainsi. Et puis, l'instinct de survie avait rappelé le géologue à l'ordre. Dès lors, il n'avait plus pensé qu'à sauver sa peau.

Et voilà que huit mois après le drame, dans un bar gay de Vienne, il avait retrouvé le jeune Asiatique. Un échange de regards furtif, d'abord, estampillé par l'étonnement, et puis les yeux ne s'étaient plus quittés. Comme collés l'un à l'autre ! L'éphèbe s'était rapproché, dévoilant sous un large sourire deux rangées de dents blanches, impeccablement alignées. Ils avaient parlé de David, d'Israël et de Vienne, refuge austère pour un homme du soleil. Ils avaient bu un verre, puis deux, puis trois et Glazinsky, dopé par l'alcool, s'était enhardi à proposer un quatrième chez lui.

Une demi-heure plus tard, les deux corps nus étaient allongés lascivement sur la moquette. Glazinsky soufflait comme une locomotive. Yu venait lui faire une fellation qui l'avait vidé de son énergie. Il n'avait plus qu'à le délester de l'aveu qu'il était venu chercher.

- Dis-moi, Yasha... il n'y a pas d'uranium à Hébron ?

Glazinsky souleva péniblement ses paupières d'épagneul et secoua la tête.

- Tu nous as bien eus, dit Yu.

- J'étais jaloux de Mendelssohn.

- À cause de moi ?

- Évidemment.

- Eh bien, tu as réussi ton coup, Yasha. Tu as éliminé Mendelssohn et tu as fini par m'avoir.

- J'espère que Dieu me le pardonnera.

- Tu vas pouvoir le lui demander tout de suite.

Yu sortit de sa veste un automatique muni d'un silencieux et, d'une seule balle, émietta le crâne chauve de Glazinsky en un puzzle sanglant. Il se leva, tâta son pouls, se rhabilla, puis sortit.

Au petit matin, le général Ziegler fut réveillé par un coup de téléphone de Vienne. L'agent du Mossad l'informa que le géologue Yasha Glazinsky venait d'être assassiné dans son appartement. On l'y avait vu monter avec un homme de type asiatique, beaucoup plus jeune que lui, dont on s'était empressé de dresser le portrait-robot. Mais l'homme n'entrait dans aucun fichier et personne ne l'avait vu sortir du pays.

Autrement dit, il s'était évaporé.

Ramallah, décembre 2010.

Yu n'avait plus aucune raison de veiller à ce que nul n'entravât la fondation d'un État palestinien, mais il n'avait aucune raison de ne pas le faire non plus. Grassement payé par Le Dantec, avec l'argent du cartel de Oaxaca, pour la mise en place de l'Opération Lazarus (phase B), il n'avait pas à prendre l'initiative d'un contre-ordre et entendait mener à son terme la mission qu'on lui avait confiée.

Cette mission consistait à garantir la venue du président US à Paris et sa présence dans la capitale française était conditionnée par la signature du traité qui scellerait la fondation de l'État palestinien. Plus de traité, plus de Président ! De manière officieuse, mais avec la plus grande efficacité, le Coréen devait donc faire en sorte que toutes les étapes qui menaient au sommet se déroulassent sans anicroche.

La conférence de presse d'Ibrahim Boughrani en était une.

Yu arriva au Grand Park Hotel une demi-heure avant le début de ladite conférence. À l'entrée de la salle de réception, il présenta son accréditation en qualité de grand reporter de la télé coréenne, perçut son badge et alla s'installer au deuxième rang. Peu de journalistes étaient arrivés. Un cadreur vissait sa caméra sur un trépied, un preneur de son installait un micro sur l'estrade et quelques rédacteurs fouillaient dans les dossiers de presse.

Presque immédiatement, Yu remarqua un jeune homme au premier rang. Il regardait dans tous les sens. Ses yeux trahissaient une inquiétude fébrile. Ses mains tremblaient.

La journaliste de l'agence pour laquelle Tarek Nicolas travaillait lui avait donné rendez-vous dans le hall de l'hôtel. Comme ils étaient en avance, l'Anglaise lui avait proposé d'aller prendre un rafraîchissement, mais Tarek avait préféré s'installer dans la salle, prétextant qu'il voulait être bien placé pour ne rien manquer du discours. C'était la première fois que la journaliste faisait équipe avec Tarek. Elle l'avait trouvé excessivement stressé, à la limite de la goujaterie. De retour à Londres, elle demanderait au rédac' chef un autre interprète.

La prochaine fois.

La salle commençait à se remplir. Bien que l'on fût à la veille de Noël (les organisateurs avaient longtemps hésité sur la date, notamment vis-à-vis de la presse occidentale), la plupart des journalistes avaient retourné leur carton d'invitation. On attendait beaucoup de monde.

À l'heure dite, Ibrahim Boughrani apparut, encadré de plusieurs personnes, hommes et femmes. Ils prirent tous place derrière un tréteau, couvert d'une grande nappe en feutre vert. Boughrani tapota son micro et le silence se fit.

« Mes chers amis, je vous remercie d'être venus si nombreux, de très loin pour quelques-uns d'entre vous, afin d'annoncer à la Terre entière un événement que l'on peut qualifier d'historique et qui se tiendra très exactement dans 48 heures, à Versailles en France, lieu chargé d'Histoire s'il en est. »

Boughrani parlait couramment l'anglais, mais il choisissait toujours l'arabe pour s'exprimer en public.

Il tenait à ses racines, à son identité culturelle et voulait surtout faire oublier que, jadis, les Palestiniens avaient été colonisés par les Anglais, à l'origine de tous leurs maux. Il développa ensuite les thèmes, mille fois ressassés, de la fraternité entre les peuples, l'égalité, la tolérance prônée par le Coran, la richesse d'une diversité culturelle et religieuse bien comprise, le bénéfice des échanges, le bonheur de vivre en paix, la renaissance d'un grand pays, carrefour spirituel, etc. Un discours empreint d'une démagogie de bazar, qui volait comme une plume au vent sur l'éloquence de l'orateur.

Il allait conclure sur l'éloge de ses « amis israéliens », qui n'étaient plus des « colons » mais des « voisins amis » quand Tarek Nicolas, n'y tenant plus, plongea sa main tremblante dans sa ceinture, sortit le Beretta, huilé et astiqué toute la nuit, puis mit en joue Boughrani, qui s'arrêta net au milieu de sa phrase.

Tétanisé.

- *Lajhannam walak khaen kazer !*[19] hurla Tarek en crachant par terre.

Ensuite, tout se passa très vite. Le terroriste n'eut pas le temps de presser la gâchette. Il s'écroula avant même que son index ne l'effleurât. Une grande confusion, un brouhaha désordonné s'ensuivit. Des gens couraient dans tous les sens. Des femmes poussaient des cris suraigus.

Scène de panique ordinaire.

Yu avait déjà replacé son arme dans son holster. Il regarda le jeune Franco-Palestinien étendu à terre, nageant dans son sang, s'assura qu'il avait bien visé le cœur, et disparut au milieu de la foule anarchique.

[19] « Crève, sale traître ! »

Jérusalem, décembre 2010.

CE MATIN-LÀ, Sarah Ziegler se sentit mal. En se levant, tâtonnant dans sa chambre obscure, à la recherche de ses pantoufles, elle faillit perdre connaissance. Un malaise vagal ? Sarah n'avait aucun problème cardiaque et son dernier check-up était excellent. Elle mit cette perte d'équilibre sur le compte d'un mauvais réveil, alluma la lumière, enfila sa robe de chambre et se dirigea vers la cuisine.

Sarah se levait toujours très tôt. Régénérée par un bon sommeil, elle était pleine d'énergie après un solide petit déjeuner. Ce jour, elle se sentait molle et sans appétit. Elle se contenta d'une tasse de café et d'un fruit, cueilli au hasard dans le frigidaire débordant de victuailles. Encore plus lève-tôt qu'elle, Stefan était parti depuis longtemps. Le marc de café collait au fond de la tasse qu'il avait abandonnée dans l'évier. Comme d'habitude, se dit Sarah en soupirant. Le personnel de maison n'était pas encore arrivé. Elle laissa tout traîner dans la cuisine, puis retourna à la salle de bains.

Ses bras pesaient une tonne. Chaque geste, le plus banal, inlassablement répété au quotidien, lui demandait un effort incommensurable. Appliquer le fard à paupières, par exemple, ou même le rouge à lèvres… tout relevait aujourd'hui de l'haltérophilie pour Sarah. Elle décida d'abandonner le maquillage, se vêtit avec souffrance et résolution, puis descendit vers le patio où l'attendait son chauffeur.

Il était à peine huit heures, mais elle avait déjà beaucoup de retard sur son planning du jour.

À la mi-journée, Sarah profita du fait qu'aucun déjeuner important n'était inscrit sur son agenda pour sauter le repas. Il était 13 heures, elle n'avait qu'un café et un abricot dans l'estomac et la faim n'était toujours pas venue. Elle se regarda dans le grand miroir de son bureau et fut épouvantée.

Elle avait une tête de déterrée ! Sa carnation virait au jaune cendré. Affolée, elle fit appeler le médecin de service qui l'ausculta, lui prit la tension, la température et l'examina dans le blanc des yeux. Il décida incontinent de la faire hospitaliser. Entre le moment où cette décision fut prise et celui où arrivèrent les brancardiers, Sarah fit un autre malaise, nettement plus important que le premier.

Elle se réveilla dans une chambre toute blanche, entourée d'hommes et de femmes aux blouses tout aussi blanches. Sarah nota une grande agitation autour d'elle. Les visages semblaient préoccupés. Les rayons du soleil, filtrés par les rideaux blancs, donnaient à l'ensemble un aspect surréaliste.

Elle entendit un jeune interne dire à une infirmière que la fièvre avait beaucoup monté et que le professeur attendait avec impatience le résultat des analyses, pour confirmer son diagnostic. Quel diagnostic ? Sarah voulut le demander, mais aucun son ne sortit de sa gorge. Ses paupières étaient tellement lourdes qu'elle n'avait plus la force de les tenir ouvertes.

D'un coup, la pièce blanche devint toute noire.

Vienne, mai 1911.

La nouvelle a l'effet d'un cataclysme planétaire.

C'est un cataclysme planétaire.

Le jeudi 18 mai, à 23 h 05, Gustav Mahler rend son dernier soupir. C'est une nuit chaude et orageuse. À l'heure fatidique, les éléments se déchaînent, éclairs et tonnerre frappant, funeste cymbale, la capitale de la musique. Alma décrira plus tard l'agonie de son mari : « Les garde-malades ont soulevé le corps nu, amaigri jusqu'à la mort. Personne n'était gêné. Le Christ au tombeau. Tout le monde a ressenti cette même impression ! » De ses derniers moments, elle dira : « Avec des yeux fous, ses doigts dirigeaient sur la couverture. Sa bouche souriait. Par deux fois, il a dit : Mozart ! »

Emma se fait violence pour assister à l'enterrement de Mahler. Elle se sent excessivement faible, mais place toute son énergie au service de ce qu'elle considère comme un devoir. Régis a tenté de l'en dissuader. Vainement. En désespoir de cause, le ténor l'y accompagne.

Les funérailles, que le défunt a voulues simples et sans musique, devaient avoir lieu un dimanche. Cependant, par peur de la grande foule, on les a repoussées au lundi. Malgré tout, la minuscule église de Grindzing ne peut contenir tout le monde. Même les fidèles des fidèles attendent dehors. Sous une pluie battante, Emma et Régis reconnaissent Walter, Schönberg et Busoni qui piaffent, les pieds dans la boue, pour se tenir chaud. Le ténor ne sait que faire pour protéger sa compagne. Il lui a couvert les épaules de sa redingote, mais elle ne cesse de tousser.

- Nous devrions partir, insiste-t-il.

- Pas avant la fin de la cérémonie, exige la jeune femme. Pourquoi, avez-vous froid ?

- Certes non, mais je vous entends tousser et cela me glace le sang.

- Ce n'est pas votre affaire, mon ami.

- Vous n'êtes guère raisonnable, Emma !

La mise en bière est poignante. On n'entend que les gouttes claquer, par rafales, sur les parapluies. Tout est noir et gris. Régis sent Emma trembler.

- Rentrons, je vous en prie ! Vous grelottez.

- Ce n'est pas cela, dit Emma. Regardez !

Au bout du cimetière, caché derrière d'insignifiants badauds, Régis reconnaît le visage de Maxi.

- Je savais qu'il viendrait, dit le ténor avec un sourire de soulagement. Rapprochons-nous !

- Pas avant la fin, vous dis-je ! ordonne Emma. Il ne va quand même pas s'enfuir, cette fois.

Lorsque le Maestro est sous terre et que la foule commence à se disperser, Emma se dirige vers son ex-mari. Elle lance à Régis :

- Attendez-moi ici, je vous prie, ce ne sera pas long.

Le cimetière s'est vidé. La pluie a redoublé. La chemise du ténor, ruisselante, lui colle à la peau. De loin, il voit deux ombres qui se regardent. Hiératiques.

Emma revient vers lui. Maxi a disparu.

- Alors ? interroge Régis.

- Rien, mon ami. Il est venu entre deux concerts. Ce soir, il part pour Trieste. Il vous présente ses salutations.

Régis s'apprête à répondre, lorsque Emma se met à tousser, sans pouvoir s'arrêter. Le ténor la prend dans ses bras et la serre très fort, essayant de lui communiquer une chaleur qu'il a lui-même perdue.

Emma tousse et tousse encore. Comment une femme si frêle, à la peau diaphane, peut-elle engendrer de si bruyantes et si violentes contorsions ? Régis est effrayé, redoutant de la voir cracher des parcelles de poumons, qu'il imagine aussi noirs que la terre gluante. Ne seraient-ce les deux bras qui la tiennent fermement, Emma s'effondrerait.

Comme une fleur fanée, privée de tuteur.

Washington, décembre 2010.

LESTER BLUM fut introduit dans le bureau ovale.

- Cela faisait un certain temps que je n'avais pas mis les pieds ici.

Le Président leva les yeux en souriant.

- Tous mes collaborateurs n'ont pas le privilège d'avoir des greens comme lieu de travail.

- Tout le monde n'a pas la chance d'avoir un futur président comme copain de fac !

Le Président désigna machinalement un siège, invitant Blum à s'y asseoir. Il entra directement dans le vif du sujet.

- On dit que Sarah Ziegler est malade.

- Elle vient d'être hospitalisée, confirma le Conseiller spécial.

- Grave ?

- On parle d'une hépatite.

Le Président fit la moue.

- Il y a hépatite et hépatite.

- Pour l'instant, je n'en sais pas plus. Les médecins non plus, du reste. Il faut attendre les résultats des analyses.

- Ça tombe vraiment mal, dit le Président.

- Certes, rétorqua Blum, mais ça ne remet pas en cause le processus. C'est le président d'Israël et non le Premier ministre qui a la signature.

- Peut-être, mais je vois mal la grande fête se dérouler sans elle. *For God's sake*, elle en est le *deus ex machina* !

- C'est vrai, dit Blum. Doit-on pour autant sacrifier l'aboutissement d'un traité qui a mis des décennies à prendre forme, laisser souffler le vent de l'Histoire, ignorer cette occasion inespérée – ce consensus presque miraculeux – doit-on revenir des siècles en arrière, voir renaître les rivalités ancestrales, le spectre des vieilles haines raciales et religieuses, sans rien faire ? C'est au président de la première puissance du monde – du moins, celle qui tente de le rester – que je pose la question !

- Tu as raison, Lester. L'Histoire est une jolie femme qui ne supporte pas qu'on soit en retard à ses rendez-vous.

- J'aime ce genre de métaphores, dit Blum avec un sourire. Je retrouve le compère des années Harvard.

Le Président hocha la tête d'un air entendu.

- Je préférerais quand même que madame Ziegler soit de la partie, dit-il.

- Je crois qu'elle-même se déplacerait sur un brancard, avec des perfusions et une paire de béquilles, si elle ne pouvait faire autrement !

Le Président haussa les sourcils. Il connaissait la volonté de fer de la Première dame d'Israël.

- Comment a-t-elle pu attraper cette saloperie ? demanda-t-il.

- Je crois qu'on l'y a un peu aidée.

- Que veux-tu dire, Lester ?

- Tu connais le péché mignon de Sarah ?

- Je suis instruit de certaines rumeurs qui font état d'une libido, comment dire... supérieure à la moyenne. Mais je n'accorde que peu de crédit à ces ragots.

- Pourtant, ceux-là sont justifiés. Les ennemis de la paix ont trouvé cette faille dans l'armure et aujourd'hui, Sarah est à terre !

- Tu veux dire qu'elle aurait attrapé ce virus à travers un... *intercourse*[20] ?

---

[20] Rapport sexuel.

Blum hocha la tête.

- Et je crois savoir comment ça s'est passé. Cela m'a d'ailleurs coûté mon meilleur agent. Je m'en veux de n'avoir pu l'empêcher !

- Tout cela appartient au passé, vieux ! Crois-tu que madame Ziegler va s'en sortir ? Indépendamment du côté humain, son rôle est essentiel dans la stabilité du processus. Même si elle n'est pas physiquement présente le jour de la signature.

- Je le souhaite du plus profond de mon être, dit Blum en croisant les doigts.

- Où passes-tu le réveillon ? demanda le Président.

- En famille, à La Jolla.

- Santa Claus en bermuda ! Comment vas-tu le faire descendre dans la cheminée ?

- Pas besoin de cheminées en Californie du Sud. Il surfera sur une vague géante, en chantant un air des Beach Boys, plaisanta Lester. Et toi, tu réveillonnes toujours à Paris ?

- Oui. La *First Lady* trouve ça follement romantique. Les Debucquois, un peu moins. Depuis trois jours, ils ont Sam et son équipe sur le dos, qui truffent leur appartement de détecteurs électroniques en tout genre.

- Le 26 à Versailles, il y aura davantage de monde, remarqua Blum.

- Les Anglais appellent ce jour-là – le lendemain de Noël – le *boxing day*. J'espère qu'on n'aura pas trop de sport, conclut le Président avec un sourire qu'il voulut rassurant.

Paris, décembre 2010.

Sylvain Lajournade arriva très en avance à la réunion syndicale. Et pour cause... il en était à la fois l'initiateur et l'animateur.

Plus très loin de la retraite, Lajournade en avait vu « des vertes et des pas mûres », comme il disait, en quarante ans de SNTE, puis de SETE. Mais cette fois, ça dépassait les bornes.

Le vase était plein !

Déjà, lors de la transformation de la SNTE (Société nationale de la tour Eiffel), propriété exclusive de la Ville de Paris, en SETE (Société d'exploitation de la tour Eiffel), une sorte de conglomérat à 40 % d'actionnariat privé, la pilule avait été difficile à avaler pour ce vieux socialiste à la Jaurès, délégué CGT, élu au comité d'entreprise. Mais aujourd'hui, Eiffage et LVMH, deux des principaux actionnaires privés, projetaient d'étendre leur participation au capital, avec la bénédiction de la mairie rose de Paris qui, de ce fait, allait se retrouver minoritaire.

C'en était trop !

En toute hâte, dès qu'il avait appris la nouvelle, Lajournade avait réuni l'intersyndicale, dans un premier temps, puis tous les personnels (enfin, ceux des 250 salariés qui n'avaient pas déposé leurs congés de fin d'année), afin de voter une grève sans préavis.

La salle se remplissait, la colère grondait et Lajournade compulsait ses notes.

Il ne fallut pas plus d'une heure pour qu'une décision fût prise. La grève prendrait effet le 24 décembre à 23 h 59, pour une durée illimitée. Elle concernait tous les personnels techniques, administratifs et touristiques... mais en l'occurrence, à cette heure tardive, elle visait surtout les techniciens chargés d'actionner le phare et les décorations lumineuses.

Tous les feux s'éteindraient à 23 h 59.

Jusqu'à nouvel ordre.

Baden-Baden, mai 1911.

EMMA S'EST ENFIN DÉCIDÉE À CONSULTER. Son médecin l'a envoyée dans un sanatorium de la Forêt-Noire. L'endroit est luxueux, paisible, reposant, mais la jeune femme s'y ennuie à mourir.

À mourir…

C'est bien le dernier endroit au monde sur lequel elle souhaiterait fermer les yeux ! Pourtant, de sa chambre, la vue est somptueuse. La Forêt-Noire porte bien son nom. Sombre, belle et mystérieuse.

Comme certaines femmes.

Emma a fait du charme au médecin-chef, qui l'autorise à sortir tous les après-midi. « Permission exceptionnelle ! », martèle-t-il à chaque fois qu'il la rencontre. Il faut dire que, depuis son arrivée, son état s'est considérablement amélioré. La jeune femme avait besoin de repos et sa mémoire, de sommeil.

Elle passe la plupart de ses après-midi dans le parc de l'hôtel Brenner's, en centre-ville, où Régis a loué une suite. Cher Régis ! pense Emma avec un tendre sourire. Pour rester avec elle, le ténor a annulé tous ses engagements. Récitals, oratorios, opéras. Son agent new-yorkais ne décolère pas. Il le menace de se tourner vers Caruso, alors au faîte de sa gloire. Régis n'en a cure et ce sont les théâtres locaux qui en profitent. Un soir, il est même venu chanter bénévolement au kiosque du casino, là où les fanfares, les orchestres de gare s'efforcent de distraire les curistes ! Les musiciens n'en revenaient pas. Emma ne pouvait plus s'arrêter de rire devant leur embarras, elle s'était même remise à tousser.

Un après-midi, alors qu'Emma prend le thé au Brenner's, sur une chaise longue dans le parc, elle croit reconnaître, au loin, une silhouette familière. La journée est superbe, sans un nuage. À contre-jour, le soleil dans les yeux, elle n'est pas sûre. Mais si, pourtant...

- Vanderbilt ! s'écrie-t-elle. Ce cher et tendre Van.

L'Américain est toujours égal à lui-même. Le teint frais et rose, l'œil en goguette, les cheveux gominés. Il est vêtu d'un costume blanc cassé, fort bien coupé. Vanderbilt s'agenouille pour être à la hauteur de son amie, ôte son canotier et l'embrasse.

- Tu es resplendissante, Emma ! dit-il en lui serrant les épaules.

- Et toi, Van, toujours aussi dandy !

- Je cours le monde inlassablement, à la recherche de la perle rare.

- Pêcheur de perles ? Tiens, c'est nouveau, ça !

- Ah, voici ta nounou ! s'écrie Vanderbilt en voyant arriver Régis.

Les deux hommes s'embrassent.

- Comme un gentil lutin, Van arrive toujours sans prévenir, dans les bons moments de la vie, note Emma.

Vanderbilt s'incline, relevant le compliment, puis ajoute :

- Les bons moments de la vie ? Ce n'est pas ce que je me suis laissé dire.

Régis baisse les yeux pudiquement.

- Ce n'est qu'une mauvaise passe, dit Emma. L'important, c'est que les deux amis qui comptent le plus pour moi soient à mes côtés. Van, donne-moi le bras et allons nous promener au bord de l'Oos !

Emma se tourne vers le ténor.

- Régis, mon ami, soyez gentil ! Laissez-moi profiter de ce feu follet ! Demain, il aura disparu, peut-être ne le reverrai-je jamais. Vous, Régis, j'ai la chance de vous avoir pour moi toute seule, tous les jours.

- Ce soir, mes amis, je vous invite à souper au casino ! lance Vanderbilt, théâtral.

- Je n'ai pas la permission de minuit, susurre Emma avec la voix et les mimiques d'une petite fille timide. Je suis une cendrillon, abandonnée par son prince.

- Demain, il y a des courses à Iffezheim, clame Vanderbilt. Nous ne pouvons manquer ça, je connais le gagnant de la troisième !

- Demain est un autre jour, dit Emma. Pour l'heure, j'ai besoin de me dégourdir les jambes. Allons, Van, je t'ai connu plus empressé !

- Les chevaux sont sous les ordres ! crie l'Américain, en imitant le son de la trompette qui annonce l'entrée en piste des coursiers.

Régis les regarde s'éloigner, l'air à la fois triste et attendri.

C'est au mois de mai que les massifs de rhododendrons, qui bordent la Lichtentaler Allee, atteignent toute leur magnificence. Une ombrelle dans une main et l'autre passée sous le bras de l'Américain aux cheveux d'ébène, Emma s'en émerveille. À leurs pieds, ils entendent le murmure aquifère de l'Oos, qui descend bruyamment des montagnes.

- Si nous marchions jusqu'à Lichtental ? propose Emma.

- Es-tu sûre d'en avoir la force ?

- Je n'ai pas l'habitude de faire des propositions en l'air !

- Peut-être, mais... bon... je m'inquiète.

- Que sais-tu exactement, Van ?

- Je sais ce qu'on a bien voulu me dire.

- Qui, « ON » ?

- Maxi.

- De quoi se mêle-t-il, celui-là ?

- C'est ton mari.
- Mon EX-mari.
- Où en êtes-vous, tous les deux ? demande Vanderbilt.
- Il est sorti de ma vie et commence à sortir de mon cœur.
- Commence seulement ?
- Tu sais combien je l'ai aimé, Van. Tu étais mieux placé que quiconque.
- J'étais aux premières loges, à mon corps défendant.
- Simplement, Maxi ne pense plus aujourd'hui qu'à sa carrière. Il n'y a pas de place pour une femme à ses côtés.
- Et Régis n'est-il pas en train de fiche la sienne en l'air ? Pour toi, Emma ! L'aimes-tu, au moins ?
- C'est mon ange gardien.
- L'aimes-tu ?
- Je ne sais pas, Van. Je ne sais plus rien. Je ne veux plus m'engager, je ne fais plus de projets à long terme...
Emma éclate en sanglots. Vanderbilt lui tend son mouchoir.
- Pardonne-moi, petite fleur. J'ai été brutal !
Emma sèche ses larmes. Les pommettes cramoisies, elle hasarde un regard humide vers son chevalier servant.
- Je vis au jour le jour, Van. Ici, je suis heureuse. Régis veille sur moi et cela me rassure. Je sais, je suis égoïste car ce sont d'autres ténors qui prennent sa place, comme Caruso qui enflamme New York. Mais Régis a un talent fou, il est beaucoup plus jeune que Caruso, il aura tout le temps de conquérir le monde, une fois que je serai...
- Que tu seras quoi ?
- Que je serai guérie.
Emma se force à sourire et Van lui rend son sourire. Il désigne un banc qui fait face à une allée cava-

lière, longeant une prairie arborée.

- Veux-tu que nous nous asseyions, deux minutes ?

- Pourquoi ? s'étonne Emma. Je ne suis pas fatiguée.

- Eh bien, continuons !

Jérusalem, décembre 2010.

Autour du professeur, les médecins se concertaient. L'heure était grave. L'inquiétude assombrissait les regards. En 24 heures, l'état de madame le Premier ministre s'était considérablement aggravé. Le diagnostic n'avait pas été difficile à faire, à la lumière des analyses réalisées.

Hépatite fulminante, secondaire à une infection par le virus B. Le niveau de ses transaminases était élevé et le taux de prothrombine effondré, d'où cette corrélation avec une infection au virus B.

Peut-être faudrait-il songer à une greffe… mais où trouver un donneur ? Nous n'en sommes pas encore là, dit le collège médical. Le professeur, lui, était occupé à rédiger un communiqué pour la presse.

À quelques mètres de là, dans une chambre spacieuse, gardée par deux inspecteurs en civil, Sarah Ziegler était allongée sur un grand lit blanc. Perfusée, intubée de tous les côtés. Sa peau et surtout ses yeux étaient devenus jaune paille. Une paille prête à prendre feu.

À la première étincelle.

Baden-Baden, juin 1911.

EMMA NE QUITTE PLUS SA CHAMBRE. Finies les escapades en ville, fini le thé au Brenner's ! Depuis plusieurs jours, la toux a repris. Au centuple ! Régis a quitté sa suite du Brenner's pour s'installer dans la chambre de la malade. Il la veille jour et nuit. « Dérogation exceptionnelle ! » Heureusement que le médecin-chef est amateur de bel canto !

Régis tient la main d'Emma, qui vient de reprendre connaissance. Sa voix n'est plus qu'un filet inaudible.

- Suis-je une bonne Violetta ? demande-t-elle. C'est bien ainsi que se nomme la courtisane de cet opéra que vous chantez si bien ?

- Vous n'êtes pas une courtisane, chère Emma.

- Taisez-vous ! Toute ma vie, je n'ai été qu'une fille de joie. Après m'avoir fait répudier par l'homme que j'aimais, Dieu m'arrache aujourd'hui à l'homme qui m'aime. N'est-ce pas là le sort d'une fille de joie ?

Emma perd conscience derechef. De toute manière, elle ne peut plus entendre l'homme qui pleure en silence, à son chevet.

La Jolla, décembre 2010.

LES RÉVEILLONS CALIFORNIENS commencent sur les terrasses, pour ceux qui en ont, et se concluent devant une cheminée, purement symbolique, puisque son rôle unique se borne à accueillir les cadeaux.

Le réceptacle du bonheur.

La famille Blum était réunie au grand complet. Enfants, petits-enfants. Ceux-ci couraient dans tous les sens. À la fois énervés par la fatigue, le besoin de sommeil et excités dans l'attente de la distribution des cadeaux, dont les rubans dorés ne se dénoueraient qu'à l'heure fatidique de minuit.

Une vraie scène de Noël.

- Papy, Papy, on te demande au téléphone !

Lester Blum se retourna. Le fils de sa fille cadette, à peine âgé de quatre ans, lui tendait un combiné. Il s'en empara et se plaça à l'écart.

- Joyeux Noël, monsieur le Conseiller spécial !

Blum reconnut l'accent d'Ibrahim Boughrani, l'émissaire de l'Autorité palestinienne.

- Merci. Je ne vous renvoie pas le compliment... je suppose que ce n'est pas une fête pour vous.

- Ce n'est pas une cérémonie religieuse, dit Boughrani, mais Noël est une fête mondiale, un moment de paix, de rêve de bonheur pour tout le monde. Et puis, n'oubliez pas que nous nous trouvons au carrefour de trois religions.

- Je suppose que vous ne m'appelez pas UNIQUEMENT pour me souhaiter un joyeux Noël ?

- Bien sûr que non, admit Boughrani. Je me suis laissé dire que madame Ziegler était au plus mal.

- Vous devez mieux le savoir que moi, qui suis à l'autre bout de la planète !

- Oh, vous savez, de nos jours, avec les moyens de communication modernes, les distances ne comptent plus.

- Bon. Au fait, Boughrani, au fait ! Que voulez-vous exactement ?

- D'après mes informations, madame Ziegler serait à l'article de la mort. Une hépatite B fulminante, m'a-t-on dit. Elle n'en aurait plus que pour quelques jours.

- Je sais, confirma Blum. On me tient régulièrement informé. Elle se trouve en soins palliatifs. Son cas est sans espoir. C'est une catastrophe pour le processus de paix !

- J'ai peut-être un moyen de la sauver.

Il y eut un blanc sur la ligne. D'interminables secondes.

- Vous êtes là, monsieur le Conseiller spécial ?

- Oui, je suis là. Je vous écoute.

- Voilà, expliqua Boughrani. Vous savez que je viens d'échapper à un attentat, il y a quelques heures, à Ramallah.

- Oui, bien sûr.

- Le terroriste a été abattu – je ne sais par qui, d'ailleurs, mais merci à lui – le terroriste, donc, a été abattu d'une seule balle dans le cœur, tué sur le coup, puis transféré à la morgue de Bethléem, après le constat du médecin légiste.

- Pourquoi Bethléem ? demanda Blum.

- Parce que c'est la ville de sa mère. Il s'agit d'un jeune Franco-Palestinien de 25 ans, sain de corps... et malheureusement pas d'esprit, que l'on s'apprête à enterrer.

- Et alors ?

- J'ai contacté ses parents. Ils sont d'accord pour un don d'organe.

- Un don d'organe ! Comment ça ?

- Vous ne voyez vraiment pas où je veux en venir, monsieur le Conseiller spécial ?

- Si, mais je préférerais vous l'entendre dire.

- Très bien. Alors, ce jeune intégriste de 25 ans qui, bien entendu, n'a jamais bu une goutte d'alcool, met bien involontairement à notre disposition un foie en parfait état de marche. Plus pour très longtemps cependant, car on m'a dit qu'un greffon, privé de circulation sanguine, devient inutilisable au bout de quinze heures. C'est pourquoi il faut agir vite ! Si d'aventure il s'avérait compatible avec celui de madame Ziegler, la cause de la paix en sortirait grandie... si vous voyez ce que je veux dire.

Il y eut un autre blanc sur la ligne mais, cette fois, Boughrani laissa à Blum le temps de remettre ses idées en place.

- Puisque le temps presse, dit le Conseiller spécial, pourquoi passez-vous par moi ? Que diable n'agissez-vous directement ? Vous êtes sur place, merde !

- Allons, calmez-vous, Lester ! Vous me voyez, moi, Ibrahim Boughrani, frapper à la porte du général Ziegler, en lui disant : « Mon général, j'ai un foie tout neuf pour madame votre épouse... voulez-vous y goûter ? »

- Vous avez raison. Quelle heure est-il chez vous ?

- Je suis en train de prendre mon petit déjeuner.

- Il n'y a plus une minute à perdre, dit Blum, avant de raccrocher.

- Papy, Papy, c'est l'heure des cadeaux ! cria le chœur des enfants.

Lester Blum prit sa femme, son fils et ses deux filles en aparté.

- Ne m'attendez pas ! Une affaire urgente.

Madame Blum poussa un long soupir, haussant les épaules. Elle était habituée.

- Venez, les enfants, ordonna-t-elle, Santa Claus ne va plus tarder !

Paris, décembre 2010.

Les quartiers de la Muette, de la place de Colombie et du bois de Boulogne étaient bouclés depuis le début de l'après-midi. Interdits à la circulation. Pire qu'un jour de marathon !

De fait, il s'agissait ici d'un tout autre genre de marathon.

Timothy Erasmus Nichollson et Jean Freycinet, *alias* Pochette, arrivèrent sur le coup de 20 heures, avec la Bentley de ce dernier, en bas du numéro 2 du boulevard Suchet, où ils se garèrent dans un espace réservé aux invités. Ils venaient de traverser une demi-douzaine de barrages où le passager, en l'occurrence Tim Nichollson, avait dû montrer patte blanche, c'est-à-dire le carton d'invitation, aux forces de l'ordre, mises en place par la préfecture de police.

Ce n'était pas tous les jours, ni même tous les Noël, que le premier président du monde réveillonnait à Paris.

Les Debucquois logeaient au dernier étage, avec accès direct par ascenseur. Les invités furent fouillés à l'entrée de l'ascenseur, tandis qu'à l'arrivée, c'est Sam Watergate, en personne, qui les attendait. Pendant que les hommes de ce dernier procédaient à une fouille corporelle plus... inquisitrice, à l'aide d'un arsenal d'appareils électroniques, tous plus sophistiqués les uns que les autres, le président des États-Unis apparut.

Pierre Debucquois fit les présentations et l'homme de couleur – probablement le visage le plus exposé au monde – prit la parole :

- Messieurs, je vous souhaite la bienvenue et vous prie de me pardonner pour tous les désagréments, dus à ma présence, qui vous ont été imposés. Ce n'est pas l'homme qui est ainsi surprotégé, mais la fonction. Sachez que j'en suis moi-même la victime, au quotidien !

Passé ce court speech introductif, un brin protocolaire, la puissance invitante proposa que les derniers arrivants se débarrassent de leurs vêtements et cadeaux auprès de la femme de chambre de Catherine qui, en cette occasion très particulière, jouait le rôle de « dame pipi ».

Comme toujours, Pochette n'avait pas fait dans la nuance. Il était arrivé les bras chargés de paquets volumineux, enveloppés d'un papier rouge et or du plus mauvais goût. Tous les cadeaux étaient – on s'en doute – immédiatement passés au laser et au détecteur de métaux par l'équipe de l'omniprésent Watergate.

Au cours de l'apéritif, Tim eut l'occasion de converser amicalement avec « son » Président. Sans oublier un seul instant que cet homme l'avait fait cocu, d'où l'objet de sa mission, il le trouva plutôt sympathique, ouvert, abordable. Fût-ce un réveillon... normal, il eût pu s'en faire une relation, voire un ami. De nombreux sujets furent abordés, sans aucun tabou, comme la réforme du système de santé américain, la politique « chinoise » du gouvernement, l'Irak, l'Afghanistan, la Corée du Nord et, bien sûr, la fondation d'un État palestinien.

- Je suis très peiné pour madame Ziegler, confia le Président, se référant à l'hospitalisation en urgence du Premier ministre, qui faisait la « une » de tous les journaux.

- Allez-vous maintenir la signature du traité ? demanda Tim.

- Sur le principe, nous le pourrions car ce sont les présidents qui le signent, mais ce ne serait guère élégant vis-à-vis de madame Ziegler, à qui ce traité doit tant. Je crois que nos amis palestiniens sont tout aussi partisans d'un report que je le suis.

- Alors, vous êtes venu pour rien ! dit Tim, spontanément.

Le Président se tourna vers ses hôtes et lança :

- Ce n'est pas très gentil pour nos amis Debucquois !

Un éclat de rire général ponctua la remarque présidentielle. Tim piqua un fard et balaya sa gaffe en changeant de sujet :

- On m'a dit que vous étiez mélomane, monsieur le Président.

- Ah bon ! Et qui a trahi ce secret d'État ?

- Monsieur l'ambassadeur. Mon patron.

- Tiens donc. Comment va-t-il, au fait, et pourquoi n'est-il pas ici ?

- Parce qu'il est parti fêter Noël en famille, dans l'Arkansas.

- Bien sûr. Ainsi, vous-même êtes mélomane, monsieur Nichollson. Jouez-vous d'un instrument ?

- Hélas non. Mais vous allez peut-être me prendre pour un original si je vous dis que j'aurais pu être pianiste.

- Pas du tout. Vous êtes encore très jeune et il n'est jamais trop tard pour bien faire !

- Non, insista Tim, je veux dire... j'ai l'impression d'avoir déjà vécu une vie dans laquelle j'étais pianiste. J'en rêve souvent la nuit.

Le Président haussa les sourcils.

- Nous avons tous des rêves un peu fous, jeune homme. C'est ce qui nous permet de voir un peu plus loin que notre misérable condition, d'oser l'impossible.

Un silence méditatif s'installa, puis le Président eut un doux sourire et demanda :

- Quel est votre compositeur préféré ?

- Gustav Mahler.

- Ce n'est pourtant pas le plus facile.

- Non, mais quand j'écoute sa musique, j'ai l'impression d'entendre un ami.
- Voilà un très bel éloge, dit le Président.

De son côté, Pochette bavardait agréablement avec la *First Lady*. Comme la plupart des homosexuels, il était apprécié des femmes appartenant à une certaine catégorie sociale. Celles qui recherchaient finesse, distinction, raffinement, subtilité ou tout simplement le bon goût, devenu rare chez l'homme moderne, déformé par le prisme des générations précédentes.

Les convives passèrent à table. On entendit péter les bouchons de champagne – « le plus beau bruit du monde », dit le Président – les conversations montèrent de quelques décibels, les rires fusaient, l'atmosphère se détendait, la rigidité protocolaire s'assouplissait. Le ballet des serveurs pouvait commencer.

Comme à la cour du roi.

Tim portait un smoking avec un gilet de soie. Il en tâta la poche intérieure, constatant la présence rassurante de la petite boîte en argent sculpté. Levant les yeux, il vit à travers la verrière le ciel étoilé d'une belle nuit de Noël. Il vérifia que le phare de la tour Eiffel était bien en action. Mentalement, il mesura la durée d'une rotation et trouva environ trente secondes. Il regarda Pochette, en grande conversation avec la *First Lady*, qui riait beaucoup à son contact.

Il n'attendait plus que le signal.

Bethléem, décembre 2010.

Les habitants de la Ville sainte étaient habitués à une certaine animation le soir de Noël... mais pas du côté de l'Institut médico-légal !

Un groupe de médecins, arrivés en ambulances, tous gyrophares et sirènes dehors, fit irruption dans la salle réfrigérée où l'on conservait les cadavres. Le directeur avait été tiré du lit par un coup de fil du ministère. Noël était, certes, une fête chrétienne, mais dans une ville comme Bethléem, quelle que fût sa religion, on faisait la grasse matinée le jour de la naissance du Christ ! Rhabillé en toute hâte, il était arrivé à point nommé pour accueillir la délégation de la Faculté.

On n'avait pas le temps de rapatrier le cadavre de Tarek Nicolas à Jérusalem. Il fut donc procédé à des analyses sur place. Tout le matériel nécessaire était arrivé avec le convoi express.

- C'est un miracle ! s'écria un médecin en ôtant son masque. Il est compatible HLA[21] avec le foie de madame Ziegler.

- On l'embarque ! ordonna un autre.

- Maintenant, c'est une course contre la montre, dit un troisième.

---

[21] *Human Leukocyte Antigen.* Cette compatibilité, ajoutée à un traitement immunosuppresseur, prévient le rejet des greffes.

Le directeur de l'Institut médico-légal les regarda s'éloigner au pas de course. Avec les yeux incrédules d'un enfant qui voit des créatures en combinaison blanche remonter à l'intérieur d'un vaisseau spatial.

Paris, décembre 2010.

L'ARRIVÉE DU CHARIOT À DESSERT, au milieu duquel trônait la fameuse bûche, fut applaudie par les convives. Applaudissements rythmés par les bouchons de champagne qui explosaient, tel un feu d'artifice.

Il était presque minuit.

Catherine Debucquois proposa que l'on déballât les cadeaux, avant de passer aux douceurs. Approbation générale. L'alcool désinhibait complètement l'atmosphère, qui n'avait plus qu'un très lointain rapport avec la rigidité protocolaire du début. Seul Tim Nichollson n'avait pratiquement rien bu, prétextant un « estomac barbouillé » qui justifiait la présence de petites pilules transparentes dans une jolie boîte en argent sculpté.

Il leva la tête, vérifia que le faisceau lumineux de la tour Eiffel effectuait toujours ses rotations, puis déplaça son regard vers celui de Pochette, qui lui fit un signe discret de la tête.

Le signal !

Profitant de la grande animation qui orchestrait le déballage des paquets, Tim sortit une petite bille de verre de la boîte en argent puis, faisant mine de la porter à sa bouche, la laissa tomber sur la moquette. Ensuite, il attendit l'arrivée du faisceau lumineux.

Dès qu'il entra dans son champ visuel, Tim écrasa la boulette incolore du talon.

Minuit venait de sonner.

D'abord, Tim crut qu'il s'était trompé dans son comptage mental.

Le rayon lumineux aurait dû repasser au moins une fois depuis qu'il avait écrasé la bille de verre. Il sentit une bouffée de chaleur envahir son corps. Des gouttelettes de sueur perlaient sur son front. Ses mains étaient moites. Il ne fallait surtout pas paniquer. Ce bon dieu de rayon allait sûrement apparaître.

Il roula des yeux fous vers Pochette, dont le regard semblait aussi dubitatif. Dubitatif, mais rassurant. Il lui disait : « Ne t'affole pas, le plus dur est fait ! Je contrôle la situation, fais-moi confiance ! »

Mais Tim ne voyait toujours pas de rayon lumineux fendre le ciel étoilé. Et même s'il ne possédait aucune notion du temps, il n'était pas nécessaire d'avoir un chronomètre dans la tête pour se rendre compte qu'une bonne minute venait de s'écouler. Il sentait comme une cascade glacée dévaler le long de ses vertèbres lombaires. Sa chemise lui collait à la peau. L'angoisse creusait ses joues. Il serrait les dents à s'en faire péter les mâchoires. D'un coup, Tim se mit à trembler très fort, sans pouvoir se contrôler.

Une minute ? Deux minutes… ou peut-être plus ! Il n'avait même pas pensé à prendre une montre.

Le temps n'était plus mesurable.

Les hommes de Sam Watergate avaient tous été formés dans les corps de marines. Ils étaient surentraînés et quand, à l'issue d'une sélection drastique, leur affectation définitive avait été connue – la sécurité du président des États-Unis – on développait chez eux un sens de la réactivité hors du commun. Là où un être normalement constitué, sportif du week-end, menant une vie saine et équilibrée, demandait une ou deux secondes pour appréhender une situation d'urgence, les hommes du Président étaient déjà plongés au cœur de l'action. Comme chez certains sportifs de haut niveau, on travaillait le réflexe.

Le réflexe conditionné.

Depuis le début de la soirée, Watergate avait l'œil sur Tim Nichollson. Sans qu'il pût lui reprocher quoi que ce fût, il trouvait son comportement bizarre. Courtois, mais bizarre. Sam Watergate et ses hommes n'avaient pas été formés à analyser les situations ; ils avaient été formés à RÉAGIR. Et Nichollson les avait mis en éveil.

Depuis une minute ou deux, le niveau d'éveil était passé au niveau d'alarme. Sans qu'il sût vraiment pourquoi, Watergate était dans la position du prédateur. Prêt à bondir.

Les muscles bandés. Le regard fixe.

Soudain, Tim perdit pied. Comme un baigneur qui ne sait pas nager et ne sent plus le sable sous ses orteils. Ses nerfs lâchèrent d'un coup. Il avisa Freycinet et se mit à hurler :

- Le rayon, le rayon !... Il n'y a plus de rayon ! Ça fait trois minutes... il n'y a plus de rayon !

En une fraction de seconde, Sam Watergate plongea sur Tim et le neutralisa. Avec une égale promptitude, ses hommes saisirent le Président et sa femme, les éloignèrent de la verrière en les poussant brutalement dans l'antichambre, puis sur le palier, vers l'escalier de secours.

En tout, l'opération n'avait pas duré dix secondes.

Dans la panique générale, Freycinet, qui connaissait le danger, s'était enfui derrière le couple présidentiel. Ébahis devant l'incongruité de la scène, les Debucquois étaient restés scotchés à leur siège. Tétanisés.

À terre, sous l'énorme carrure de Sam Watergate, Tim manquait d'air pour respirer, mais pas pour crier. Il vida ses poumons dans un râle désespéré :

- Le gaz, le gaz... on va mourir !

Le sang de Watergate ne fit qu'un tour. L'habitude, les exercices de simulation, son réflexe primaire l'avaient préalablement orienté vers la probabilité d'une bombe. Il comprit immédiatement son erreur. Le danger était rampant. Très vite, il souleva Tim comme une aumônière, le poussa dans l'antichambre et claqua la porte de communication.

En bas, dans le hall de l'immeuble, le Président se remettait de ses émotions, accroupi sous une couverture. Ainsi, il était impossible de voir que l'homme le plus puissant du monde était secoué de tremblements convulsifs.

Très vite, on entendit un concert de sirènes. Une nuée de voitures blanches à gyrophares, qui ressemblaient à de grosses lucioles dans la nuit. Sam Watergate avait le souffle court.

La nation l'avait échappé belle !

Vienne, juin 1910.

C'EST EN DÉBUT D'APRÈS-MIDI que Gustav Klimt est le plus productif. À travers la grande baie vitrée de son atelier, quand les jours sont longs et que la lumière est généreuse, il peut alors peindre pendant des heures. Sans interruption.

L'interruption ne vient pas de lui. Elle se présente sous les traits du jeune pianiste américain dont tous les journaux parlent et qu'il a aperçu au cimetière, lors de l'enterrement de Mahler.

- Bonjour, dit Maxi, la main tendue, je voudrais vous acheter ce tableau.

Sans préambule, le pianiste désigne le portrait de cette femme dont Klimt a appris la mort récemment. Elle était aussi à l'enterrement de Mahler. Il se souvient quand il l'a peinte, l'an dernier, avec ce chapeau noir et ce boa de plumes. Un très joli modèle, avec des yeux extraordinaires.

- Il n'est pas à vendre, répond le peintre barbu.

- Votre prix sera le mien.

- N'insistez pas ! Ce n'est pas une question de prix, ce tableau est mon préféré. Il restera ici jusqu'à ma mort et deviendra ensuite la propriété de l'État. Vous êtes beaucoup plus jeune que moi, monsieur Flemington. Vous pourrez toujours aller le contempler au musée !

Maxi trouve que Klimt ne manque pas de cynisme, mais il respecte la décision de l'artiste. Il se décoiffe, présente ses salutations et tourne les talons. Emma ne restera qu'un souvenir et quand le souvenir deviendra flou, comme la vue de l'homme qui vieillit, il pourra toujours, comme le dit Klimt, venir se rafraîchir la mémoire en visitant la nouvelle demeure de sa femme.

Probablement la dernière.

Sa femme. Son unique femme. Son unique amour.

Car aujourd'hui, Maxi a épousé sa carrière. Jusqu'à ce que la mort l'en sépare.

Paris, décembre 2010.

LE JOUR DE NOËL DE L'AN DE GRÂCE 2010 ne fut pas un jour de repos pour les fonctionnaires du ministère de l'Intérieur et du Quai d'Orsay. Ils ne sont pas près d'oublier le réveillon du président des États-Unis !

Le Père Noël avait un turban et une barbe noire, murmure-t-on dans les couloirs. Pas trop fort cependant. Ce n'est guère le moment !

Timothy Erasmus Nichollson fut admis dans un hôpital psychiatrique, sous haute surveillance policière. Durant l'interrogatoire, il avait tenu des propos incohérents, frappés de démence. Il prétendait notamment que sa femme l'avait trompé avec le président des États-Unis et que cet adultère aurait motivé son geste. Le seul problème, c'est que les enquêteurs avaient établi, sans risque d'erreur, que Nichollson n'avait jamais été marié !

Jean Freycinet fut mis en examen, puis relaxé. Hormis une suspicion d'infraction à la loi sur les jeux en ligne, aucun chef ne pouvait être retenu contre lui. Il prétendait ne rien savoir du complot ourdi par le jeune Américain, relation récente, avec de possibles ramifications homosexuelles, qu'il avait emmené, en parfaite innocence, chez ses amis Debucquois. De toute évidence, le terroriste s'était servi de lui !

Melchior Le Dantec et Aureliano Perea regagnèrent leur base en catimini, aucun lien officiel ne mettant en exergue leur implication dans cette affaire. Une affaire – cela ne surprendra personne – dont l'impact fut planétaire. Le Dantec ne s'avouait pas vaincu pour autant, mais il devait repartir à zéro dans sa guerre contre « la tumeur noire ». Quant à Perea, il se disait qu'il l'avait échappé belle et qu'en fin de compte, ce Président n'avait jamais, d'une manière ou d'une autre, cherché à entraver son business. Il se rappelait un principe qu'il n'aurait jamais dû oublier : les affaires priment sur la race ou la religion !

Yu était rentré depuis belle lurette à Pyongyang. Il fit son rapport à Choï, déclarant qu'il n'y avait jamais eu d'uranium en Palestine. Dès lors, ce pays n'intéressait plus les Coréens, qui n'y avaient que trop semé pour ne rien récolter... si ce n'est une très grosse épine diplomatique. En fouillant dans les poches de Nichollson, on avait découvert que le gaz qui avait failli tuer le président des États-Unis – le tristement célèbre PHZ 500 – était un gaz de fabrication nord-coréenne ! Kim Jong-il avait beau jurer, la main sur le cœur, qu'il s'agissait d'un vol (fait avéré, au demeurant)... la Chine faisait les gros yeux.

Seules victimes de cet attentat manqué, les Debucquois furent enterrés, quelques jours avant le passage en 2011, au cimetière de Passy où ils avaient, depuis longtemps, acheté une concession. Le Président dépêcha Lester Blum pour le représenter. Freycinet envoya une énorme corbeille de chrysanthèmes.

Ibrahim Boughrani travailla sans relâche à fédérer ses troupes, priant Allah qu'un kamikaze ne fasse pas tout exploser (dans tous les sens du terme) jusqu'à la signature du traité qui avait été reporté *sine die*.

Rodolphe Kubler plia bagage, allant exercer sa profession sur un autre continent. Il ne fallait surtout pas qu'un journaliste « fouille-merde » découvrît un jour qu'il avait eu Nichollson comme patient !

Lester Blum n'entendit plus jamais parler de Marion Hennette, *alias* « Marionnette » et Mr. Smith disparut d'un paysage où il n'était jamais apparu.

Sylvain Lajournade fut décoré de l'ordre du Mérite pour avoir indirectement sauvé la vie du président US. Le vieux syndicaliste, proche de la retraite, se surprit lui-même en acceptant cette distinction !

Enfin, le général Ziegler fit contre mauvaise fortune bon cœur. Il joua à la perfection son rôle de mari inquiet, rongeant ses ongles jusqu'au sang dans la salle d'attente, près du bloc opératoire.

Jérusalem, décembre 2010.

Le chirurgien apparut. Enfin. Le masque défait, rabattu sur le menton, laissait entrevoir un visage creusé par la fatigue. L'opération avait duré sept heures.

- Je crois que ça ira, dit-il.

Stefan Ziegler lui donna une grande tape sur l'épaule, s'efforçant de mettre un peu de chaleur dans son regard.

- Bien joué, vieux !

- Pas de faux espoirs, mon général ! Il faut attendre plusieurs jours pour être sûr que la greffe va prendre, mais je pense que ça va marcher.

Lester Blum n'aimait pas se faire remarquer. Cependant, et à titre exceptionnel – la situation le commandait – il avait demandé à ce que l'on vînt le prendre, à sa descente d'avion, sur le tarmac de l'aéroport. Dès son arrivée au service de chirurgie viscérale, il rencontra le chirurgien qui avait opéré madame le Premier ministre.

- Est-elle visible ? demanda-t-il.

- Oui, mais pas longtemps.

Pour justifier cette restriction, le praticien ajouta :

- Elle va très bien. Techniquement, cette intervention est une réussite. Mais tout peut arriver dans les 48 heures qui suivent une transplantation aussi méticuleuse ! Il faut rester vigilant.

La chambre était baignée de soleil. En entendant la porte s'ouvrir, Sarah tourna la tête sur son oreiller. Elle aperçut Lester et tenta de sourire. Un sourire épuisé mais étincelant de courage. Le Conseiller spécial lui prit la main.

- Comment vas-tu, beauté fatale ?

- Tout ce qui ne nous tue pas nous rend plus fort.

- Tu cites Nietzsche, maintenant ?

Un éclair de malice passa dans les yeux de la malade.

- Nietzsche l'a écrit... moi, je vais le faire.

Autres parutions

Le cheval du Président (Fleuve noir)
Qatar six (Osmondes)
Une fièvre de cheval (Favre)
Sang pour sang gentleman (Autres temps)
Nouvelle : La corde sensible (Editions du Rocher)
Le dossier Pouchkine (Publibook)
La mort fait un tabac (Autres temps)

Dans la même collection :

Michel Baglin
La balade de l'escargot, 2009

Guillaume Béchard
Abers amers, 2010

Hugo Buan
L'oeil du singe, à paraître 2011
La nuit du tricheur, 2010
Cézembre noire, 2009, deuxième édition 2010
Hortensias blues, 2008, deuxième édition 2010

François Cérésa
Petit papa Noël, 2010

Éric Fouassier
Morts thématiques, 2009

Édouard Guimel et Thomas Dalet
Archangelus, 2010
Le Chevalier Coën et le mystère de la parole perdue, 2007

Francis Pornon
Rêves brisés, 2010

Jean-François Pré
Opération Lazarus, 2010

Sylvie Rouch
Décembre blanc, 2010

Michel Leydier
Sex shot, 2010

Raphaëlle Adam
Chasse au trésor, 2010

Dans le même univers, lisez aussi :

Sophie Herfort
Club, 2008

Newton Love
La voie des braves, 2009

Pierre-Alain Mesplède
Les caïmans du Marais, 2009

Vincent Roc Roussey
Le secret du Mont Saint-Michel

Mis en pages par Micro Lynx, Rennes
Imprimé par *France Quercy à Mercues*, France

Dépôt légal : Octobre 2010
ISBN 978-2-35593-112-3